Андрей Геласимов

ЖАЖДА

ЭКСМО
МОСКВА
2009

УДК 82-3
ББК 84(2Рос-Рус)6-4
Г 31

Дизайн и макет *А. Саукова*

Геласимов А.

Г 31   Жажда : авторский сборник / Андрей Геласимов. —
М. : Эксмо, 2009. — 320 с. — (Лауреаты литературных
премий).

ISBN 978-5-699-34657-8

«...В моей «Жажде» нет политики. Я знаком со многими
людьми, бывшими на чеченской войне. Это мои бывшие студенты, воевавшие на Кавказе, и военные журналисты, ез-
дившие туда с оружием в руках. Но меня больше волнует не
военный опыт, а психологический портрет человека, вернув-
шегося оттуда, который пытается хоть как-то понять, что делать дальше. Понимаете, таких войн, как чеченская, будет еще
миллион, а человек на них все время один и тот же! Пусть писатель высказывает гражданскую позицию, если она у него
есть. У меня есть позиция мужа, отца, брата, любовника».
(Из интервью газете «Новые известия»)

УДК 82-3
ББК 84(2Рос-Рус)6-4

ISBN 978-5-699-34657-8

НЕЖНЫЙ ВОЗРАСТ

14 марта 1995 года. 16 часов 05 минут (время московское).

Сегодня проснулся оттого, что за стеной играли на фортепиано. Там живет старушка, которая дает уроки. Играли дерьмово, но мне понравилось. Решил научиться. Завтра начну. Теннисом заниматься больше не буду.

15 марта 1995 года.

И плаванием заниматься не буду. Надоело. Все равно пацаны ходят только для того, чтобы за девчонками подглядывать. В женской душевой есть специальная дырка.

Ходил к старухе насчет фортепиано. Согласилась. Деньги, сказала, — вперед. Она раньше была директором музыкальной школы. Потом то ли выгнали, то ли сама ушла. Рок-н-ролл играть не умеет. В квартире воняет дерьмом. Книжек много.

Посмотрим.

17 марта 1995 года.

Как меня все достали. В школе одни дебилы. Что учителя, что однокласснички. Гидроцефалы. Фракийские племена. Буйный расцвет дебилизма. Семенов лезет со своей дружбой. Может, попросить, чтобы меня перевели в обычную школу?

5

18 марта 1995 года.

Отец не дает денег на музыкальную старуху. Говорит, что я ничего не довожу до конца. Жмот несчастный. Говорит, что тренер по теннису стоил ему целое состояние. А может, я будущий Рихтер? Старухе надо-то на гречневую крупу. Жмот. Но он говорит — дело принципа. Сначала надо разобраться в себе.

Было бы в чем разбираться.

А ты сам в себе разобрался? — хотел я его спросить.

Но не спросил. Побоялся, наверное.

19 марта 1995 года.

Опять не дали уснуть всю ночь. Ругались. Сначала у себя в спальне, потом в столовой. Мама кричала как сумасшедшая. Может, они думают, что я глухой?

20 марта 1995 года.

Старуха дала какой-то древний черно-белый фильм. Сказала, что я должен посмотреть. Без денег учить отказывается.

В школе полный мрак.

«Да будет свет, — сказал монтер, —
И яйца фосфором натер».

Яйца, разумеется, были куриные. Тихо лежали в углу и светились во мраке системы просвещения.

Учителей надо разгонять палкой. Пусть работают на огородах. Достали.

23 марта 1995 года.

Интересно, сколько стоит хороший автомат? Мне бы в нашей школе он пригодился. Ненавижу девчонок. Тупые дуры. Распустят волосы и сидят.

Каким надо быть дураком, чтобы в них влюбиться? Воображают фиг знает что.

Дома тоже автомат бы не помешал. Опять орали всю ночь. Они что, плохо слышат друг друга?

24 марта 1995 года.

В школу приходил тренер по теннису. Сказал, что я, конечно, могу не ходить, но денег он не вернет. Козел. Я спросил, не научит ли он меня играть на пианино.

Берешь автомат и стреляешь ему в лоб. Одиночным выстрелом.

25 марта 1995 года.

Антон Стрельников сказал, что влюбился в новую училку по истории. Лучше бы он крысиного яду наелся. Такая же тупая, как все.

Переводишь автомат на стрельбу очередями и начинаешь их всех поливать. Привет вам от папы Карло.

25 марта — вечер.

Прикол. Снова приходил Семенов. Уговорил меня выйти во двор. Предложил закурить, но я отказался. Сказал, что теннисом занимаюсь. Он начал спрашивать, где и когда. Я сказал, что ему денег не хватит. Тогда он уронил свою сигарету, а я взял и поднял. Он подошел очень близко и поцеловал меня в щеку. Я не знал, что мне делать. Постоял, а потом треснул его по морде. Он упал и заплакал. Я сказал, что я его убью. У меня есть автомат. Не знаю, почему так сказал. Просто сказал, и все. Достал он меня. Тогда он сказал, чтобы я не пересаживался от него в школе. Сидел с ним, как раньше, за одной партой. А он мне за это денег даст. Я спросил его — сколько, и он сказал, пятьдесят. У него откуда-то взялись пятьдесят баксов. И я сказал — покажи. У него правда были пятьдесят баксов. Я их взял и снова треснул его по морде. У него пошла кровь, и он сказал, что я все равно теперь с ним сидеть буду. Я врезал ему еще раз.

26 марта 1995 года.

Старуха взяла деньги Семенова и сказала, что ее зовут Октябрина Михайловна. Ну и имечко. В квартире воняет кошачьим дерьмом. Как она это терпит? Спросила — посмотрел ли я ее фильм.

А я даже не помню, куда засунул кассету. Не дай бог, мама ее куда-нибудь зашвырнула. Она вчера много всего об стенку расколошматила. Может быть, ей купить автомат?

28 марта 1995 года.

Достали меня все. И этот дневник меня тоже достал. А не пойдешь ли ты в жопу, дневник? А?

30 марта 1995 года.

Нашел кассету Октябрины Михайловны. Валялась под креслом у меня в комнате. Вроде бы целая. Неужели придется ее смотреть?

1 апреля 1995 года.

Сказал родителям, что меня выгоняют из школы. Они позабыли, что не разговаривают друг с другом почти неделю и тут же начали между собой орать. Потом, когда успокоились, папа спросил — за что. Я сказал — за гомосексуализм. Он повернулся и врезал мне в ухо. Изо всех сил. Наверное, на маму так разозлился. Она опять закричала, а я сказал — дураки, сегодня первое апреля, ха-ха-ха.

2 апреля 1995 года.

Водил на улицу котов Октябрины Михайловны. Ей самой трудно. Они рвутся в разные стороны как сумасшедшие. Мяукают, кошек зовут. Я думал — у них это только в марте бывает. Пять сумасшедших котов на поводочках — и я. Соседние пацаны во дворе ржали как лошади.

Ухо еще болит.

Октябрина Михайловна опять спросила про фильм. Его наверняка снимали в эпоху немого кино. Все-таки придется смотреть. Жалко ее обманывать.

3 апреля 1995 года — почти ночь.

Пацаны во дворе помогли мне поймать котов. Я запутался в поводках, упал, и они разбежались. Один залез на дерево. Двое сидели на гараже и орали. Остальные носились по всему двору. Пацаны спросили меня — чьи это кошки, а потом помогли их поймать. Они сказали, что Октябрина Михайловна классная старуха. Она раньше давала им деньги, чтобы они не охотились на бродячих котов. А потом просто давала им деньги. Даже когда они перестали охотиться. На мороженое — вообще на всякую ерунду. Когда еще спускалась во двор. Но теперь давно уже не выходит. Пацаны спросили — как она там, и я ответил, что все нормально. Только в квартире немного воняет. И тогда они мне сказали, что если хочу, то я могу поиграть с ними в баскетбол.

Вечером в комнату приходил отец. Сидел, молчал. Потом спросил про уроки. Они опять с мамой не разговаривают.

Может, он хотел извиниться?

4 апреля 1995 года.

Вот это да! Просто нет слов. Я кассету наконец посмотрел. Называется «Римские каникулы». Надо переписать себе обязательно.

5 апреля 1995 года.

Октябрина Михайловна говорит, что актрису зовут Одри Хепберн. Она была знаменитой лет сорок назад. Я не понимаю — почему она вообще перестала быть знаменитой. Никогда не видел таких... даже не знаю как назвать... женщин? Нет, женщин таких не бывает. У нас в классе учатся женщины.

Одри Хепберн — красивое имя. Она совсем другая. Не такая, как у нас в классе. Я не понимаю, в чем дело.

6 апреля 1995 года.

Снова смотрел «Каникулы». Невероятно. Откуда она взялась? Таких не бывает.

Сегодня играл с пацанами во дворе в баскетбол. Высокий Андрей толкнул меня, и я свалился в большую лужу. Он подошел, извинился и помог мне встать. А потом сказал, что не хотел бить меня два года назад, когда все пацаны собрались, чтобы поймать меня возле подъезда. Они хотели сломать мой велосипед. Отец привез из Арабских Эмиратов. Андрей сказал, что не хотел бить. Просто все решили, а он подчинился. Я ему сказал, что не помню об этом.

Мне тогда зашивали бровь. Бровь и еще на локте два шрама.

А завтра идем играть против пацанов из другого двора. С нашими я уже со всеми здороваюсь за руку.

Отец приходил. Сказал, что я сам виноват в том, что случилось первого апреля. Не надо было так по-дурацки шутить. Я сказал ему — да, конечно.

7 апреля 1995 года.

Мама говорит, что я достал ее со своим черно-белым фильмом. Она не помнит Одри Хепберн. Она мне сказала — ты что, думаешь, я такая старая? Смотрел «Римские каникулы» в седьмой раз. Папа сказал, что он видел еще один фильм с Одри — «Завтрак у Тиффани». Потом посмотрел на меня и добавил, чтобы я не забивал себе голову ерундой.

А я забиваю. Смотрю на нее. Иногда останавливаю пленку и просто смотрю.

Откуда она взялась? Почему за сорок лет больше таких не было?

Одри.

9 апреля 1995 года.

Октябрина Михайловна показала мне песню «Moon River». Из фильма «Завтрак у Тиффани». Кассеты у нее нет. Когда пела — несколько раз останавливалась. Отворачивалась к окну. Я тоже туда смотрел. Ничего там такого не было, за окном. Потом сказала, что они ровесницы. Она и Одри. Я чуть не свалился со стула. 1929 год. Лучше бы она этого не говорила. Еще сказала, что Одри Хепберн умерла два года назад в Швейцарии. В возрасте 63 лет.

Какая-то ерунда. Ей не может быть шестьдесят три года. Никому не может быть столько лет.

А Октябрина Михайловна сказала: «Значит, мне тоже пора. Все кончилось. Больше ничего не будет».

Потом мы сидели молча, и я не знал, как оттуда уйти.

12 апреля 1995 года.

Я рассказал Октябрине Михайловне про Семенова. Не про то, конечно, откуда у меня взялись для нее деньги, а так — вообще. В принципе про Семенова. Она дала мне книжку Оскара Уайльда. Про какой-то портрет. Завтра почитаю.

Через две недели у меня день рождения. Думаю позвать пацанов из двора. Интересно, что скажет папа?

Он приходил сегодня ночью. Я уже спал. Вошел и включил свет. Потом сказал: «Не прикидывайся. Я знаю, что ты не спишь».

Я посмотрел на часы — было двадцать минут четвертого. Еле глаза открыл. А он говорит: «Вот видишь». И я подумал — а что это, интересно, я должен «вот видеть»?

Он сел к моему компьютеру и стал пить свой виски. Прямо из горлышка. Минут десять, наверное, так сидели. Он у компьютера — я на своей кровати. Я подумал — может, штаны надеть. А он говорит — с кем я хочу остаться, если они с мамой будут жить по отдельности? Я говорю — ни с кем, я хочу спать. А он говорит — у тебя могла быть совсем другая мама. Ее должны были звать Наташа. А я думаю — у меня маму зовут Лена. А он говорит — шлюха она. А я ему говорю — мою маму зовут Лена. Он посмотрел на меня и говорит — а ты уроки приготовил на завтра?

15 апреля 1995 года.

Вчера ходили с нашими пацанами драться в соседний двор. Те проиграли нам в баскетбол и не хотят отдавать деньги. Уговор был на двадцать баксов. Наши пацаны дней пять собирали свою двадцатку. Трясли по всему району шпану. Тех, у кого есть бабки. Раньше бы и меня трясли. Короче, высокий Андрей сказал — надо наказывать. Мне сломали ползуба. Теперь придется вставлять. Пацаны заглядывали мне в рот и хлопали по плечу. Андрей сказал — с боевым крещением.

В школе все по-прежнему. Полный отстой. Антон Стрельников влюбился в другую училку. Алгебра на этот раз. Придурок. Про Одри Хепберн он даже не слышал. Хотел сперва дать ему фильм, но потом передумал. Пусть тащится от своих теток.

16 апреля 1995 года.
Семенов пришел в школу весь в синяках. У меня тоже верхняя губа еще не прошла. Опухла и висит, как большая слива. Нормально смотримся за одной партой. Антон говорит, что Семенова папаша отделал. Примерно догадываюсь за что. Но Антон говорит, что он его постоянно колотит. С детского сада еще. Они вместе в один детский садик ходили. Говорит, что папаша бил Семенова прямо при воспитателях. Даже милиция приезжала. Но он откупился. Раздал бабки ментам и утащил маленького Семенова за воротник в машину. В машине, говорит Антон, еще ему добавил. А Семенов из машины визжал как поросенок. «Нам тогда было лет шесть, — сказал Антон. — Мы стояли вокруг джипа и старались заглянуть внутрь. Окна-то высоко. Слышно только, как он визжит, и посмотреть охота. А воспитательницы все ушли. Семеновский папаша им тоже тогда денег дал. Да и холодно было. Почти Новый год. Чего им на улице делать? Ну, да — на следующий день подарки давали — елка там, Дед Мороз».

17 апреля 1995 года.

Дома больше никто не орет. Они вообще не разговаривают друг с другом. Даже через меня. Мама два раза не ночевала дома. Папа смотрел телевизор, а потом пел. Закрывался в ванной комнате и пел какие-то странные песни. В два часа ночи. Интересно, что подумали соседи?

Октябрина Михайловна говорит, что у детей проблемы с родителями оттого, что дети не успевают застать своих родителей в нормальном возрасте. Пока те еще не стали такими, как сейчас. В этом заключается драма. Так говорит Октябрина Михайловна. А раньше они были нормальные.

Она говорит, что помнит, как мой папа появился в нашем доме.

«Он был такой худой, веселый. И сразу видно, что из провинции».

Оказывается, у мамы уже был тогда парень, почти жених. Октябрина Михайловна не помнит его имени.

Сегодня специально ходил по улицам и смотрел — сколько женщин походит на Одри Хепберн.

Нисколько.

Промочил ноги и потерял ключи. Жалко брелок. Если свистишь, он отзывается. Посвистел во дворе немного — бесполезно. Где-то в другом месте, видимо, уронил.

18 апреля 1995 года.

Октябрина Михайловна вспомнила, как папа (только он тогда был еще не папа, а просто неизвестно кто) однажды пришел на день рождения к маме в костюме клоуна. Шел в нем прямо по улице, а потом показывал фокусы. В подъезде и во дворе. Все соседи вышли из своих квартир. Она говорит — было ужасно весело. Все смеялись и хлопали.

Дочитал книжку Оскара Уайльда. Круто. Может, позвать Семенова на день рождения?

Ходил свистеть на соседнюю улицу. Губа почти не болит, но из-за сломанного зуба свистеть как-то не так. Брелок не нашелся. Вместо него появились те пацаны, с которыми мы дрались на прошлой неделе.

Еле убежал.

19 апреля 1995 года.

Сегодня приходил милиционер. Оказывается, высокий Андрей сломал одному из тех пацанов ключицу. Теперь его родители подали в суд. Я видел, как Андрей тогда схватил обрезок трубы, но милиционеру ничего не сказал. Я там, говорю, вообще не был. А он смотрит на мое разбитое лицо и говорит — не был? Я говорю — нет.

Пацаны во дворе сказали мне — ты нормальный.

Я не предатель.

Вчера приснилось, что это меня затащил в машину отец. Бьет изо всех сил, а я не могу от него увернуться. Только голову закрываю. Руки маленькие — никак от него не закрыться. Он такой большой, а у меня пальто неудобное. С воротником. И руки в нем плохо поднимаются. Я уже забыл о нем, а теперь вдруг во сне увидел. Бабушка подарила, когда мне было пять лет. А в окно машины заглядывает Антон Стрельников. Но почему-то большой. И целуется с учительницей алгебры.

Потом приснилась Одри.

20 апреля 1995 года.

Я умею играть «Moon River» на пианино. Одним пальцем. Октябрина Михайловна смеется надо мной и говорит, что остальные девять мне не нужны. Со мной и так все ясно.

Посмотрим.

Папа сказал, что костюм клоуна ему одолжил один приятель из циркового училища. Он говорит, что у него не было денег на нормальный подарок тогда.

«Какие подарки? Вообще не было денег. Пришлось корчить из себя дурака. Чуть от стыда не умер. А ты откуда узнал?»

Я говорю — от Октябрины Михайловны. А он говорит — ты где для нее деньги нашел? Я говорю — секрет фирмы.

Мама опять не ночевала дома.

21 апреля 1995 года.

Семенов сказал, что знает настоящее имя Одри. А я ему говорю — я думал, что Одри — настоящее. А он говорит — ни фига. Ее звали Эдда Кэтлин ван-Хеемстра Хепберн-Рустон. Я ему говорю — напиши. Он написал. Я говорю — а ты-то откуда знаешь? Он говорит — я в детстве любил прикольные имена запоминать. Первого монгольского космонавта звали Жугдэрдемидийн Гуррагча. Я говорю — врешь. А второго? Он говорит — второго не было. Можешь проверить. А первого звали Гуррагча. Сам посмотри на Интернете. Там и про Одри Хепберн до фига всего есть. Я говорю — например? Он говорит — ну, она дочь голландской баронессы и английского банкира. Снималась в Голливуде в пятидесятых годах. А до этого — в Англии. Я говорю — а ты зачем про нее смотрел?

Он молчит и ничего мне не отвечает. Я ему снова говорю. И он тогда пальцем показывает на мою тетрадь. Там четыре раза на одной странице написано: «Одри Хепберн».

24 апреля 1995 года.

Снова рассказал Октябрине Михайловне про Семенова. Она сказала — все дело в том, что мы все в итоге должны умереть. Это и есть самое главное. Мы умрем. А если это понял, то уже неважно — голубой твой друг или не голубой. Просто его становится жалко. Независимо от цвета. И себя жалко. И родителей. Вообще всех. А все остальное — неважно. Утрясется само собой. Главное, что пока живы. Она говорит, а сама на меня смотрит, и потом спрашивает — ты понял? Я говорю — понял. Только Семенов мне как бы не друг. А она говорит — это тоже неважно. Вы оба умрете. Я думаю — спасибо, конечно. Но так-то она права. Она говорит — потрогай свою коленку. Я потрогал. Она говорит — что чувствуешь? Я говорю — коленка. Она говорит — там кость. У тебя внутри твой скелет. Настоящий скелет, понимаешь? Как в ваших дурацких фильмах. Как на кладбище. Он твой. Это твой личный скелет. Когда-нибудь он обнажится. Никто не может этого изменить. Надо жалеть друг друга, пока он внутри. Ты понимаешь? Я говорю — чего непонятного? Скелет внутри, значит, все нормально. Она улыбается и говорит — молодец. А вообще умирать не страшно. Как будто вернулся домой. Как в детстве. Ты в детстве любил куда-нибудь ездить? Я говорю — к бабушке. Она в деревне живет. Она говорит — ну вот, значит, как к бабушке. Ты не бойся. Я говорю — я не боюсь. Она говорит — умирать не страшно.

2 мая 1995 года.

Высокого Андрея арестовали. Не за ключицу. За нее, видимо, будет отдельный срок. Все получилось из-за Семенова. Семенов у меня на дне рождения без конца рассказывал всякую чепуху про черных рэпперов и хип-хоп. А пацаны из двора слушали его с раскрытыми ртами. Папа мне даже потом сказал — он что, из музыкальной тусовки? Я объяснил ему насчет Интернета. Но пацаны про Интернет не в курсе. Только в общих чертах. Они не знали, что Семенов меня заранее спросил — кто будет на дне рождения. Высокий Андрей мне на кухне сказал — классный парень. Он что, типа из Америки приехал? А я говорю — просто читает много. Интересуется. Короче, они ушли вместе с Андреем и потом, видимо, где-то напились. Я не знаю, как у них там все получилось, но к утру джип семеновского папаши сгорел в гараже. Плюс еще две машины какого-то депутата. Он их от проверки там прятал. В Думе теперь шерстят за лишние тачки. Папаша бил Семенова ножкой от стула. Сломал ему несколько ребер и кисть левой руки. Наверное, Семенов этой рукой закрывался. Но от милиции откупил. Арестовали одного Андрея. Пацаны во дворе ходят груженые. В баскетбол перестали играть. Со мной не разговаривают.

11 мая 1995 года.

Приходила мама. Сказала — можно поговорить? Я сказал — можно. Она говорит — ты какой-то странный в последнее время. У тебя все в порядке? Я говорю — это я странный? Она говорит — не хами. И смотрит на меня. Так, наверное, минут пять молчали. А потом говорит — я, может, уеду скоро. Я говорю — а. Она говорит — может, завтра. Я снова говорю — а. Она говорит — я не могу тебя взять с собой, ты ведь понимаешь? Я говорю — понятно. А она говорит — чего ты заладил со своим «понятно»? А я говорю — я не заладил, я только один раз сказал. Сказал и сам смотрю на нее. А она на меня смотрит. И потом заплакала. Я говорю — а куда? Она говорит — в Швейцарию. Я говорю — там Одри Хепберн жила. Она говорит — это из твоего кино? Я говорю — да. Она смотрит на меня и говорит — красивая. Я молчу. А она говорит — у тебя девочка есть? Я говорю — а у тебя когда самолет? Она говорит — ну и ладно. Потом еще молчали минут пять. В конце она говорит — ты будешь обо мне помнить? Я говорю — наверное. На память пока не жалуюсь. Тогда она встала и ушла. Больше уже не плакала.

14 мая 1995 года.

Октябрина Михайловна умерла. Вчера вечером. Больше не буду писать.

ПОЕЗД В ШВЕЙЦАРИЮ

Давным-давно, когда на карте мира еще был Советский Союз, а я учился в ГИТИСе на одном курсе с целой кучей полусумасшедших гениев, наш мастер придумал забавный проект. Мы должны были выучить половину одной очень старой и, кажется, австрийской пьесы, а потом сыграть ее с труппой театра из города Люцерна. В Швейцарии до этого никто из нас не был, и к тому же мы понятия не имели, как можно играть спектакль одновременно на двух языках. Поэтому мы все слегка нервничали.

С тех пор прошло столько лет, что моя дочь успела не только родиться и вырасти, но даже выйти замуж. И тем не менее та поездка вспоминается сейчас так ярко, как будто она случилась всего пару лет назад. Время — очень хитрый товарищ. С ним надо держать ухо востро.

Когда мы увидели Витьку, мы сказали: «Ого!»

Он медленно шел к нам по перрону, как брошенный своими солдатами генерал.

Дангуоле сказала: «Красивый».

Саша сказал: «Это круто».

А Настя сказала: «Ну и дурак. Его на первой же границе высадят из поезда».

Витя посмотрел на нас и презрительно улыбнулся. Его не надо было учить, как одеваться для путешествия в Европу. Он все отлично знал сам. На нем была казацкая шинель. На нем были сапоги. На нем была настоящая казацкая фуражка. Он был прекрасен.

«Ты где все это взял?» — спросил Саша.

«А не пора нам садиться?» — красивым глубоким голосом сказал Витя и плавно показал рукой на часы.

«Он это на Тишинке купил, — сказала Дангуоле. — Я видела его вчера там».

«И я его видела», — сказала Раса вкрадчивым голосом.

«А вы зачем туда ходили?» — спросила Настя.

Она испугалась, что не купила перед поездкой за границу ничего нового.

А Саша сказал: «Это их маленький литовский секрет».

«Акцент у тебя не получается, — сказала Дангуоле. — Сколько бы ты ни старался. Тебе нас не передразнить».

«Посмотрим», — сказал Саша.

Потому что Саша был знаменитый актер. Мы были просто студенты, а Саша был настоящий актер. Его узнавали продавщицы, и я ужасно любил ходить с ним в Новоарбатский гастроном пить кофе на втором этаже. Сашу часто показывали по телевизору, где он играл хорошего вора Пашку-Америку и плохого комсорга из фильма про Комсомольск-на-Амуре, в котором он в конце замерзал насмерть, так что из сугроба торчали одни только валенки.

«Заканчивается посадка на поезд номер тринадцать Москва — Париж, — прозвучало над Белорусским вокзалом. — Провожающих просим покинуть вагоны».

«Москва — Париж, — повторил Репа. — Надо же, как звучит. Может, попросить, чтобы еще раз сказали?»

Витя снова презрительно улыбнулся и первым шагнул в вагон.

Репетировать решили в нашем купе. Сразу после отправления. Репа возражал, но ему ответили, что до спектакля осталось совсем мало. Актеры из Швейцарии наверняка уже знали весь текст назубок.

«Ну не могу я его запомнить, — вздохнул Репа и, с горечью посмотрев на нас, убрал в карман свою бутылку водки. — Плохо запоминаются слова».

Витя сидел в самом углу на нижней полке и презрительно смотрел на нас из-под козырька.

«Ты бы снял свой картуз, — сказал Саша. — Мы сейчас репетировать будем».

Витя помолчал, потом немного покашлял и наконец сказал: «У меня горло болит».

«У всех горло болит», — прогудел Репа, который обладал самым густым басом на курсе.

Ему было обидно, что мы не поддержали его порыв, поэтому он считал, что теперь репетировать должны все.

«Сильно болит», — сказал Витя и открыл рот.

«Ни фига себе, — сказал Саша. — Тебе туда можно целый ананас положить. Пробовал?»

«Хозяйское хлебало», — подтвердил Репа.

Витя смотрел на нас из-за своего открытого рта и ждал, пока мы перестанем паясничать. В его глазах светилось глубокое понимание нашего идиотизма и терпеливое ожидание сочувствия.

Я сказал: «У него правда там красное все».

Витя закрыл рот и надвинул фуражку до самого носа.

«Ладно, пусть молчит, — сказал Саша. — А то еще сорвет горло. Заменить его будет некем. Слышь, Витька. Когда до твоей реплики дойдем — ты промычи что-нибудь. А то непонятно, когда нам говорить».

«Му-му», — сказал Витя из-под фуражки, и мы начали репетировать.

За окном проносились разноцветные березовые рощи. В Подмосковье стояла осень.

* * *

Когда в перерыве вышли покурить в тамбур, Саша долго ругал Репу за то, что тот постоянно врет текст.

«Меньше надо травы курить, — говорил он, размахивая сигаретой «Стюардесса». — Последние мозги уже прокурил. Скоро дорогу в театр забудешь».

«Я один раз забыл, — сказал Репа. — Спал возле «Ивушки» на Калининском, на газоне, а когда утром проснулся — не помнил, куда идти».

«Молодец», — сказал Саша.

«Меня милиционер разбудил».

«Забрал в отделение?»

«Нет. Он был добрый».

Я сказал: «Подожди, когда это было? Ты что, без меня напился?»

Репа сказал: «Ты тогда рано ушел. Помнишь, чеховский показ отмечали? Мы еще хотели в «Ивушке» подраться, но потом те козлы ушли».

Я сказал: «Помню. Мне надо было матери в Иркутск позвонить».

Тут Саша вмешался: «И еще. Репа, ты почему так странно произносишь имя Ненча? Это же просто имя. А ты говоришь его как... гинеколог».

Репа зажмурился от удовольствия и выпустил дым из ноздрей.

«Ты заметил? — сказал он. — Клево же получается. Нен-ча».

Он вытянул губы и произнес это слово так сочно, что я отчетливо представил себе то, что он имеет в виду.

«Перестань», — сказал Саша.

«Нен-ча», — еще раз сказал Репа.

«Перестань. Это просто итальянское имя».

«А ты был в Италии?» — спросил я у Саши.

«Был», — сказал он, и лицо у него стало другое.

«Ну, и как там?»

Саша мечтательно сдул пепел с конца своей сигареты и посмотрел в окно.

«Там клево, старичок, клево, — сказал он. — А ты что, за границей ни разу не был?»

Я сказал: «В Чехословакии. По комсомольской путевке».

Саша усмехнулся и похлопал меня по плечу: «Ну, ничего, старичок, ничего. Скоро сам все увидишь».

Я зажмурил глаза и представил себе. По спине побежали мурашки.

«Нен-ча», — еще раз сказал Репа.

Но в этот раз у него не вышло. Я думал совсем о другом.

На следующее утро у Вити переменился взгляд. Он больше не смотрел на нас презрительно из-под козырька, а только изредка поднимал веки, как будто они были слишком тяжелые. Во взгляде его теперь светилась печаль.

«Ты что, так и не снимал свою фуражку?» — спросил Саша, спускаясь с верхней полки.

«И шинель тоже», — добавил Репа, уворачиваясь от Сашиных ног.

«А ты вообще молчи, — сказал ему Саша. — Мне из-за тебя пришлось спать наверху».

«Разбудили бы, — ответил Репа. — Я бы туда залез».

«Тебя разбудишь. Свалился как мертвый. Ты что, специально на скорость пьешь?»

«Мне не нравится, когда я трезвею. Я поэтому мало ем».

«А я люблю спать на верхней полке», — сказал я и тоже спрыгнул в проход.

«Ну вот, давайте теперь все будем задницами тут тереться, — сказал Саша. — Ты что, не мог там наверху еще чуть-чуть посидеть?»

Он был строгий. Строгий, но справедливый.

В это время Витя снова открыл глаза и сказал: «Мне нужно лекарство».

Саша снял с него фуражку, потрогал ему лоб и нахмурился.

«Выздоровеет, — успокоил его Репа. — Нам еще ехать два дня».

«Да? — сказал Саша. — Ты потрогай, какой он горячий».

* * *

Дангуоле покачала головой, когда увидела под столом пустые бутылки, и сразу выгнала нас из купе.

«Идите ищите доктора, — сказала она. — Где-нибудь в поезде должен быть врач. И позовите сюда Раску. У нее есть аспирин».

«Литовский?» — спросил Саша.

«Дурак ты, — мягко ответила Дангуоле. — Ему же плохо. А ты все время шутишь. Надо ему помочь. Снимите с него это пальтишко».

«Это не пальтишко, — сказал Репа. — Это его шинель. Он спал в ней ночью».

«Совсем не раздевался? — удивилась Дангуоле. — Это неправильно. Вы, русские, дураки. Это негигиенично. От этого действительно можно заболеть».

Поиски врача затянулись надолго. Мы обошли весь состав, но ничего подходящего так и не обнаружили. Русские медики не торопились в Париж.

Во всяком случае, не на этом поезде.

«В четвертом вагоне едет бактериолог, — отчитался Саша, когда мы вернулись. — Но это не врач, а медсестра. Зато симпатичная».

И он показал руками — насколько.

Репа сказал: «На себе не показывай».

«А кто такой бактериолог?» — спросил Витя с заметным трудом.

«Это такая милая девушка, которая берет у тебя кал на анализ».

«Саша!» — возмущенно сказала Дангуоле.

«А что? — сказал он. — Ты просто плохо понимаешь русский язык. Это совсем не грубое слово. Это научный и медицинский термин. У нас так написано во всех больницах. А грубое слово — совсем другое. Если хочешь, я могу тебе его сказать. И еще есть слово «какашка».

«Отвяжись», — сказала Дангуоле.

«Я не хочу сдавать кал, — сказал Витя. — Мне неудобно».

«Неудобно знаешь что делать? — повернулся Саша к нему. — Надо будет — заставим. У Репы есть трехлитровая банка в рюкзаке. Он специально ее с собой везет, чтобы купить в Европе марихуану. Я ему сто раз объяснял, что марихуана значит по-нашему — анаша, но он не верит. Не понимает, что они просто понтуются. Придумали красивое слово. Так что не бойся. Если что — тара у тебя есть».

«Пошел ты», — устало сказал Витя.

«Ну вот, я же еще и пошел. Дангуоле, а скажи, пожалуйста, как будет «кал» по-литовски?»

* * *

Вскоре мы начали пересекать границы. На выезде из СССР нас подняли вместе с вагоном высоко над землей и поменяли под нами колеса. Мы около часа выглядывали из окон, стараясь увидеть то, что происходит внизу. Родина все еще была рядом. Не более чем в двух метрах под нами.

Русские пограничники обошли весь поезд с собаками, проверили наши паспорта, разбудили Витю и заставили его снять фуражку. Настю они попросили накраситься, потому что она была не похожа на свою фотографию. Так нас проводила наша страна.

«Отлично, — сказал Саша, когда поезд наконец вздрогнул и мы медленно поехали дальше. — Главное, что Репину банку они не нашли».

На следующее утро печаль в Витькиных глазах сменилась упрямством. Он мрачно прислушивался к стуку колес, к нашим разговорам о Швейцарии и хмурился, как будто ему было больно даже смотреть. Когда мы спросили его — как он себя чувствует, он опустил веки и с трудом просипел: «Не отправляйте меня обратно. Я хочу в Швейцарию».

Мы пообещали ему, что все будет нормально, но Дангуоле посмотрела на нас и пожала плечами. У нее был свой собственный взгляд на то, как надо путешествовать по Европе. Больной Витька в огромной черной шинели в ее схему вписывался с трудом. То есть вообще не вписывался.

Она сказала нам: «Пойдемте в коридор. Надо поговорить».

Мы показали Витьке большой палец и закрыли к нему дверь.

«Вы дураки», — сказала нам Дангуоле.

Репа посмотрел на нее и сказал: «Витя поедет в Швейцарию».

Тогда Дангуоле еще раз сказала: «Я даже не знала, какие вы дураки».

И Репа снова сказал: «Витя поедет в Швейцарию».

А Саша добавил: «Ты не расстраивайся, Дангуоле».

* * *

На границе с Германией пограничников оказалось больше всего. Один из них стоял рядом с нашим окном, и Репа сказал про него, что он похож на фашиста. Потом он сказал, что фашисты замучили его дедушку и что он хочет пойти с ним разобраться. Саша сказал ему, что больше не надо пить, иначе мы никуда не доедем, и Репа очень расстроился. Я сказал, что, может быть, надо его отпустить, чтоб фрицы ответили за деда, но Саша сказал, что мне уже тоже хватит. Потом он спрятал наши бутылки, и мы стали ждать, когда надо будет показывать паспорта.

Мы приподняли Витю и прислонили его к стене.

Саша сказал, что так он выглядит очень нормально. Надо только фуражку снять. Витя проснулся и прошептал, что ему неудобно сидеть. Очень тяжело. И начал заваливаться на бок. Тогда я сел справа от него, а Саша сел слева. Мы хотели поддерживать его плечами, но он сказал, что ему больно.

Репа сказал нам: «Вы его сдавили, придурки».

И тут вошли немцы.

Они сказали: «Горбачев. Перестройка». А потом сказали: «Где ваши документы?»

У них были фуражки еще круче, чем у Витьки. Но он их не видел. Закрыл глаза и сидел. Иначе бы, наверное, точно расстроился. Потому что на Тишинке таких не купишь. А Репа сел напротив нас и от всех отвернулся. Назло немцам. Ему было обидно за дедушку.

Но немцы вели себя очень вежливо. Посмотрели наши паспорта и отдали честь Витьке. А он им честь не отдал. Потому что он их не видел. И потому что мы держали его с боков. И даже если бы мы его не держали, он бы все равно им честь не отдал. Он бы свалился. А они, видимо, подумали, что он генерал. Откуда им знать про старинную русскую форму?

Когда они вышли, Репа стал очень грустный и сказал: «Как я теперь буду моему дедушке в глаза смотреть?»

А Саша сказал: «Ты же говорил — его фашисты замучили».

А Репа сказал: «Ну да. Он, на войне когда был, заразился радикулитом. До сих пор знаешь как мучается. Ты бы рядом с ним посидел».

Саша снова достал наши бутылки и сказал: «Да. Зря мы им разрешили сломать Берлинскую стену».

* * *

В Берлине мы должны были пересесть на другой поезд. Поезд в Швейцарию. Красивый, как детская сказка. Но не смогли. Лишние два часа, которые мы простояли в Варшаве, в итоге вышли нам боком. Швейцарский поезд уехал к себе в Швейцарию, а мы с больным Витей, просроченными билетами и целой кучей реквизиторского барахла остались стоять на платформе берлинского вокзала. Посреди бывшей столицы фашистской империи. Что очень нервировало Репу, кстати сказать. Правда, теперь он заводился не из-за деда.

«А когда будет следующий поезд в Швейцарию?» — озабоченно спрашивал он до тех пор, пока Дангуоле не взяла себя в свои маленькие литовские руки, перестала ругаться на непонятном языке и очень вежливо ему ответила: «Через сутки. А что?»

Репа поморгал немного и потом сказал: «Может, мы пока походим вокруг. Европа ведь. Я, блин, хочу посмотреть».

Дангуоле ответила ему очень тихим голосом: «Репа, сейчас два часа ночи. Мы застряли на полпути. У нас нет денег. У нас кончилась вся еда. У Вити температура за сорок. Через несколько часов в Швейцарии будут встречать поезд, на котором нас нет. А ты хочешь походить вокруг, погулять».

Репа вздохнул и пожал плечами: «Ну да. А что еще делать-то?»

Через пять минут все разошлись в разные стороны. Настя сказала, что была уже раньше в Берлине, поэтому мы ей здесь не нужны. Саша пошел с Расой и Дангуоле. А мы с Репой остались охранять Витю и наш багаж.

Сначала мы походили немного взад и вперед и осмотрели все, что было поблизости. Мы нашли газетный киоск, но он был закрыт. Мы посмотрели газеты через стекло и вернулись к Вите. Еще мы увидели полицейского. Он прошел мимо нас, но ничего не сказал. У него была такая же высокая фуражка, как у пограничников. Потом Репа сходил в соседний зал и нашел там автомат, который наливал кофе. Витя сказал, что хочет кофе из автомата, но мы ему сказали, что у нас нет денег. Витя сказал, что никогда не пробовал кофе из автомата. Тогда мы ему сказали, чтобы он посмотрел рекламу на стенах. Это должно было его отвлечь. Но он не отвлекся и сказал, что его тошнит. А рекламы на стенах висело много.

«И еще, — сказал Витя — У меня болит голова. И горло».

Вокзал был красивый. Нам с Репой он очень понравился. Репа сходил на второй этаж и сказал, что там движется пол.

«На нем можно переехать в соседнее здание».

Я не поверил и сходил посмотреть. Потом мы отнесли туда Витю. Витя сказал, что мы его достали и что он может один покараулить багаж. Репа сказал: «Мы тебя здесь не бросим». Витя закрыл глаза и пожал плечами.

* * *

На улице Репа сказал: «С ним ничего не случится. Там есть полицейский. И вообще очень светло».

«И чисто, — сказал я. — Ты заметил, как у них чисто? Не то что у нас».

«Ну да, — сказал Репа. — Интересно, где тут у них продается всякая порнография?»

Мы долго ходили в темноте и почти ничего не видели. Репа сильно ругался, а я говорил ему, что сейчас у них ночь. Все немцы еще спят. Но Репа говорил, что у них тут должно быть полно всяких ночных баров, в которых показывают секс. Он видел по телевизору. И вообще все должно сверкать и переливаться.

Но мы ходили в полной темноте и натыкались на какие-то рельсы. Потом нашли огромный сарай, и я сказал, что, может, по телевизору этот вокзал не показывают. Или только днем. Когда светло и все видно. Но Репа ответил, что я ни фига не понимаю в европейской ночной жизни и что сейчас мы обязательно что-нибудь найдем. Надо только походить вокруг еще немного.

Мы походили еще полчаса и заблудились.

Репа сказал: «Ерунда. Скоро станет светло, и мы все увидим. Вокзал большой. Его будет видно издалека».

Я сказал ему, что вокзал должно быть видно и в темноте. Он освещен электричеством. Репа снова ответил, что я ничего не понимаю, и потом показал куда-то мне за спину. Я обернулся и увидел несколько огоньков.

«Вот видишь, — сказал Репа. — А ты волновался».

«Это не вокзал», — сказал я.

«Это ночной бар, — сказал Репа. — Готовься к европейской ночной жизни».

Мы подошли к зданию, и это оказалась заправочная станция.

«Надо же, — сказал я. — У них даже ночью заправка работает».

«Ну и что, — упрямо ответил Репа. — Там должны продаваться порнографические журналы».

«Откуда ты знаешь?» — сказал я.

«А что им еще продавать на заправке?»

Мы вошли внутрь. У самого входа сидел пожилой толстый немец. Он махнул нам рукой, приглашая посмотреть на свои товары.

«Вот видишь, — сказал Репа, кивнув на целые ряды полок, уставленных яркими журналами. — Я тебе говорил».

Через десять минут мы ушли от приветливого немца. Репа ругался во весь голос и говорил, что одни фашисты могут читать столько автомобильных журналов.

«У нас даже машин столько нет, — повторял он, — сколько у этих фрицев журналов».

«Зато там был наш «За рулем, — сказал я. — Ты заметил?»

Так я познакомился с европейской ночной жизнью.

* * *

Дангуоле сказала, что убьет нас, если мы еще раз бросим Витю. Она рассердилась и назвала нас каким-то длинным литовским словом. Раса отвернулась, чтобы мы не увидели, как она смеется, а Репа сказал: «Так нечестно. Мы же не обзываемся по-татарски».

«А вы что, оба татарины?» — удивленно спросила Настя.

«Нет, — сказал Репа. — Только он».

Я удивился еще больше, чем Настя, но промолчал. Потому что мне все равно — кем быть. Татарином даже прикольней.

Дангуоле сказала, что мы не будем ждать следующего поезда в Швейцарию. Она предложила поехать на электричке.

«Круто, — сказал Саша. — Как в Переделкино. Или в Электросталь».

Дангуоле сказала, что ездила в Германию с мужем в прошлом году. И поэтому теперь знает, как можно добраться до Швейцарии. Они приезжали сюда покупать «БМВ».

«Подержанный», — сказала она.

«А у тебя разве есть муж?» — сказал Саша и подмигнул нам.

«Ты дурак, — ответила Дангуоле. — Отвяжись от меня. Потому что я очень сердитая».

«Маленькая сердитая литовка, — сказал Саша. — Держит своего маленького мужа на чердаке».

«Отвяжись, — повторила Дангуоле. — Все равно акцент у тебя не получается. Ты дурак».

«Дангуоле, Дангуоле, — не мог успокоиться Саша. — А зачем тебе такие маленькие глазки?»

«Отстань».

«Дангуоле, Дангуоле, а зачем тебе такие маленькие ручки?»

«Отстань, я тебе говорю».

«Дангуоле, Дангуоле, а зачем тебе такой маленький носик?»

«Я не буду с тобой разговаривать».

«Дангуоле, Дангуоле, а зачем тебе твой маленький муж?»

Утром мы сели в пригородный поезд, который отправлялся в сторону швейцарской границы. До Базеля мы должны были пересесть еще несколько раз. К счастью, наши билеты оказались действительными на все поезда, двигающиеся в сторону Швейцарии. Дангуоле позвонила нашим друзьям, и они сказали, что будут встречать нас в Базеле. С Сашей она больше не разговаривала.

Когда мы зашли в вагон, Репа сказал: «Ни фига себе, у них в поезде окна».

Раса сказала: «Не то что у нас. Раза в два, наверное, больше».

А Дангуоле добавила: «У нас в Каунасе уже есть такие вагоны. Ты, Раска, дура, дома давно не была».

Настя сказала: «И кресла как в самолете. Кайф».

«Витю положить некуда», — сказал я.

* * *

Все уже прошли в купе, а мы с Витей стояли в проходе. То есть Витя стоял, а я его поддерживал.

«Давай его сюда, — сказал Репа. — Мы его у окна посадим. Тут можно немного прилечь».

Но Витя стоял и, не отрываясь, смотрел на столик. Мы тоже посмотрели туда и замолчали.

Там была банка пива. Красная банка с белыми буквами на боках. Первая в нашей жизни. До этого только по телевизору, из вонючих канистр, трехлитровых банок и зеленых бутылок по прозвищу «Чебурашка».

Мы, разумеется, ждали, что это произойдет. Но никто не мог представить, что так скоро.

Не знаю, кто ее там забыл.

«Можно, я первый? — сипло сказал Витя. — Всю жизнь хотел попробовать».

«Конечно, — наперебой заговорили все мы. — Какой разговор? Давай, старик. Садись вот сюда. Мы ее тебе сейчас откроем».

«А как?» — спросил Витя.

Раса сказала: «У меня есть стакан».

И мы все презрительно на нее посмотрели. Какой же дурак будет пить из стакана, если есть настоящая банка. С белыми буквами. Как в кино.

Витя спрашивал не про то, как он будет пить пиво, а про то, как его открыть.

Дангуоле сказала: «Дайте мне. Я знаю».

Она вырвала банку из наших цепких пальцев и отогнула жестяное кольцо.

«Отойдите, — сказала она. — А то может обрызгать».

Мы стукнулись друг о друга.

Витя зажмурил глаза, и банка зашипела в пальчиках Дангуоле.

«Не надо было ей доверять, — тихо сказал Репа. — Прольет ведь, литовка».

Дангуоле протянула открытую банку Вите, и мы стали смотреть, как он пьет. Ему было трудно пить, поэтому мы смотрели довольно долго. У меня даже немного закружилась голова. Так было круто. Но, может быть, она закружилась оттого, что мы не ели уже целые сутки. Я в этом не разбираюсь.

Короче, Витя медленно пил пиво из красной банки.

А мы ждали своей очереди.

И поезд вез нас в Швейцарию. В самом конце коммунистической эпохи. Плавно набирая скорость, едва ощутимо покачиваясь. Так что, даже стоя вокруг Вити, мы не боялись упасть на него, а просто смотрели. Покачивались в такт с поездом и с моей кружащейся головой.

И в этот момент я вдруг подумал, что, когда мы умрем... Когда-нибудь, фиг его знает когда... Все равно ведь придется, куда денешься?.. То мы снова окажемся в этом поезде. И вспомним друг друга. А Витя будет снова пить пиво. И это будет всегда.

А здесь, как на черном экране после фильма, хочется рассказать, что произошло потом с моими героями:

Витя едва не умер по дороге в Люцерн, и толстый швейцарский врач, которого мы заставили работать в воскресенье и который с недовольным лицом разрезал Витино горло, сказал, что ему очень повезло. Еще бы чуть-чуть — и от нашего друга в Швейцарии осталась одна шинель и фуражка. Но он выжил. И снялся потом во многих хороших фильмах.

Репа сам снимает кино и чувствует себя замечательно.

Саша стал известным театральным режиссером, получил «Золотую маску» и сыграл Мастера в нашумевшей телевизионной версии булгаковского романа.

Раса вышла замуж за очень известного артиста.

Дангуоле, говорят, стала книжным издателем. (И это ей очень подходит.)

А я пишу книжки.

Такая вот жизнь.

ФОКС МАЛДЕР
ПОХОЖ НА СВИНЬЮ

Она говорит мне: надо сходить к священнику. Если есть вопросы.

Я говорю себе: а если их нет?

К кому идти, если в голове одни ответы? На всех уровнях морфологии. Например, имя существительное — небо, трава, дети, вино, птицы, ветер. Хоть в единственном числе, хоть во множественном. И род какой хочешь: небо — оно мое, дети — они мои, трава — она тоже моя, и ветер мой тоже. Чего тут непонятного? Никаких вопросов. Все ясно.

Потом имя прилагательное — дети какие? Смешные. У них толстые щеки и круглые глаза.

Небо какое? Красивое.

Трава какая? Зеленая. Если разжевать, во рту остается запах.

Вино какое? Хорошее. Но надо уметь выбирать. На то, чтобы научиться, уходят годы.

Наконец — глагол. Чем занимаются на траве? Пусть каждый ответит для себя сам.

Что делать с детьми? Ничего. Они уже сами все знают.

Сколько можно выпить вина? Пусть сердце тебе подскажет.

Надо ли закрывать окно, когда дует ветер? Нет. И плевать, что ответ такой короткий.

Глаголы нужно подчеркивать двумя линиями. Но

это уже синтаксис, а не морфология. В школе по этому поводу было много вопросов. Жалко, священника под боком не оказалось. А русичку звали Калерия Николаевна. Финское какое-то имя. Или угорское. Надо было ей финский язык тогда нам преподавать. Может, сейчас были бы хоть какие-нибудь вопросы. С финской грамматикой так легко бы не разобрались. А так больше вопросов нет. Остались одни ответы. На всех уровнях морфологии. См. выше, если охота узнать. Так что священник уже не нужен. Не для этого, во всяком случае.

С учителями вообще отдельная история. Почему попадаешь именно в эту школу?

А почему карта оказывается именно в этой колоде?

Потому что их напечатали вместе. Колода карт — а в ней одна какая-то карта. Так задумано. Кем? Это самая большая тайна.

Ты появляешься на свет, кричишь, писаешь под себя, а потом приходишь в школу к учителям, которые были для тебя предназначены. Кем? Я уже пытался ответить на этот вопрос. Если не веришь, см. выше.

Точно так же, как и ты был для них предназначен.

В этой шайке без тебя смысла не больше, чем в колоде карт без восьмерки пик. Или десятки бубен. Или без дамы крестей. Или без туза червей — выбирай любую, но помни, что другие смотрят и всегда готовы усмехнуться твоему тщеславию.

Особенно если у тебя есть на то основания.

Гордишься собой или нет, но ты приходишь к этим людям и только спустя много лет понимаешь, что, в общем-то, зря над ними смеялся. Что каждый человек в твоей жизни имеет значение. Что он мог появиться только в жизни определенных людей, определенного набора людей, одним из которых был ты. Единственный и неповторимый.

Как бы.

И тогда ты начинаешь думать — Господи, чем я их всех заслужил?

Ты с ними в одном пасьянсе. Лежишь рубашкой вниз — хорошо еще, если красивая; бывают такие уродливые, хоть караул кричи — лежишь и дополняешь собой узор. Ты явно нужен кому-то, чтобы пасьянс сошелся. Кому? Об этом нет смысла думать — важно, чтобы в итоге все это как-нибудь там сошлось. И если хватает времени, то начинаешь присматриваться к тем картам, которые были задуманы с тобой вместе как одна колода.

Что там произошло, после того как тебе исполнилось шесть с половиной? Тебе исполнилось шестнадцать, ты снова влюбился, попал в тридцать девятую школу — бок о бок речной порт, речное училище, дома речников, и отсюда все комплексы, не обязательно связанные с рекой, но все же определяющие социальный статус твоих одноклассников. Как, впрочем, и их культурный статус. И сексуальный. А также их чувство юмора. Поскольку в журчании воды, по сути, нет ничего смешного.

Смеялись совсем над другим. Синие панталоны Екатерины Михайловны. Длинные, практически до колен.

* * *

Женщины на определенной стадии начинают заботиться только о том, чтобы было тепло. Ставят на себе крест. Слишком ясно понимают, что чудес больше не будет.

У мужчин по-другому. Этим до конца что-нибудь мерещится. «Бес в ребро» и прочие невинные отговорки. Все время на что-то надеются. А кто виноват, что хочется жить?

Но у Екатерины Михайловны все было не так.

Ставила табурет у доски и забиралась на него в присутствии всего класса, чтобы достать спрятанную с вечера карту. Наступление советских войск на Северо-Западном фронте осенью—зимой 1944 г. Убрала туда специально, чтобы Лидия Тимофеевна не нашла. Молодая еще. Год как из института, но уже слишком много о себе понимает. Пусть сначала попробует как Екатерина Михайловна. 28 лет стажа и фотография на обложке журнала «Коммунист». Вернее, не совсем на обложке, но сразу же как откроешь. А то даже здороваться нормально не научилась. Пусть сама себе материал готовит. А мы посмотрим. Или на пальцах им все рассказывает. Ржут без конца, идиоты несчастные.

Екатерина Михайловна не любила Лидию Тимофеевну. Это происходило, скорее всего, оттого, что Лидия Тимофеевна не носила пока синих панталон. Как, впрочем, и любого другого цвета. Было бы слишком заметно. Ей нравились узкие вещи. А то, что она там под ними носила, нам увидеть не довелось. Большинству из нас, по крайней мере. Просто не было случая.

Екатерина Михайловна стояла на табурете и помахивала в воздухе свернутой картой советского наступления, чтобы стряхнуть с нее пыль. Это было глупо. Она спрятала карту от Лидии Тимофеевны только вчера вечером. Суток еще не прошло. Какая тут пыль? Но карту можно было смело вынимать. Лидия Тимофеевна эту тему уже прошла. Только что кончился урок истории в параллельном. Завидовали мы им или нет?

Зато у нас было смешно.

Екатерина Михайловна нагибается вперед и открывает доску, как открывают купейную дверь в поезде. Очень удобное изобретение. Подходишь, тянешь за ручку вбок — и перед тобой все Екатеринины сокровища. Но карты с наступлением там нет. Так что зря Лидия Тимофеевна внутри все перерыла. Десять минут как минимум потеряла от урока.

Лицо от напряжения раскраснелось. Глаза растерянные.

А карта теперь в руке у Екатерины Михайловны, и та, согнувшись на табурете, стоит спиной к нам и нагибается все ниже. Ей надо достать указку, но она хочет сделать все за один раз, не опускаясь с табурета на пол. Экономия сил. Какой смысл суетиться, если ты у себя дома? Поработаешь в одном месте 28 лет и тоже перестанешь различать, где работа — где дом. Указку она от Лидии Тимофеевны не прячет. У той есть своя. Она нагибается все ниже, а нам становится видно все больше.

Так туча, закрывавшая небо целый день, внезапно уходит и обнажает огромный кусок пронзительной синевы.

Ну и что с того, что параллельному классу досталась Лидия Тимофеевна?

* * *

Насчет юмора еще была директриса. Тоже ценный кадр. Насчет юмора.

Старой закалки.

Одно время преподавала литературу. Печорин, Онегин, лишние люди. Сонечка Мармеладова как морально неустойчивый элемент. Боялась произносить слово «проституция». Не одобряла. Или беспокоилась за наших девчонок? Говорила: «Пошла на панель».

Любовь к эвфемизмам.

«Называть лопату лопатой». Так говорил Заратустра. Или Джонатан Свифт? Который умер от горя и всеобщего непонимания. Видимо, погорячился насчет простоты.

А дурака — дураком?

Снимала под столом туфли. Шевелила пухлыми пальцами. Когда говорила, делала ручкой. Маленький толстый человек, который учил нас литературе. Однажды завела меня с другом к себе в кабинет и сказала: «Ваш доклад победил на городском конкурсе. Кто-то из вас должен поехать в Москву. Решайте сейчас».

Добрая тетя.

Наверное, мы обрадовались. Особенно я. Потому что неприятно было стоять там в такой тишине. Как будто языки проглотили.

Я сказал: «Пусть едет он».

Не знаю, почему так сказал.

Она говорит: «Вот и ладно».

Перед выпускным вышла на крыльцо. Решила обратиться к народу. В то время любили говорить с высоких трибун. Пока все не умерли. И пока их не отнесли в Мавзолей. Вернее, закопали поблизости. Когда хоронили первого, гроб чуть не уронили. Потому что был толстый. По телевизору все показали. А кто остановит прямую трансляцию? Тем более быстро все произошло. Стукнули об землю, а потом подняли.

В тот год и был выпускной.

Она выходит на крыльцо, окидывает всех глазами и делает ручкой: «Ну что, дорогие родители, пришли проводить своих детей в последний путь?»

А у девчонок такие банты огромные, фартуки белые. Цветы у всех. Мальчишки водки давно накупили. Родители нарядные стоят. Из окна слышно, как в столовой повара смеются.

И замолчала.

Так долгожданное солнце в ненастный день на мгновение выглядывает из туч, но тут же скрывается, вновь окутанное серой дымкой.

В общем, отметили выпускной.

Но самым главным ее приколом был, конечно, Эдуард Андреевич. Тоже насчет юмора. Капитан в отставке. До капитана только дорос. Дольше уже не вытерпели. Хотя в армии привыкли ко многому.

Вот и пошел в школу военруком. Разумеется, в нашу школу. Потому что директриса была его родственницей. Куда ему было еще пойти? Особенно насчет юмора.

Выводил нас из класса. Строил всех в коридоре. Останавливался напротив рыжего Горбунова и шипел: «Ну что, Горбунов? Шатен неудачной масти!» Потом отпускал девчонок и долго смотрел им вслед. Пока сумки заберут с подоконников, пока шепчутся. Когда последняя исчезала в конце коридора, поворачивался к нам и подмигивал: «Убежали, двустволки».

Быстро нашел единомышленников. Физрук Гена бросал нам из своей каморки баскетбольный мяч, а сам запирался внутри на весь урок с Эдуардом Андреевичем. Футбольных мячей у него не было, поэтому мы пинали огромное кожаное яйцо. Если в кого-нибудь попасть изо всех сил, то будет очень больно. Отскакивает с резиновым звуком. Говорили, что так мяч можно испортить, но нам было все равно. Когда после физры по расписанию шло НВП, Эдуард Андреевич прикрывал рот платочком. Видимо, в армии научился. Воспитанного человека не каждый день встретишь. Хорошие манеры, все такое.

Очень любил показывать. Собирал автомат, наряжался в резиновый костюм против химической атаки. Непонятно, где он его достал, потому что в школе у нас таких до него не было. Очевидно, забрал из армии. Одевшись, стоял перед всем классом и смотрел на нас через маленькие круглые отверстия. Иногда издавал звуки, но сквозь резину его было не разобрать. Об этом он не догадывался, поэтому продолжал там внутри разговаривать. Когда снимал верхнюю часть — лицо счастливое, красное, — кто-нибудь обязательно просил его показать еще раз. Он никогда не отказывал. Ему это нравилось. Нравилось, что все смеются. Особенно девчонки. Видимо, в армии с этим проблемы. Тоска по женскому смеху. Особые интонации немужских голосов. Намного выше и отчетливей. Никакого гудения, никакой хрипоты. Ну, и волнует по-другому, конечно же.

Снова надевал огромный резиновый колпак и начинал отдавать самому себе команды. Шумел внутри костюма. Резко поворачивался направо и налево, маршировал по классу между рядов. Отдавал честь. Маленький нелепый космонавт.

Невысокий рост: у них с директрисой это было семейное.

* * *

Почему капитан появился в моей жизни?

Главное — не думать о таких вещах перед сном. Ворочаться с боку на бок и ждать, когда сможешь уснуть. Никогда.

Видимо, что-то было в твоей природе. Позволило ему появиться. Предполагало его соотнесенность с тобой. Вот и думай — чем ты заслужил это счастье?

Интерес к женщинам.

Когда девчонки исчезали в конце коридора, Эдуард Андреевич говорил, что блондинки все равно лучше брюнеток. Лидия Тимофеевна, разумеется, хороша — талия, фигура — все у нее на месте, но Елена Николаевна все-таки на порядок выше. Учитывая, что обе только что закончили институт, последняя выглядит гораздо моложе. То же самое и насчет форм. Блондинки значительно живописнее.

«Горбунов, — говорил он, подходя к нам и раскачиваясь на носочках. — А почему у курицы сисек нет?»

«Не знаю, товарищ капитан», — отвечал Горбунов, которому каждый урок приходилось отдуваться.

«Потому что у петуха нету рук».

Здесь неизбежно наш одобрительный смех. Мой в том числе. Горбунов широко улыбается.

Было ясно, что Елена Николаевна нравилась капитану больше, чем Лидия Тимофеевна.

«Ну что с этой Лидии взять? Черная, худая, мечется по всей школе, как будто у нее шило в заднице».

Опять смех. В шестнадцать лет многое кажется смешным. Шило в учительской заднице не исключение.

Вообще-то они были подруги. В смысле — Елена Николаевна и Лидия Тимофеевна. На переменах сидели в столовой за одним столом, шушукались после обеда в учительской. Инстинкт самосохранения. Естественное поведение во враждебной среде. Поодиночке их переловили бы за полгода. Екатерина Михайловна была далеко не единственной, кто на них точил зубы. Желающих попить крови было достаточно. Хотя Брэма Стокера никто особенно не читал. Непрогрессивный писатель.

Елена Николаевна преподавала математику, и капитан Эдуард Андреевич обычно напирал именно на этот факт: «Алгебра — это сила. Ты посмотри, какой у нее тангенс! Такого тангенса днем с огнем не найдешь».

Имел он в виду математику или саму Елену Николаевну — нам не всегда было понятно, однако чувствовалось, что слово «тангенс» капитана волнует.

На картошке он норовил оказаться в том же автобусе, где был ее класс. Подсаживался к ней поближе и начинал шутить.

Армейские балагуры.

Призрак Василия Теркина, одержимого страстью к молоденьким учительницам математики. Бедный Твардовский.

«Что-то где-то на привале все заслушались бойца».

Капитан любил рассказывать о своей собаке.

Пункт номер два.

Хотя женщин он, конечно, любил больше.

Собаку он тоже привез из армии, как и резиновый костюм против химической войны. Она охраняла зэков где-то на северной зоне и славилась тем, что могла загрызть человека. Особенно когда тот бежит. Однажды ошиблась и побежала за замполитом всей зоны. Замполита зашили, а собаку хотели расстрелять. И тут капитан предложил свои услуги. Не в смысле палача, а в смысле усыновления. Видимо, в детстве любил читать Джека Лондона. Благородный, мужественный и немногословный герой спасает обреченного пса.

«Вот и встретились два одиночества».

Кикабидзе такое даже не снилось. Капитан Эдуард Андреевич и спасенный им пес. И дома под кроватью резиновый костюм. А в автобусе, полном десятиклассников, на соседнем сиденье — Елена Николаевна с мощным тангенсом. От такой картины у кого хочешь голова закружится — не только у капитана внутренних войск в отставке.

Пса звали Черный. Странное имя, но звучное. Тем более что собака действительно вся была черная. Абсолютно как ночь. Ни одного пятнышка.

* * *

Короче, мне исполнилось шестнадцать лет, и родители перевели меня в эту школу.

Кунсткамера Петра Первого.

Очевидно, это было связано с переездом. Теперь уже точно не вспомнить. Это была пятая или шестая школа.

Родителей за такие вещи надо сажать в тюрьму. Меньше будут метаться с места на место и купят наконец этот несчастный велосипед.

«Ну, ты ведь уже большой. Ты понимаешь, что велосипед слишком громоздкий. Он не войдет в наш контейнер. И потом, нам нужны деньги на поездку в Сочи...»

Нам — это папе, маме и твоей сестре. В шестнадцать лет тебе уже известно, что местоимение «мы» рассчитано на троих. Ограниченная вместимость. Как мотоцикл «Ява» с коляской. Четвертый останется торчать в летнем спортивном лагере.

«Тебе необходимо окрепнуть. Постоянные тренировки сделают из тебя мужчину».

Без велосипеда. С общей тетрадью в коричневом переплете. Первые десять страниц занимает начало романа о Кортесе. Эротические сцены зачеркнуты, потом переписаны заново, потом снова зачеркнуты. Небольшая таблица в конце тетради. Крестиками отмечено, сколько дней остается до их возвращения из Сочи.

Самое противное — это уменьшительный суффикс в определении «новенький».

«Еньк» — звучит просто похабно. Попробуй повторить его раза три. Что получилось?

Применительно к вещам он ведет себя довольно прилично — чувствуется гордость владельца. Некоторый шик с элементами понятной радости.

Новенький видеомагнитофон. Новенький автомобиль. Новенький сотовый телефон.

Слышно, как суффикс честно выполняет свою работу.

Но ему для этого требуется существительное. Собственно, сам предмет. Тогда его еще можно вынести.

В школе совсем другая история. Слово «новенький» идет само по себе. Без существительного. Ежу понятно, что тут имеется в виду.

Никому не нужный человек, который не знает, как себя вести, с кем разговаривать, куда садиться, который самому себе противен. Спасибо, дорогие родители.

Да еще и новая школа одна чего стоит.

* * *

Друзей в такой ситуации не выбирают. Кто пришел тебе первым на помощь, тот и друг. Автоматически. Тот, в ком оказалось достаточно сострадания.

— Давай садись вот сюда. Рядом со мной свободно.

Ростом выше меня. Высокий открытый лоб. Волосы чуть вьются.

— Меня Антоном зовут. А ты кто?

— Я Саня.

— Давай, Саня, садись. Чего ты встал-то как пень?

— Я сажусь. Просто пиджаком тут за гвоздь зацепился.

Резкое движение, и ткань издает отвратительный треск.

— Это я его туда забил. Еще во втором классе.

Во втором классе. Если бы я стал искать гвозди, забитые мною в школьные парты во втором классе, родителям пришлось бы совершить еще как минимум три переезда.

— У тебя велик есть?

Друзья в шестнадцать лет заводятся уже не так просто. В два раза проще, конечно, чем в тридцать два, но в восемь раз труднее, чем в два года. Таблица умножения. Элементарно.

Общие интересы. С этим всегда большие проблемы. Никого не волнует, от чего у тебя перехватывает дыхание. У всех по-разному.

* * *

Оказавшись в новой школе, рано или поздно влюбляешься. Не в школу, конечно, а просто в девочку. Через двадцать лет случайно находишь в старых бумагах ее фотографию и долго удивляешься самому себе. Неужели за двадцать лет можно так измениться? Хотя, с другой стороны, красные леденцы в форме петушков тоже не так заводят, как раньше. Поди разберись в этих метаморфозах.

Но фотографию почему-то не выбрасываешь.

В один прекрасный день это все равно случается. Новая школа или не новая. Важно, что тебе шестнадцать лет. Приходишь утром без сменной обуви, и тебя не пускает в гардероб девочка с красной повязкой на рукаве. Постепенно начинаешь симпатизировать всему классу, в котором она учится. Положительная реакция на все красные повязки вообще. Дежурство у них длится целую вечность. С понедельника по субботу. К четвергу ты знаешь, что жизнь твоя решена.

Насчет относительности времени Эйнштейн оказался прав. Об этом надо спросить не физиков, а мальчиков, которые влюбились во вторник. Хватит ли им всей жизни дотянуть до субботы — вот вопрос. Релятивисты молчат в тряпочку.

На помощь снова приходит Антон:

— Хочешь, я с ней поговорю?

И после четвертого урока:

— Все нормально. Завтра на дискотеке можешь к ней подойти.

Завтра — это через сколько столетий?

* * *

Линейность времени компенсируется нелинейностью пространства. Это позволяет вытерпеть жизнь. По крайней мере можно болтаться туда-сюда, пока минуты идут одна за другой. В строгом порядке. Ни одна не забегает вперед. Сначала первая, потом вторая. Никакого хаоса. Просто ждешь.

«Где ты шляешься? Почему не пришел на ужин? Папа хочет поговорить с тобой».

Жизнь сочится в узкую щелку.

Завтра наступает лишь после того, как исчерпаны все минуты сегодня. Все до одной.

Как ее звали, эту девочку? Марина?

— Мне сказали — ты хотел поговорить со мной.

Музыка гремит слишком громко. Ей приходится кричать. Левой рукой она прикрывает ухо.

Я поворачиваюсь направо и смотрю на большие колонки рядом с входом в спортзал.

Нас толкают со всех сторон.

— Знаешь кладовку рядом с мужской раздевалкой?

Я киваю головой.

— Жди меня там через десять минут.

— Ты придешь?

— Я же сказала — через десять минут.

* * *

В кладовке хранились всякие спортивные вещи. За два дня до этого физрук Гена с Эдуардом Андреевичем заставили нас целый урок таскать туда старые маты. Мы сваливали их в кучу рядом с ненужной мебелью из кабинета директора, так чтобы получилась большая нора. Куда можно спрятаться, если что.

Я забрался поглубже и достал сигарету. Курить не хотелось, но я все равно ее достал. Нервничал просто немного, поэтому закурил.

До фильтра оставалось еще два сантиметра, когда я услышал, как открылась дверь. Десять минут никак не прошло. От силы — три с половиной.

— Иди сюда, — прошептал кто-то. — Здесь никого нет.

У входа послышалась какая-то возня, и через секунду они забрались на маты.

— Здесь кто-то курил, — прошептал другой голос. Женский.

— Мы всегда курим здесь.

Я бесшумно сплюнул на пол и затушил сигарету. Окурок зашипел, но они не услышали.

— Все мальчишки курят?

— Не все, но почти все.

— Вам еще рано.

— Перестань, — он тихо засмеялся. — Директрисе скажешь про нас?

— А у тебя сигареты есть?

— Не с собой. Оставил в пальто. А чего мы шепчемся? Там в зале такой рев.

В этот момент я узнал его голос. Это был Антон. Я вообще легко узнаю голоса. Даже по телефону или по радио. Если они не шепчут, конечно, а говорят. Это был точно Антон. Никаких сомнений.

— Ты уверен, что сюда никто не войдет?

Этот голос тоже показался знакомым.

— Сюда ходят во время занятий. Когда из класса выгоняют или на урок опоздал.

— Ты часто здесь сидишь?

Несомненно, знакомый голос. Такое чувство, как будто слышал его только что. Буквально минуту назад.

— Бывает, что часто. Зависит от учителей.

— Горбунов, значит, позавчера тоже сюда пошел?

Я изо всех сил вслушивался в ее голос и все никак не мог вспомнить, кому он принадлежит.

— Наверное. Я же говорю, мы все сюда ходим.

— А девочки?

— Какие девочки?

— Девочки из вашего класса?

В этот момент мне показалось, что я узнал ее голос. Но такого просто не могло быть. Не должно было быть, это уж точно.

— Девочки тоже иногда приходят.

— И что они делают?

Это был ее голос. Голос Лидии Тимофеевны. Учительницы истории из параллельного класса. Я даже перестал дышать от удивления.

— Разные вещи. Курят иногда вместе с нами.

— А еще что?

Он на секунду замолчал.

— По-разному бывает.

Голос у него изменился.

— А вот так они умеют?

Целую минуту надо мной стояла полная тишина. Как будто они исчезли. Испарились. Растаяли в воздухе.

— Умеют? — наконец сказала она.

Голос дрожит, как будто задыхается.

— Нет, так не умеют.

— А вот так?

Я жду еще несколько секунд, и вдруг с диким грохотом открывается дверь.

— Кто здесь опять курит?

Это была Екатерина Михайловна. Голос ее оборвался, и тут же в кладовке загорелся свет.

Минуту они молчали, как на похоронах.

Екатерина заговорила первая:

— Выйди вон.

Я услышал как надо мной зашевелились, но потом все стихло.

— Выйди вон!

Теперь она заорала как бешеная:

— Пошел вон, я сказала!

Антон спрыгнул с матов, и дверь за ним закрылась.

Они молчали еще, может быть, минут пять. На этот раз первой отважилась заговорить Лидия:

— Екатерина Михайловна...

— Я тебе не позволю устроить в школе публичный дом!

— Екатерина Михайловна...

— Я тебе не позволю!

— Я вам все объясню...

— У себя в институте можешь заниматься проституцией!

— Екатерина Михайловна...

— Шлюха!

Я услышал, как Лидия спустилась на пол, и тут же раздался резкий звук пощечины.

Как будто убили комара. Только гораздо звонче. Очень большого комара.

— Пошла вон отсюда!

Дверь за Лидией закрылась, и мы с Екатериной остались в кладовке одни. Она возле шкафа, а я — под матами. У меня влажный окурок в руке.

— Шлюха, — повторила она, но уже намного спокойнее. — Настоящая шлюха.

Через мгновение свет погас, и я услышал, как Екатерина хлопнула дверью.

Надо было скорей выбираться из моей норы. Марина могла войти в любую минуту.

Я осторожно высунул голову из-под матов, чтобы убедиться, что в кладовке действительно пусто. Помимо дыма от моей сигареты в воздухе отчетливо слышался запах духов.

Я на цыпочках приблизился к двери и тихонько потянул за ручку. Дверь не поддалась. Я дернул сильнее — все равно бесполезно. Я потряс ее изо всех сил и в отчаянии опустился на пол. Екатерина закрыла дверь на ключ. Старая идиотка.

* * *

Окурок высох минут через двадцать. Пришлось засунуть его в нагрудный карман. Иначе вообще не дождался бы никогда.

Советские сигареты постоянно приходилось сушить либо на батарее, либо в кармане рубахи. Тогда они начинали шуршать при раскатывании между пальцами, и «бревна» можно было выуживать с меньшим трудом. Без этой предварительной процедуры сигареты в руках мялись как пластилин и время от времени гасли, с какой бы силой ты их ни раскуривал.

«Давай, давай, — смеялись пацаны в мужском туалете. — Губы толстые, сейчас раскуришь».

Когда огонь доходил до «бревна», оно выворачивалось наружу и торчало под самым немыслимым углом, потрескивая и воняя, пока наконец не сгорало или пока ты не выбрасывал полупогасшую сигарету.

Самым забойным брэндом была «Ява». За ней все гонялись и хвастались, что смогли достать блок или два. Сигареты вообще покупались всегда блоком. Иначе в следующий раз ты мог их просто-напросто не найти. Мне лично «Ява» нравилась за то, что она была короче и толще других. Это внушало доверие.

Некоторые сушили за ухом, но меня отпугивал деревенский вид. Простоватость концепции. Точнее, концепция простоватости. Без конца думаешь о себе невесть что. Сигарета за ухом, во всяком случае, это из другой оперы. Уясняешь такие вещи довольно рано. Точно так же, как не называешь себя Санек, когда знакомишься с девушкой. Или Шурик.

Но окурки на груди я до этого никогда не сушил. Рубашка должна была провонять хуже помойной ямы. Мама вряд ли бы отнеслась к этому с пониманием. Хотя, наверное, догадывалась. Просто делала вид.

За ухом было бы еще хуже. Вонь при каждом повороте головы.

Но сигарет с собой больше не было.

* * *

Часа через два в школе все стихло. Я сначала боялся включать свет, но потом сидеть в темноте надоело. Дети подземелья. В первом классе, когда читал, плакал. Теперь уже не помню, про что, но, кажется, кто-то умирал от туберкулеза. Еще граф Монте-Кристо. Царапался у себя под землей чайной ложечкой двадцать лет, чтобы выбраться на поверхность. Тоже идея фикс. Отомстить кому-то хотел. Сами бы так и так без него загнулись. Мог подождать еще двадцать лет, раз такой терпеливый.

Вскормленный в неволе орел молодой.

Несколько раз кто-то дергал дверную ручку. Я смотрел на нее и молчал. А что еще оставалось?

«Это Марина, да? Марина, ты знаешь, меня здесь Екатерина Михайловна закрыла. Я сижу тут один, и мне очень страшно. Не могла бы ты позвать кого-нибудь на помощь?»

Таким дурацким голосом. Из-за двери. Можно еще в дырочку палец просунуть.

«Позови, пожалуйста, кого-нибудь! Это я — Саша».

То есть:

«Это я — Александр. Помнишь, ты мне сказала, чтобы я тебя здесь подождал?»

Нормальное знакомство.

Последними ушли пацаны, которые вели дискотеку. Я слышал, как они протащили колонки и потом вернулись, чтобы убрать столы. Минут пять громыхали ими по коридору. Смеялись над какой-то Оксаной. Я вслушивался в их голоса, но ни одного знакомого не услышал. Тяжела жизнь подростка в советской стране.

Потом вообще все затихло. Только у входа в спортзал гудела неисправная лампа. Дежурное освещение.

Наступила полная тишина.

Минут пять я стоял у двери, прислушиваясь к

звукам снаружи, потом залез на маты и лег лицом вниз. Воняла рубашка или не воняла — теперь мне уже было все равно.

В этот момент в коридоре послышались чьи-то шаги. Кто-то вернулся в спортзал. Я понял, что до самого утра больше никого не будет. Последний шанс. Страх выглядеть глупо уже прошел. Оставался просто страх. В первоначальном смысле.

— Кто там? — раздался через минуту испуганный голос.

— Откройте, пожалуйста, откройте! Мне надо домой!

— Кто это? Перестань колотить. Я не могу попасть в замочную скважину.

Я сделал шаг назад, и дверь распахнулась. Пещера Али Бабы. Но никаких сокровищ. Просто я. Несчастный, лохматый и перепачканный.

— Ты кто?

Я поднимаю глаза и вижу перед собой Екатерину Михайловну. Расстегнутое пальто, в руках шапка. Лицо абсолютно растерянное.

— Я новенький из 10-го «А». На прошлой неделе к вам перешел.

Она молча смотрит на меня и на глазах бледнеет. Белое безмолвие. Правда, у Джека Лондона было что-то про снег.

— Ты давно тут сидишь?

— Не знаю. У меня нет часов.

Не скажешь ведь ей, что время определяется количеством сигарет. Был-то всего один окурок.

Она смотрит на ключ, который держит в правой руке, и я буквально вижу, как мысли у нее в голове постепенно приходят в движение. Начинают перекатываться с места на место. Как валуны в горной реке. Сильное течение срывает их с места и тащит, оставляя глубокие борозды, вспенивая воду вокруг них.

«Давай, тетка, думай, давай».

Она пытается вспомнить, есть ли у кого-нибудь второй ключ. У кого-нибудь, кто мог закрыть меня здесь. Может быть, по ошибке, а может, спецом. Так бывает. Важно, чтобы этот *кто-нибудь* был не она сама. Вот что для нее сейчас важно. Не она — Екатерина Михайловна. Которая ударила Лидию Тимофеевну по лицу. Свою молодую коллегу. По нежному молодому лицу. Кожа гладкая, как поверхность воды в лесном озере. И прохладная. Лет пятнадцать еще до первых морщин.

За то, что она забралась в кладовку с одним из ее учеников.

Пока я прятался где-то внутри. И, видимо, все слышал. Такая проблема.

Но бесполезно. Она не может вспомнить про второй ключ.

— Как, ты говоришь, твоя фамилия?

Я называю, и она молча кивает мне головой.

— Можно идти?

Она снова кивает.

— Или постой!

А я уже почти дошел до выхода из коридора.

— Вернись на минуту.

Я делаю шаг назад.

— Хотя, ладно, можешь идти.

Я выхожу на крыльцо школы. На улице темно. Снега еще нет, но запах в воздухе уже витает. Скоро зима. В карманах ни одной сигареты.

Дверь позади меня с шумом распахивается.

— Поднимись на десять минут в учительскую. Мне надо с тобой поговорить.

На ней уже нет пальто. Голос намного решительней.

«Надо было бежать», — думаю я и, сгорбившись, иду следом за нею.

* * *

Темные коридоры. Никак не могу запомнить все повороты. В новой школе всегда так. Обычно уходит недели две. Смотрю ей в спину и думаю о том, как найду дорогу обратно. Дедал в своем лабиринте подыхает от зависти. Могли бы хоть свет включить. А в роли Минотавра — Эдуард Андреевич. Капитанобык. Носится с ревом туда-сюда. Или его пес. Интересно, кто проектирует эти школы?

Иван Сусанин, наверное.

В учительской за самым дальним столом сидит Елена Николаевна. Перед ней стопка тетрадей. Для Екатерины — это тоже сюрприз.

— А вы... Разве вам не надо домой?

Елена поднимает голову от тетрадей.

— Да я вот решила проверить контрольную. Дома много других хлопот.

Пресс-конференция отменяется.

— Ну, ничего, — говорит Екатерина. — Можешь положить свою куртку.

Она показывает мне на диван.

— Ты чай с сахаром пьешь или без?

Елена смотрит на нас обоих. Судя по тому, как она смотрит, ей здесь чаю не предлагают.

— С сахаром... Только мне домой пора.

— Сейчас пойдешь. Сядь пока вот сюда.

Елена все еще смотрит.

— Ты к нам из какой школы перешел?

— Я из другого города.

— Понятно... И как у тебя успехи?

Она протягивает мне стакан с чаем. Елена быстро отводит глаза.

— Нормально. В среднем четверка вроде бы получается.

— А по истории?

— Тройка была. С плюсом. Я съезды плохо запоминаю. Путаю, какой семнадцатый, какой восемнадцатый.

— Надо разобраться. У тебя ведь выпускной в этом году. Ты в каком у нас классе?

— В 10-м «А».

— Ну, вот видишь. Собираешься поступать?

— Наверное.

— Значит, аттестат тебе нужен хороший.

Ее голос меняется. Я поднимаю взгляд от своего стакана. Она смотрит на меня с каким-то странным выражением на лице.

— Хороший, ты понимаешь? Иначе тебе не поступить. С плохим аттестатом ты никуда не поступишь.

Смотрит на меня, как горгона Медуза. Ждет, когда я превращусь в камень.

— Ты понимаешь меня?

Я медленно киваю головой. Мне кажется, я ее понимаю. Когда на тебя так смотрят, трудно уже не понять. Не дурнее же паровоза.

— Вот и хорошо. Но тебе надо постараться, чтобы получить хороший аттестат. Это не так легко. Можешь мне поверить.

Она все еще смотрит на меня, как на гнома.

— Я понимаю.

— Молодец. Я вижу, мы поняли друг друга.

Она вздыхает и наконец отводит от меня взгляд. Елена делает вид, что вся поглощена работой.

— А чем это от тебя пахнет? Ты что, курил?

— Нет, просто в кладовке... Там было...

Дверь в учительскую открывается, и на пороге возникает Эдуард Андреевич. Капитанобык. Местная достопримечательность.

— А я думал, все уже ушли.

Он видит Елену Николаевну, и голос у него становится тонким, как у оперного певца на сцене.

— Елена Николаевна, как насчет проводить?

— Я пока не иду домой, Эдуард Андреевич. У меня еще есть работа.

— А я подожду.

— Не стоит меня ждать. За мной все равно приедут.

В ее голосе звучит раздражение.

— А кто, если не секрет?

— Можно мне идти? — спрашиваю я у Екатерины Михайловны.

— Конечно. Если ты все понял.

— Я понял.

— Ну, тогда иди.

Я натягиваю куртку и топчусь на одном месте. Легкоатлет в секторе для прыжков в длину.

— Чего ты ждешь? Я же сказала, можешь идти.

— Там темно. Я еще плохо ориентируюсь в этой школе. Выхода не найду.

— Ну вот, Эдуард Андреевич, — Екатерина смотрит на капитана. — Теперь вам есть, кого провожать. Покажите молодому человеку, где выход. Вы же хотели сделать доброе дело?

Капитан переводит взгляд на меня, и выражение на его лице меняется.

Я вообще-то рассчитывал, что меня проводит Елена.

* * *

На следующий день в параллельном не было урока истории.

— Везет придуркам, — сказала Дина Макарова.

Она была очень прямолинейная девочка, поэтому ее выбрали в комсорги. Прямолинейная и толстая.

— Нам так не везет. Екатерина вообще никогда не болеет, корова железная.

Очень образное мышление. Но толстая. От этого все проблемы.

Впрочем, параллельному повезло лишь наполовину. Никто домой их не отпустил. После истории у них была еще химия. Высокая надменная Антонина Михайловна. Ногти — как клыки у вампира. Сантиметров по пять. Наша теплая кровь стекала по ним в журнал, не успевая свернуться. Любимая фраза: «Пять вопросов — пять двоек. Она всегда знала, что будут двойки. Стоило только слово шепнуть. Поднимала с места и вбивала эти вопросы, как пули в лоб. Полминуты жалкого бормотания — и оценка за четверть у тебя уже есть. Приговор окончательный и обжалованию не подлежит. Шаг влево, шаг вправо — считается побег.

Люблю решительных женщин.

Говорили, что стиркой дома занимается муж. И кухней. А куда с такими ногтями?

— Везет придуркам, — повторила Дина со вздохом. — Целый урок будут балду пинать.

Через десять минут они собрались под нашими окнами. Корчили рожи, показывали языки. Когда учишься в выпускном классе, кажется, что счастье будет длиться целую вечность.

В понедельник нас с ними объединили. Они пытались тихо исчезнуть, но Екатерина прокричала на весь коридор, что лично разберется с теми, кто хочет удрать. Громким голосом. Первоклассник, стоявший рядом с ее кабинетом, вздрогнул и уронил на пол деревянный пенал. Дина Макарова показала всем большой палец.

После истории у нас ничего больше не было, и мы пошли на улицу, за гаражи. Дома курить удавалось не всем. У некоторых родители работали в смену.

На крыльце стояла Елена Николаевна. Она внимательно всматривалась во всех, кто выходил из школы. Увидев меня, она сделала шаг в нашу сторону, и пацаны быстро спрятали сигареты.

— Можно с тобой поговорить? — сказала она, обращаясь ко мне. — Ты ведь новенький из 10-го «А»?

Я с тоской посмотрел в спину удаляющимся одноклассникам. Ждать меня они, разумеется, не стали.

— А что я такого сделал?

— Мне просто надо поговорить с тобой. Пойдем вон туда, к футбольным воротам.

— Надолго?

— Нет, минут на пять.

Я сунул руки в карманы и, сгорбившись, пошел за ней.

— Три дня назад это ведь тебя Екатерина Михайловна приводила вечером в учительскую?

— Ну.

— А зачем она тебя приводила?

— Я-то откуда знаю? Приводила и приводила. Может, хотела познакомиться.

— Ты мне не хами.

— Я не хамлю.

— Тогда отвечай нормально.

— Я нормально отвечаю. Не знаю, зачем приводила. Спросите ее.

Она задумалась на минуту. Наморщила лоб. Глаза очень синие.

— Понимаешь, произошло что-то очень серьезное, но я пока не знаю — что.

— Да? А я тут при чем? Я вообще в этой школе новенький.

— Но курить, ты уже знаешь, с кем надо ходить.

— Мы не курить шли.

— Рассказывай мне сказки. Знаю я отлично, куда вы шли.

— Я не курю.

— Да перестань. Это сейчас неважно. Ты Лидию Тимофеевну видел в тот вечер?

Я понял, что разговор становится неприятным.

— Нет. Я ее не видел.

Даже врать не пришлось. Она ведь не спросила — слышал ли я ее.

— А почему Екатерина Михайловна с тобой потом так странно разговаривала? И чаем тебя поила?

— Да я-то откуда знаю? Может, она всех новеньких любит чаем поить.

— Перестань паясничать. Я же тебе говорю — случилось что-то серьезное.

Она посмотрела мне прямо в глаза.

— Ты что-то знаешь? Скажи мне честно. Знаешь ведь, да?

— Да ничего я не знаю. С чего вы взяли вообще?

— С чего я взяла?

Видно было, что она разозлилась.

— С чего я взяла, говоришь.

Глаза у нее сузились.

— А с того, что Лидия Тимофеевна в тот вечер прибежала в учительскую вся в слезах и сказала, что Екатерина Михайловна теперь ее просто убьет. И убежала, ничего мне не объяснила. А еще через два часа эта Екатерина Михайловна привела тебя, и вы с ней очень странно беседовали. Что она хотела от тебя?

Я постарался не смотреть ей в глаза.

— Не знаю я, чего она хотела. Она вообще какая-то...

— Послушай, я понимаю, что тебе не хочется говорить. Екатерина тебя напугала. Но ситуация очень серьезная. Лидия Тимофеевна не ходит в школу вот уже несколько дней. В учительской мне никто ничего объяснять не хочет. Ее просто заменяют, как будто знают, где она и почему не выходит на работу. Все делают дурацкий вид.

— Сходите к ней домой.

— Я там была!

Она почти закричала:

— Я была там уже двести раз. Никто дверь не открывает. Она у кого-то снимает эту квартиру, но где ее хозяева живут — я не знаю. Она говорила как-то, но я уже не помню. Где-то недалеко. Две остановки на автобусе.

— Может, в домоуправлении спросить.

— Ты что, издеваешься?

Она молча уставилась на меня.

— Я же тебе говорю — она не открывает дверь. Она там внутри. Я ее слышу. Каждый раз, как прихожу — слышу. Но она не открывает мне дверь. Ты понимаешь? Мне! Случилось что-то очень серьезное.

Она запнулась и минуту сосредоточенно смотрела вниз. Прямо под ноги. Как будто что-то искала там на земле.

— Она в институте себе вены вскрывала. На третьем курсе. С тех пор носит платья с длинным рукавом.

Елена Николаевна снова посмотрела мне прямо в глаза.

— Слушай, я понимаю, ты еще очень маленький, и все это тебе кажется диким. Но это такая взрослая жизнь. Помоги мне. Я прошу тебя. Помоги мне.

В этот момент на школьном крыльце появился капитан Эдуард Андреевич. Он посмотрел в нашу сторону и тут же направился к нам.

— Блин, как он меня достал, — со стоном проговорила Елена Николаевна. — Идем!

Она схватила меня за руку и потащила к автобусной остановке.

* * *

В автобусе я ей все рассказал. Без уточнения некоторых деталей, но в принципе все.

А что можно сделать, когда на тебя смотрят такими глазами? К тому же Екатерине с ее намеками я с самого начала хотел сказать, чтобы она пошла в зад. Просто постеснялся. Ее аттестатом в Советской Армии даже подтереться было нельзя. Корочка слишком твердая. Поступишь или не поступишь — все равно загребут.

Елена Николаевна восприняла новость вполне достойно. Чуть-чуть расширились глаза от удивления — и все. Может, она и не такого от своей подруги ждала. Кто их знает, этих учителей, чем они в своих пединститутах занимаются. Макаренко, наверное, проходят. Или Сухомлинского. «Сердце отдаю детям». Полный вперед.

Во всяком случае, мне она не посочувствовала. Насчет того, что я как дурак просидел в этой кладовке часа два.

— А что говорит Антон?

— Откуда я знаю, что он говорит?

— Ты что, с ним не разговаривал?

— Нет. А чего мне с ним разговаривать?

— Ладно, на этой остановке выходим. Пойдешь со мной. Ты еще будешь нужен.

Лучше бы я спросил — зачем.

— Лида! Ты меня слышишь? — закричала она, как только мы поднялись к двери Лидии Тимофеевны. — Это я — Лена.

— А может, лучше позвонить? — сказал я. — Или постучать хотя бы?

— Я звонила уже тысячу раз. Тихо!

Я затаил дыхание и прислушался. В квартире действительно кто-то был.

— А вдруг это воры?

— Перестань. Они что там, по-твоему, уже целых два дня сидят.

— А может, Лидия Тимофеевна уехала на выходные, а в квартиру пустила кого-нибудь?

— Лида! Это я — Лена! Открой!

За дверью полная тишина.

— Лида, открой. Я теперь все знаю.

В ответ ни звука.

— Ты слышишь меня? Я знаю все. Я знаю, почему ты не открываешь дверь.

— А может... — начал я.

— Тихо!

Она чуть не треснула меня по затылку.

— Я знаю, почему ты плакала в учительской три дня назад.

— Откуда ты знаешь?

Голос раздался буквально в десяти сантиметрах от нас. Глухой и совсем непохожий на голос Лидии Тимофеевны. Как будто она говорила откуда-то из-под земли. Я даже вздрогнул от неожиданности. Все это время она стояла прямо напротив нас.

— Открой, Лида, я тебе все расскажу.

— Откуда ты знаешь?

— Со мной здесь друг Антона.

Секунд пять из-за двери не доносилось ни звука.

— Какой друг?

Елена Николаевна быстро посмотрела на меня.

— Тебя как зовут? — еле слышно, одними губами спросила она.

— Саша.

Я ответил точно так же тихо.

— Это Саша, Лида. Его зовут Саша.

— Какой Саша?

Голос Лидии Тимофеевны звучал ровно, без всякого интереса.

— Это новенький из 10-го «А». Антон просил его кое-что тебе передать.

Вот этого я от нее не ожидал. Чего угодно ожидал, но не этого. Выпучился на нее и стою как дурак.

— Ты слышишь, Лида?

А на меня она даже и не смотрит. Как будто все

так и надо. Как будто я должен тут просто запеть от радости.

В этот момент щелкнул замок и дверь чуть приоткрылась.

— Что он просил передать?

На нас смотрело лицо Лидии Тимофеевны. Но это было только ее лицо. Самой ее как будто здесь не было. Тень отца Гамлета — женский вариант.

Или полгода в Освенциме.

— Лида...

Такого Елена Николаевна, видимо, все-таки не ожидала. Старый вопрос — верите ли вы в загробную жизнь?

— Боже мой, Лида...

— Что он просил передать?

— У тебя такое лицо...

Лидия Тимофеевна молча развернулась и исчезла в глубине квартиры. Дверь осталась открытой. Ей, кажется, было плевать на дверь.

Елена Николаевна осторожно переступила порог и потянула меня за собой. Внутри было темно. В единственной комнате и на кухне окна были закрыты шторами. Как в склепе. Свет почти не просачивался. Наверное, хозяева увлекались фотографией. На кухне шипел невыключенный телевизор.

После нормального освещения в подъезде я лично ничего не видел. Стоял посреди комнаты как истукан и просто не знал, что мне делать. Елена Николаевна ориентировалась лучше меня. Она сразу двинулась к окну и хотела отодвинуть штору.

— Не надо!

Голос Лидии Тимофеевны прозвучал откуда-то из угла. Приглядевшись, я различил там большое пятно. Может быть, кресло, а может, она там просто стояла. В углу. И смотрела на нас.

— Что он просил передать?

— Я не знаю, — сказала Елена Николаевна. — Пусть Саша тебе расскажет.

И дернула меня за рукав.

Видимо, думала, что если дернуть меня за рукав, то все получится круто.

Типа рукав — это такой выключатель. Дернул за него — и понеслось.

А ни фига.

Стою как долбонавт. Исследователь неведомого пространства.

— Что он просил передать, Саша?

— Он просил передать...

Тут, к счастью, снова вмешалась Елена Николаевна:

— Ты что, с того вечера еще не переодевалась?

Она наконец привыкла к темноте и, видимо, что-то там разглядела.

— Отвяжись.

— Ты ложилась спать или нет?

— Отвяжись.

— Ты что, три дня не спала?!!

— Отвяжись, говорю. Что он просил передать?

— Я вызываю «Скорую»!

— Ты сейчас вылетишь отсюда, если не заткнешься. Что он просил передать? Саша, ты меня слышишь? Отвечай.

Я понял, что мой час настал. Момент истины. Некуда отступать.

— Он... просил узнать у вас... насчет домашнего задания. Для параллельного класса.

* * *

С девочкой Мариной тоже все оказалось непросто.

Блондин Гоша, который умел играть на гитаре. Вечные проблемы с блондинами.

Одноклассники обращались к нему «Гоня». Всеобщая любовь и симпатия. Ласковый мальчик с ласковым именем. Папа летал на больших самолетах в разные страны и города. Первый в школе японский магнитофон, фирменные джинсы и жевательная резинка «Лелики-Болики». Мои деньги оказались с дырками. Какая тут конкуренция? Хорошо, если разрешат где-нибудь рядом потусоваться. Но любовь зла. Приходилось страдать.

Ранний период творчества Михаила Юрьевича Лермонтова. Байронизм и разочарование в жизни.

«О, девятнадцатый век! Тоска по Востоку.

Поза изгнанника на скале».

Другой поэт, но все равно очень верно. «Леликов-Боликов» никогда на всех не хватает. Хоть в нашем веке, хоть в девятнадцатом. Отсюда и байронизм.

«Над седой равниной моря гордо реет кто-то гордый».

Бесконечный интерес к смертным грехам. Под каким номером идет гордыня?

Но неожиданно помогла история с Лидией Тимофеевной. Пока Елена Николаевна нервничала и шушукалась в школьных коридорах со мной и с Антоном насчет того, чтобы убрать из темной квартиры весь уксус, бритвы, таблетки и тому подобное, в школе кое-кто обратил на это дело внимание.

Не слепые же.

Девочки в шестнадцать лет крайне любознательны. Особенно насчет уксуса и таблеток. Вернее, насчет обстоятельств. Примеряют на себя ситуацию. Всегда.

Проблема: как устоять? И надо ли?

Но в этот раз они ничего не знали. Просто почувствовали. От этого чувства родился интерес. В том числе и ко мне.

Она сама первая подошла. Видимо, наше трио показалось ей любопытнее жевательной резинки. Не в каждой школе молодая учительница то и дело уединяется с двумя выпускниками.

— А что она все время вам говорит?

— Ну... ты знаешь... я не могу тебе все рассказать...

В общем, она попалась. Гоня со своей гитарой пролетел, как его папа пролетал над Парижем. Плавно кружась. Снижаясь концентрическими кругами.

Начался период любовной лирики Пушкина.

До потери сознания.

* * *

Екатерина Михайловна, в отличие от меня, строго выполняла свои обязательства по заключенному пакту о ненападении. Если я разболтал об этой истории по крайней мере уже двум человекам, то она методично работала над моим аттестатом. Старый, наивный человек.

Так обретаешь веру в человечество.

Оценки по истории появлялись у меня в журнале самым волшебным образом. Хорошие оценки. Екатерина Михайловна не скупилась. Еще один плюс в ее пользу. Вообще, если долго присматриваться к человеку, то он оказывается не такой уж противный. Почти всегда.

Другие учителя тоже оказались отзывчивыми. Непонятно, как она их убедила. Корпоративная солидарность. В Средневековье это называлось «цех». Екатерине Михайловне нравились такие вещи. Однажды прочитала целую лекцию.

Даже химиня ослабила хватку. Пятерок пока не ставила, но и насчет двоек прекратила свирепствовать. На ее уроках я сидел как в самом центре тайфуна. В радиусе метра полный покой и тишина. За пределами этого круга — ураган. Пляска смерти. Джек Потрошитель встречается с графом Дракулой. Говорили, что Антонина Михайловна и вправду однажды ездила в Венгрию. Вернулась под большим впечатлением. Трансильвания — все дела.

Один капитан Эдуард Андреевич не вошел в этот симпатичный проект. Наверное, ему не нравилось, что Елена Николаевна уделяет мне слишком много внимания. И Антону. Антону даже больше.

Я бы сказал — гораздо больше.

Впрочем, на Эдуарда Андреевича мне было плевать. Напрягал, конечно, на своем НВП, но меня это не особенно волновало. Я просто ждал конца уроков, а потом мы шли к Лидии Тимофеевне. Каждый день. Даже в воскресенье, когда никаких уроков не было. У нас там образовался такой клуб. По интересам.

Я приходил с Мариной. Антон приходил к Лидии Тимофеевне. А Елена Николаевна приходила сама по себе, в роли подруги: сочувствие, новости из учительской, воспоминания об институте.

Не знаю, как они себя чувствовали рядом с нами. Вряд ли они относились к себе как к старухам. В 21 год женщины еще не драматизируют свой возраст.

Но уже начинают. Если не вышли замуж.

А может, они иногда и думали, что они старухи. Я не знаю. Мне тогда было шестнадцать лет. И Марине. А Антону было уже семнадцать. К тому же высокий рост. Другие учителя говорили — быстро развился.

Нормальные учителя. Те, которые в школе.

А наши сидели с ногами на диване, пили кофе, курили и болтали о всякой чепухе. Мечта. Нормальному школьнику даже не снится. Особенно насчет советов.

— Никогда не рассказывай своей девочке о том, как ты ее любишь.

Кто это говорил? Елена Николаевна или Лидия Тимофеевна? Теперь уже неважно. Как, впрочем, не было важно и тогда. Не все ли равно, кто сообщает тебе такие вещи? Раз возникла необходимость.

— Понимаешь, мужчинам кажется, что женщины должны об этом знать.

— А разве не должны?

— Конечно, нет. «Долг» — это не женское слово.

— А какое тогда женское?

— Не знаю. Ты мне скажи.

Ответ приходил в голову через несколько дней.

— Это как с кошкой.

— В смысле?

— Когда сидишь в кресле, всегда хочется, чтобы она прыгнула тебе на колени.

— Вообще, это приятно.

— Но она не идет, если ее специально позвать.

— Ну и что?

— Ничего. Это и есть женское слово.

— Какое?

— Когда хочется, чтобы кошка прыгнула тебе на колени, но ты знаешь, что, если ее позвать — она не пойдет.

— Такое длинное слово?

— Короче не получается.

— Ну что же, все равно неплохо. Делаешь успехи. А вывод?

— Надо уметь сделать так, чтобы ей захотелось прыгнуть.

— Совсем неплохо.

— Но говорить ей об этом нельзя.

— Пятерка с плюсом. Если хочешь, могу поставить в журнал.

— А еще можно просто подавить в себе это желание.

Пауза.

— Ты что, из тех, кто любит преодолевать трудности?

Так продолжалось почти до Нового года. Про Лидию Тимофеевну в школе нам объявили, что она серьезно больна и раньше последней четверти не появится. На ее место срочно взяли кого-то еще. Екатерина Михайловна перестала объединять на своих уроках два класса, а мы продолжали наблюдать развитие «болезни» Лидии Тимофеевны. Я никогда больше не видел человека счастливее, чем она. По крайней мере, до тех пор, пока не подошел Новый год.

Про себя тоже не скажу, что я был несчастлив. Даже роман про мексиканский поход Кортеса двинулся вперед. Тетрадка в коричневом переплете пылилась на подоконнике с самого лета. Мама порывалась несколько раз почитать, но бросала. Ее раздражал мой почерк. Нашла две ошибки на первой странице. Орфографических. И подчеркнула. До эротики не дошла. Но я был готов объяснить: художественная необходимость.

* * *

«...оружие было теперь ни к чему. Ацтеки, которые еще продолжали оказывать сопротивление, ушли далеко в горы. Воинственная кровь и гордый характер не позволяли им идти на переговоры с испанцами, к тому же некоторые жрецы продолжали укреплять дух воинов публичными человеческими жертвоприношениями. Кровь лилась на ступени пирамид почти каждый день. По всей стране черными столбами вздымались к небу дымы священных костров. Большинство жертв предлагали себя для заклания добровольно. Надо было сообщить богам о бесчинствах испанцев. Поэтому торопились. Но боги молчали. Они были заняты чем-то другим. Избранные счастливцы уходили к ним бесконечной чередой, но все ожидания были напрасны. Ни один посланец не пробудил интереса богов. Среди простых крестьян поползли слухи о том, что в какой-то глухой деревне несколько раз появлялся Кецалькоатль, который вернулся с Востока, переплыв океан на плоту из змей. Он собирал вокруг себя толпы народа и, прежде чем вознестись, устрашающе объявлял, что ни один из богов, включая его самого, не станет больше покровительствовать ацтекам, потому что испанцы, тоже явившиеся с Востока, будут теперь божественными детьми — у них растут бороды, у них есть сверкающие одежды, их оружие громыхает сильнее молний. Кортеса он называл своим новым любимым сыном. Некоторые даже говорили, что Кортес — это и есть Кецалькоатль. Он долго жил на Востоке и теперь наконец решил проверить, как шли дела в его отсутствие. Гнев бога оказался ужасен. Но были и такие, которые говорили, что Кецалькоатль просто-напросто струсил. Что Кортес никакой вовсе не бог и что, если привести его к жертвенной пирамиде, то на ступени прольется такая же кровь, как у других. Боги оказались трусливее смертных. Они спрятались в своих небесных дворцах, оставив людей погибать под огнем испанских мушкетов. Им было стыдно за то, что они не сумели дать своему народу такого оружия, как у испанцев. Они не смогли придумать таких пушек — значит, это были плохие боги. Ацтекам оставалось полагаться лишь на себя. Те, кто еще хотел сражаться, забрали свои семьи и ушли в горы. Они решили, что победят без помощи богов. Может, потом боги придут в себя и снова дадут знать о том, что они существуют. После победы. А сейчас надо было дать им время прийти в себя.

Поэтому испанцам оружие было теперь ни к чему. Для них наступило время надежд на золото. Они отбросили ацтеков в горы и предавались отдыху в столице бывшего индейского государства. Никто из конкистадоров Кортеса не мог верно произнести названия этого города, но тем не менее он им нравился. «Ченопипам, — говорили они и смеялись. — Тенопупам». Никто, кроме самого Кортеса.

Задолго до высадки на мексиканском побережье, в то время, когда он еще служил на Кубе, Кортес часами беседовал с ацтекским жрецом, который бежал от своих соплеменников после того, как отказался принести в жертву свою дочь. Он объяснял это тем, что Кецалькоатлю не нужны мертвые дети. Человек живет только один раз, и после того, как он умирает, ничего больше не остается. Загробного мира не существует. Боги придуманы для дураков. Кортеса смешили идеи язычника, но он ему не возражал. Если бы у него самого была дочь, пусть бы кто-нибудь только попробовал заикнуться о жертвоприношении. У него под рукой было несколько тысяч солдат, оснащенные пушками корабли, не говоря уже о закованной в броню кавалерии. Забрать у него дочь было бы не так просто. Даже против армии короля он мог бы продержаться дней десять. Если бы у него была дочь. Правда, оставалась эта история про Авраама и Исаака, но король ведь не господь бог, да и Кортес не такой тупица, как эти обрезанные иудеи. К тому же у него не было дочери, так что о чем вообще могла идти речь?

Теночтитлан — так называлась столица ацтеков. Кортес произносил это слово уверенно и легко. Ему нравилось его звучание. Как плеск воды под веслами его галер. Он знал, что местные считают его Кецалькоатлем. Своим дурацким богом, помешанным на змеях и бородах. Кортес не возражал против подобных преувеличений. У него действительно была густая борода, и с самой ранней юности он замечал в себе что-то божественное.

Так что оружие было теперь ни к чему. Божество управляет посредством любви. Алебарды, секиры, двуручные мечи и мушкеты заперли в специальных складах до тех пор, пока нерешительные индейцы не рискнут спуститься со своих гор. Холодная блестящая сталь. Огромные топоры с широкими лезвиями, чтобы разрубать черепа на две половины — в каждой остается по одному глазу. Длинные кинжалы с потемневшими ложбинками для стока крови — сталь не разрывает кожу, а входит в нее, скользнув внутрь блестящей змеей. Усеянные шипами дубины, чтобы пробивать грудную клеть — воздух с гулким хлопком вырывается наружу. И запах нечистот. Внутренний запах человека.

Нет, оружие было теперь ни к чему. Местные поклонялись ему как настоящему богу. Они считали, что если ему удалось взять их тысячелетний город, то он и есть их Кецалькоатль. Давным-давно уплывший от них на Восток бог. Они приходили к нему со своими дарами, поскольку богов надо задабривать. Они приводили ему своих дочерей, потому что каждому хотелось иметь внуков от бога. Он не отказывал им. Он управлял посредством любви. Каждую ночь он любил новую женщину. В своих отчетах инквизиции и королю об этом он не писал. Христианская любовь предполагала иное. Ему были известны взгляды Великого Инквизитора на этот счет.

Кортесу нравились их тела. Смуглые и гибкие — их было приятно держать в объятьях. Проститутки в испанских портах доставались почти так же дешево, но, когда они отдавались, — они отдавались не богу. Попробовал бы он объяснить им, кто такой был этот Кецалькоатль. Наверное, пожалели бы, как сумасшедшего. Или сообщили отцам Святой Инквизиции. А местные девушки даже глаза на него поднимать боялись. Трепетали всем телом, когда он выбирал, какая из трех останется с ним сегодня ночью. Горько плакали вместе со всей семьей, если выбор выпадал на другую. Такая вера заслуживает уважения. И любви. Долгой любви, пока хватит сил. Пока не кончится вино и пока часовые не начнут выкрикивать его имя, проверяя — не заснул ли кто на посту. «Кортес» — раздавалось со всех сторон в предрассветных сумерках, и он улыбался, думая о том, что не знает имен всех этих бесчисленных и безмолвных почитательниц неведомого ему бородатого божества. Счастливого божества с густой бородою.

Иногда они предлагали себя, не дожидаясь своей очереди на следующую ночь. Сразу несколько девушек одновременно. Кортес думал о такой возможности, и она пугала его. Картины, которые возникали у него в голове, заставляли его сердце биться гораздо чаще, но он помнил о своем христианском долге. Хотя, с другой стороны, он помнил и о древних пророках. Даже Иаков имел несколько жен. Кортес хотел обратиться с официальным запросом на эту тему в Мадрид, но потом передумал. Неизвестно было, как к этому отнесется Святая Церковь. Еретиков жгли по всей Испании каждый день.

Со временем он стал останавливать свой выбор на одних и тех же девушках. Когда научился различать их лица. Сначала он оставил пять, потом их становилось все меньше. В конце концов ему стали приводить лишь двух. Уже не каждую ночь. Только тогда, когда он сам посылал за ними. Даже бог может устать от любви.

Временами он думал о том, ревнуют ли они его. Бесстрастные лица, полная покорность. Женщины в Старом Свете на их месте давным-давно убили бы друг друга, но здесь все было иначе. Отношения между ними оставались вполне дружелюбными.

Потому что умереть должен был мужчина.

Однажды утром Кортес отправил к себе в спальню своего оруженосца. Он позабыл там важный документ, который два дня назад прибыл из Рима. Спустя минуту раздался страшный крик. Когда ох-

рана вбежала в комнату Кортеса, они нашли тело оруженосца рядом с кроватью. Тот был уже мертв. Вокруг его босой ноги обвивалась огромная черная змея. Рядом на полу валялась соломенная корзинка.

Охранник, который стоял на посту в эту ночь, вспомнил, что корзинку принесла девушка Кортеса. После того как на рассвете тот вышел из спальни, она тоже отлучилась куда-то, а потом вернулась с этой корзинкой. Охранник подумал, что она принесла Кортесу какие-то фрукты. Он не догадался заглянуть внутрь.

Кортес немедленно распорядился доставить ему девушку и начать приготовления к казни. Он не планировал умирать в возрасте тридцати трех лет. При всем уважении к господу нашему Иисусу Христу.

На следующий день конкистадоры...»

* * *

Примерно так. И никаких, кстати, орфографических ошибок. Где она их нашла? Насчет эротики — тоже все очень в рамках. Нормальная литература. Мне вообще нравилось сочинять. Сидишь, выдумываешь. В эту осень выдумывалось особенно хорошо. До самого Нового года.

— А где будем справлять? У Лидии Тимофеевны?

Может быть, мне и не следовало задавать этот вопрос. Но я-то ничего такого не имел при этом в виду. Мы же туда ходили. Целых две четверти. Однако Антон почему-то вдруг разозлился:

— Я не знаю. Где хочешь, там и справляй.

— А что, мы разве не вместе?

— У тебя же есть Марина.

— Ну?

— Вот и справляй с ней.

— Но мы же вроде как вместе.

— Слушай, отстань от меня. Сейчас совсем не до этого.

Интересно, что может быть важнее, когда до Нового года остается недели две? В выпускном классе.

Лидия Тимофеевна тоже так считала. Но мы никак не могли обсудить проблему, потому что стало вдруг трудно собраться. То один человек не придет, то другой. То сразу два.

— А Елена Николаевна была сегодня в школе? — спрашивала Лидия Тимофеевна Марину и при этом почему-то старалась не смотреть на меня.

— Была. У нас по четвергам сразу две алгебры.

— А Антон? — она поворачивалась ко мне.

— Был... Но он ушел с двух последних уроков. Сказал, что голова болит... Хотел полежать дома.

— Он сам так сказал?

— Ну да. А кто еще?

Я не совсем понимал, почему я врал ей. Наверное, мне не нравился ее голос. Такой глуховатый. Слегка безучастный. Как будто ей наплевать на то, о чем она спрашивает. Просто к слову пришлось. Как будто ей было привычно сидеть со мной и с Мариной. Втроем.

— Ну, как успехи в школе? Готовитесь к экзаменам?

Об этом обычно спрашивал муж маминой сестры. Дядя Петя. Круглое как тарелка лицо плюс свиные глазки. Воровал где-то в Министерстве легкой промышленности. На его тему я всегда думал: зачем маме вообще сестра?

— В школе все в порядке. К экзаменам готовимся. Может, мы лучше пойдем?

— Почему так рано? Давайте лучше чаю?

— Да нет, завтра у Марины по химии контрольная. Антонина Михайловна будет проверять материал за полгода.

— Тогда это серьезно.

— До свидания, Лидия Тимофеевна.

— До свидания... Ты знаешь, Саша...

— Да?

— Если увидишь Антона...

— Что-нибудь передать?

— Скажи ему, чтобы позвонил мне.

— Хорошо.

— А ты увидишь его?

— Ну, я могу специально к нему зайти.

— Да? Ты тогда зайди к нему, пожалуйста. Пусть он обязательно мне позвонит.

— Конечно.

Она наконец улыбалась.

— Пиши шпаргалки для химии, Марина.

— Нет, Антонина Михайловна, если поймает — убьет.

— Антонина Михайловна может.

Она опять улыбалась.

— Ну, пока, ребята. Скоро увидимся.

Про контрольную я, в общем, тоже наврал.

Но Маринка молодец. Сообразила.

* * *

Потом они еще несколько раз не пришли вместе. Антон и Елена Николаевна. Антон сказал, что решил заняться испанским. Его отца переводили служить на Кубу. Может быть. Через два года.

А Елена Николаевна вообще ничего не сказала. То есть это нам она ничего не сказала, кто мы такие? А насчет Лидии Тимофеевны я не знаю. Может, они разговаривали на эту тему. Я не знаю, о чем они говорили без нас. Если говорили.

Потому что Лидия Тимофеевна ближе к Новому году вообще стала неразговорчивая. Иногда только начинала задавать вопросы. Странные. Хотя насчет странности — это кому как. Может, ей самой совсем другое казалось странным.

— Проходите, — говорила она, открывая дверь Антону и Елене Николаевне. — А вы опять вместе?

— Да вот, в подъезде столкнулись, — отвечала Елена Николаевна.

— Как вчера?

— Да, как вчера.

— И позавчера. И три дня назад тоже. Такое ощущение, что вы там ждете друг друга.

Лидия Тимофеевна говорила шутливым тоном, а сама все время смотрела в мою сторону, как будто я один тут должен был понимать ее юмор.

— Да нет. Просто договорились собраться в два часа, вот и пришли в одно время.

— А Саша с Мариной пришли пораньше.

— У них, наверное, часы спешат.

— У обоих?

Лидия Тимофеевна подмигивала мне, как будто выдала гениальную шутку. Как будто я вот-вот должен был покатиться от смеха.

— А у вас обоих отстают? — продолжала она. — При этом на одинаковое время. Может, вы часы покупали в одном месте? Не там, где Саша с Мариной?

Она снова смотрела на меня, и я наконец улыбался. А что мне оставалось делать? Она ведь ждала, чтобы я улыбнулся. Остальные-то все стояли там как столбы.

— Ну, хорошо. Зато мы сможем теперь обсудить планы на Новый год. А то вечно кого-нибудь не хватает. Марина, тебе чай или кофе?

— Кофе, Лидия Тимофеевна. Две ложечки.

— Это не слишком крепко?

Она уходила на кухню, а мы продолжали стоять в прихожей как экспонаты из музея восковых фигур. Ноги, руки, лица — все как настоящее.

* * *

Один раз ушел свет. Мы все сидели за столом и, в общем, молчали, как обычно. Вдруг лампочка в люстре начала мигать и через минуту погасла.

— Опа, — сказал Антон в темноте. — Кто-нибудь меня видит?

Гелиоцентрические инстинкты. Не помню, какой номер был у того Людовика. «Король-солнце».

— Может, она перегорела?

— Я ее купила два дня назад, — сказала Лидия Тимофеевна. — Какая-нибудь авария, скорее всего. Сейчас принесу свечку. На кухне где-то должна быть.

Она принесла три свечи.

— Смотрите, какое у Сашки смешное лицо, — сказала Марина.

— Нормальное у меня лицо.

— Это тени, — улыбнулась Елена Николаевна. — А хотите, поиграем в одну игру?

— В «бутылочку»? — быстро спросил Антон.

— Ты что, еще не вырос?

— Подождите, — вмешалась Лидия Тимофеевна, — у меня кое-что есть.

Она вернулась из кухни с большой тарелкой в руках.

— Апельсины, — восторженно протянула Елена Николаевна. — Ты где их взяла?

— Два часа в очереди простояла.

— Уже начали продавать? До Нового года еще неделя.

— Давка была ужасная. Одну тетеньку в «Скорой» отвезли.

— А запах какой! — сказала Марина. — Можно?

— Конечно. Я специально для вас покупала.

— Прямо как в Новый год! Когда апельсины вижу, всегда на елку хочу. У нас во Дворце пионеров каждый год подарки дают.

— Берите. Возьми один для Саши, Марина.

— Я и сам могу.

— Нет, пусть Марина тебе очистит. А Елена Николаевна пусть очистит для Антона.

— Зачем? — спросила Елена Николаевна.

— Не хочешь? Ну, тогда я сама. Тебе какой больше нравится, Антон?

— Ну как? — сказала она через пару минут. — Вкусно?

Мы все промычали что-то свое. Сама Лидия Тимофеевна не ела. Она смотрела, как ест Антон.

— Очень важно, чтобы апельсин мужчине давала женщина. Это традиция. Ева соблазнила Адама именно апельсином.

— А я думал, что яблоком, — сказал я.

Руки липкие, и на губах сладко. Только во рту немного жжет.

— Все так думают. Но это ошибка. В слове «апельсин» есть два других слова — «апель» и «син». «Апель» — это действительно «яблоко», а «син» — это грех. Если перевести с английского. Вот и выходит — «яблоко греха». Так что Ева Адаму давала именно апельсин. А никакое не яблоко.

Она посмотрела на молчавшую Елену Николаевну.

— Так в какую игру ты предлагала нам поиграть?

Елена Николаевна ответила ей не сразу. Сначала долго смотрела на нее и только потом ответила:

— Ничего особенного. Просто я думала, что при свечах это будет романтично.

— Но ты нам скажи. Может, мы захотим.

— Нет, это глупо.

— Кончай, ты сама затеяла с этой игрой. Видишь, как Антону хочется поиграть. Антоша, тебе ведь хочется?

— Да мне как-то...

— Конечно же, хочется! Я прямо вижу, как у него глаза горят. Давай, Ленка, рассказывай.

Лидия Тимофеевна еще никогда не называла при нас Елену Николаевну Ленкой.

— Давай, давай! Нам всем хочется поиграть.

— Хорошо, — сказала Елена Николаевна, и я услышал, что голос у нее изменился. — Правила будут такие...

— Подожди! — вдруг прервала ее Лидия Тимофеевна. — Антон, вкусный был апельсин?

— Да.

— А теперь сходи на кухню и помой руки. Нечего сидеть здесь с липкими руками.

Я спрятал свои руки под стол.

— Продолжай, Лена, — сказала Лидия Тимофеевна. — Извини, что я тебя перебила.

— Да там ничего особенного... Просто я хотела, чтобы каждый рассказал о том, как первый раз влюбился.

— Я не буду рассказывать! — быстро вставила Марина.

— ... и главное правило — говорить правду.

— Я, чур, не буду.

— Подожди, Марина, — сказала Лидия Тимофеевна. — По-моему, очень неплохая идея. Как остальным?

Она посмотрела на меня. Я просто пожал плечами. Антон вернулся из кухни и взял еще один апельсин.

— Почисти ему, Лена.

— Я сам.

— Нет, пусть Елена Николаевна.

— Я сказал — я сам.

Такого голоса у Антона я тоже еще не слышал. Вечер открытий. Скажи мне — кто твой друг...

А если самому непонятно?

— Хорошо, чисти сам, если хочешь. Но за это ты начнешь первым.

— Что начну?

— Ты слышал.

— Тупая идея.

— Антон, своему учителю нельзя так хамить.

— Тупая идея.

— Елена Николаевна — твой учитель.

— Тупая идея.

— У тебя что, пластинку заело?

— И апельсиновая история — дерьмо. Тупые приколы.

— Слушай, ты нарываешься. Ты с кем так разговариваешь?

Я посмотрел на Марину, и она кивнула мне головой. Пора было уходить. Но в этот момент неожиданно вмешалась Елена Николаевна:

— А может быть, ты сама нам расскажешь?

— О чем? — опешила Лидия Тимофеевна.

Она как будто забыла, что Елена Николаевна вообще здесь сидит.

— О том, как влюбилась в первый раз.

— Я?!! Да я даже...

Она вдруг запнулась и долго смотрела непонимающими глазами на Елену Николаевну. В ее зрачках дрожали огоньки свечей. Маленькие пляшущие черти. Наверное, слишком долго изучала Средневековье. Ведьмы, инквизиция — все дела.

— Хотя... почему бы и нет? Только... это будет не совсем первая любовь...

— Так нечестно.

— ... но она все же моя... Рассказывать или нет?

— Рассказывайте, рассказывайте, — вставила Марина.

Я пожал ей под столом руку. Умная девочка. Правда, пальцы немного слипались от апельсинов.

Я лично успел съесть только два.

— Ну, слушайте...

А я вдруг подумал — вот бы про это написать. Как мы тут такие сидим. Напряженные. И свечи горят. У Елены Николаевны почти белое лицо. Может выйти забавнее, чем про Кортеса. И никакой эротики. Мама бы заценила. Хотя вряд ли одобрит. Как объяснить, почему в комнате вдруг оказались две учительницы и три ученика? Два ученика и одна девочка.

Как ее все-таки звали? Может, и не Марина. Марина, кажется, была потом. На втором курсе.

А эти трое — несовершеннолетние. Родители не захотят в такое врубаться. Нет, маме давать нельзя. Выключила как-то раз телевизор. Я даже не помню, что там показывали. Зато помню, как выключала. Встала с дивана, прошла через всю комнату и дернула за шнур. Как будто змею за хвост потянула. Папа начал кашлять и отвернулся к своим газетам. Они всегда лежали у него под рукой.

Он, кстати, мне так и не объяснил ничего. Насчет мужчин и женщин.

Разговор сына с отцом.

«Ты знаешь, сынок, пора тебе кое-что узнать...»

Ни фига подобного. Пришлось ждать, пока не появилась Инга. Без разговоров. Просто брюнетка с голубыми глазами.

«И опыт — сын ошибок трудных,

И гений — парадоксов друг».

Александр Сергеевич Пушкин.

«Давай, я тебе помогу. Нет, нет, так не надо. Лучше вот так».

С Пушкиным не поспоришь. Насчет опыта он разобрался. И насчет парадоксов.

«Очевидное — невероятное».

В школе часто рассказывали про роль телевидения в жизни подростка. Если нельзя смотреть секс, то смотришь всякую дребедень с лысым Капицей: «Добрый день!» Слово «день» произносит как «дзень». Может, увлекался буддизмом.

«Ты меня теперь ненавидишь?»

Шли по улице, она посмотрела на меня синими глазами и замолчала в ожидании моего ответа. У нее был муж, ребенок — все дела. Двадцать три года. А мне — восемнадцать. Но интересно было, конечно. Интересно — не то слово.

«Ненавидишь?»

«Я не знаю. Мне как-то... неприятно».

«Хочешь, я уйду? Больше не будем встречаться».

«Не знаю. Давай я тебе позвоню».

Не выдержал двух дней. Мама потом сказала, что это я сломал телефон. Может, и я. Теперь уже не помню.

Так что насчет эротики лучше было не заикаться. Перед мамой, во всяком случае. Она бы не поняла. Вернее, вряд ли одобрила бы. Она вообще не очень любила читать. Детективы в журнале «Человек и закон», «Работница», журнал «Здоровье». Мои приколы насчет учителей ее бы не вдохновили. Тем более — я сам еще не знал, чем это кончится: сидим за столом такие, молчим.

И вот тут вспыхивает лампочка, и почти сразу раздается звонок в дверь. Длинный. Потом еще.

— Кто это может быть? — говорит Лидия Тимофеевна.

— Ты меня спрашиваешь? — отвечает Елена Николаевна. — Только не надо на меня так смотреть.

— А про любовь слушать не будем? — спрашивает Антон.

Лидия Тимофеевна поворачивается ко мне и кивает головой в сторону прихожей. Я встаю из-за стола. Кроме меня, тут дверь открыть некому.

Как там звали этого старика из «Вишневого сада»?

* * *

— А ты что здесь делаешь?

На меня смотрит капитан Эдуард Андреевич. У его ног сидит большой черный пес. Они оба смотрят на меня.

— Твоя как фамилия?

Интересно он разговаривает.

Но я не могу спросить его, как *он* здесь очутился. Потому что он капитан. Хоть и без формы. Я вообще в первый раз вижу его без формы. Очень смешной.

Кроме собаки.

Потому что псу не до смеха. Морщит нос и рычит. Пришел в чужой дом, а ведет себя как свинья.

— Кто там, Саша? — спрашивает Лидия Тимофеевна из комнаты.

— Это я, Лидия Тимофеевна! — кричит капитан через мое плечо. — Я — Эдуард Андреевич.

У меня за спиной мертвая тишина.

Вторжение гитлеровских войск на территорию Чехословакии. Лязг танковых гусениц и песни немецких солдат. Гробовое молчание союзников.

Доигрались.

Билет номер 16. Начало Второй мировой войны.

— Я пройду? — говорит мне капитан, и я делаю шаг в сторону.

— Здравствуйте, — доносится до меня из комнаты. — А-а, так вас тут много. Учительницу пришли проведать свою?

— Проходите, — отвечает ему голос Лидии Тимофеевны.

Я незаметно возвращаюсь туда, где сидел. В глазах у Марины тоска. Я киваю ей головой. Время объявлять эвакуацию.

— Снегу-то сколько навалило, — говорит капитан. — Настоящий Новый год.

От его собаки набежала целая лужа.

— А я заходил минут десять назад. Звоню, звоню — никто не открывает.

— У нас света не было.

— А-а. Тогда понятно. То-то, я смотрю, в подъезде темно.

— Так бывает, — Лидия Тимофеевна барабанит пальцами по столу.

— Что?

— Я говорю — так всегда бывает. Когда нет электричества, в подъезде темно. Это связано. И звонок не работает.

— Это понятно... Ну да, а как же еще?

Первыми должны эвакуироваться женщины и дети.

— Мы, Лидия Тимофеевна, тогда пойдем?

— Подожди, Саша, — откликается Елена Николаевна. — Я тоже с вами.

На лице у Лидии Тимофеевны гримаса боли. Она понимает — эвакуация невозможна.

Я снова сажусь за стол.

— Впрочем, можно еще посидеть, — я стараюсь не смотреть на Марину. — Куда торопиться?

Своих не бросают. Либо уйдем все вместе, либо погибнем здесь. Русские не здаюца.

Марина щиплет меня за ногу. Это больно. Во Дворце пионеров, что ли, учат так больно щипать?

— Конечно, Елена Николаевна, — поддерживает меня капитан. — Время совсем детское. Посидите еще.

Мы все замолкаем минут на пять. Слушаем, как на кухне работает холодильник. Его давно пора отвезти в ремонт.

Наконец капитан подает признаки жизни.

— А я выхожу с собакой погулять, смотрю — Елена Николаевна идет к Лидии Тимофеевне... Я тут поблизости живу... В соседнем квартале... Походил, походил, потом думаю, дай зайду... Ну, там... чтобы обратно домой проводить... Поздно уже. Темно... То есть время, конечно, детское, и домой еще рано идти, но потом... когда соберемся... Лучше проводить. Мало ли что. С такой собакой не страшно. Да ведь?

Он начинает смеяться и хлопать своего пса по голове, а тот мрачно смотрит на нас. Следит, чтобы никто не сбежал.

— Очень хорошая собака, — говорит капитан. — Проводим Елену Николаевну? А? Черный? Ты меня слышишь? Я с тобой говорю.

Капитан смотрит на нас.

— Он иногда вот так совсем не реагирует. Полная концентрация. Сидит как мертвый. Отличная собака. Слушает только меня. Эй, Черный! Проводим Елену Николаевну?

И в этот момент Антон неожиданно поднимается с места.

Капитан пытается натянуть поводок, но явно не успевает. Пес одним прыжком оказывается рядом с Антоном. Ошейник душит его, он страшно хрипит, а большие белые клыки судорожно хватают воздух. Ему недостает буквально десяти сантиметров.

Хай Гитлер. Блицкриг удался. Гробовое молчание союзников.

* * *

Зачем он тогда встал — я так и не понял. Может, он ревновал. А может, просто половая зрелость: чего-то надо всем доказать. Особенно когда столько женщин. Я не знаю. Он потом погиб.

Антон Стрельников.
Лейтенант воздушно-десантных войск.
1964 — 1986

Интернациональный долг — это значит, что надо умереть в двадцать два года. Родине от этого будет легче.

Прыгали ночью и в сильный ветер. Тех, кого не разбило о скалы, добивали внизу. Из русских автоматов «калашников». Калибр 7,62. Афганские чуваки в рваных халатах.

Михаил Тимофеевич Калашников, доктор технических наук, дважды Герой Социалистического Труда. Родился в 1919 г. Еще не умер. В 1999 г.

отпраздновал юбилей. Три перевернутые шестерки. Добрый доктор Айболит.

Гийотен тоже был доктор. Лечил быстро и навсегда.

А недавно я встретил Екатерину Михайловну. Она совсем состарилась и очень переменилась. Рассказала мне, что верит теперь в Бога и каждое воскресенье ходит на исповедь. Рекомендовала и мне, особенно если мучат какие-нибудь вопросы. Сказала, что батюшка во всем разберется. Батюшка добрый. Он поймет.

Мы стояли на перекрестке, и она все время хватала меня за рукав, как будто боялась, что я убегу. Было холодно. Люди кутались в шарфы, но, проходя мимо, все же задерживали на нас взгляд. Такая интересная композиция. Старая Екатерина Михайловна в одежде учителя — и рядом с ней я. Удивительно, как она вообще меня вспомнила. Профессиональная память историка.

Про Лидию Тимофеевну она говорила с большим уважением. Оказалось, что та теперь начальник. Руководит чуть ли не всей системой образования. Екатерина Михайловна хватала меня за пальто и рассказывала, что это она не позволяет директору отправлять ее на пенсию, что замуж Лидия Тимофеевна так и не вышла, но по-прежнему не забывает родную школу.

Елена Николаевна в школе уже не работает. Она вышла за капитана Эдуарда Андреевича, родила двоих детей и с тех пор сидит дома. С Екатериной Михайловной они теперь большие подруги и часто ходят друг к другу в гости смотреть телевизор. Больше всего им нравятся сериалы. Правда, Екатерина Михайловна предпочитает бразильские, а

Елена Николаевна любит смотреть про инопланетян.

— Ты знаешь, Саша, — говорила Екатерина Михайловна. — Они такие трогательные. Я все время плачу. И такие красивые. Ну что она нашла в этих «Секретных материалах»? Мы иногда с ней чуть не ругаемся. Такая упрямая. А может, все-таки придешь в церковь? У нас в воскресенье праздник.

В конце концов я сказал, что приду, и она меня отпустила. Я шел по улице вместо того, чтобы сесть в автобус, и вспоминал всю эту историю про двух молодых учительниц и своего друга, которого убили афганские «духи» почти пятнадцать лет назад. Я думал о том, что время идет как-то уж слишком быстро, и о том как давно мне не снился Антон. Потом я снова вспомнил о Екатерине Михайловне и ее священнике, о Елене Николаевне и о сериале «Секретные материалы».

И вот в этот момент я наконец понял, на кого похож агент Малдер.

НЕДЕЛЯ

3 марта 2007 г.

День первый

Сегодня утром из Иркутска прилетела мама. После самолета она прилегла отдохнуть, а я, все еще немного взволнованный, взял сигареты, вышел на балкон и впервые за долгие годы вдруг вспомнил тот город, где я родился и прожил первые четырнадцать лет.

Для туристов и иностранцев он замечателен своей близостью к Байкалу, а для меня на протяжении всех тех четырнадцати лет он был прекрасен тем, что других городов я просто-напросто еще не знал. Они появились исподволь и гораздо позже, как появляются вторичные половые признаки, однако первичными стать им было не суждено. Таковы законы природы.

Когда мне исполнились те самые 14 лет, в моей жизни произошла первая катастрофа. Родители упаковали все наши вещи в контейнер, сгребли нас с сестрой в охапку и оставили город, как отступающая армия разбитого полководца. Им хотелось зарабатывать, поэтому они повезли нас на Север, где тогда платили в два-три раза больше, чем во всем остальном СССР.

На новом месте, название которого не хочется даже упоминать, я долго и безрадостно смотрел в окно на хмурые горы, а потом прикупил себе толстую тетрадку в кожаном переплете и начал методично, как счетовод, записывать в нее цитаты из прочитанных мною книг, в которых хотя бы мельком упоминалось об Иркутске. Это доставляло мне несказанное удовольствие и в то же время служило способом тайной мести моим легкомысленным и неверным родителям. Очевидно, именно в тот момент моей нелегкой четырнадцатилетней жизни во мне зародилась склонность к монолитным мировоззренческим ценностям — монотеизм, моногамия, монофонические записи группы «Eagles», и одновременно — настороженное отношение ко всякому плюрализму.

Что поделать? Я любил только один город.

Быть может, потом я сумел бы полюбить и все остальные, но мой роман с тем детским городом был прерван так безжалостно и так сразу, что я навсегда отучился любить большие города.

Короче, в свои 14 несчастных лет я сидел в глухом медвежьем углу и исправно выписывал из книжек всякие нелепые фразы. Пока вдруг не ощутил какой-то подвох.

За всеми этими упоминаниями города, которого мне тогда не хватало так же сильно, как Ромео где-нибудь в склепе не хватало Джульетты или как Политбюро ЦК КПСС не хватало коммунизма, за всеми этими громоздкими цитатами из неталантливых и скучных, как правило, книг не появлялся *мой* город.

В них не было мокрой кепки, которою в жаркий летний день ты зачерпываешь воду из Ангары. В них не было босых мальчишеских ног, скользящих в ручье по зеленым камням, а под камнями в них не было притаившихся рыб. Не было там и острова «Юность», и зеленой — вся в тополях — улицы Карла Маркса, и дощатого сарая за домом моего друга, где мы учились курить, и запаха пыли, когда падаешь с велосипеда и разбиваешь нос.

Там не было ничего, кроме ненужных чужих предложений.

В общем, эта тетрадка тоже разочаровала меня, и в конце концов я оставил ее в покое. Иногда мне и сейчас еще снится Иркутск, но, боюсь, *моего* города уже не существует.

Воскресенье, 4 марта 2007 г.
День второй

Утро началось с продюсерских звонков. Сначала позвонил первый продюсер, потом второй. Не успел я обрадоваться, что третьего у меня нет, как позвонил режиссер. Всех волновал один и тот же вопрос: «Где сценарий?»

Продюсеры ужасно бестактные люди.

Хуже продюсеров только пассажиры подмосковных автобусов. И те двое юношей, которые 14 октября прошлого года пили пиво в парижском пригородном поезде и время от времени выходили в тамбур между вагонами, чтобы пописать. При этом тот, что повыше, все время смеялся и норовил неожиданно открыть дверь, чтобы выставить своего писающего приятеля на всеобщее обозрение. Как будто нам было так уж интересно на них смотреть.

Впрочем, нет, пожалуй, продюсеры все-таки хуже. Если бы они просто писали у тебя на глазах и при этом звонко смеялись, наверное, их можно было бы терпеть. Но вместо этого они донимают тебя одним и тем же вопросом.

Можно подумать — меня самого не интересует, где сценарий.

Чтобы не расстраиваться, я включил телевизор. Оттуда мне сообщили, что у нас с Америкой опять начинается «холодная война», что в Таиланде русских туристок убил наркоман, но зачем — неизвестно, что мэра Владивостока обвиняют в растрате государственных денег и что ничего нового от выборов депутатов законодательных органов власти, которые состоятся 11 марта, можно не ожидать. По предварительным оценкам, свыше 40% голосов будет отдано партии «Единая Россия», и 8% — унылому Зюганову с его коммунистами и тоскующими по Сталину стариками. Остальную политическую мелочь можно даже не учитывать. Слишком велик разрыв между первым и вторым местом. «Единая Россия» у нас теперь настолько едина, что даже, безусловно, популярному у малообразованной части населения шоумену от политики Жириновскому досталось всего 5% предварительных голосов. Это при том, что всю зиму он пел песенки с эстрадными звездами на Первом канале ТВ. И когда-то почти на равных конкурировал с Борисом Ельциным.

Вот так меняются времена. Шоумены, конечно, нужны, но Россия теперь должна быть «Единой».

Поняв, что лучше уж дописывать сценарий, я выключил телевизор и пересел за компьютер.

По крайней мере, продюсеры будут довольны.

Понедельник, 5 марта 2007 г.
День третий
Сегодня мой старший сын Борис пропустил занятия в школе. Родина захотела, чтобы он был в другом месте. Мальчики из старших классов сегодня проходили свою первую военную комиссию.

Я хорошо помню, как много лет назад сам сидел голый в коридоре военно-медицинского учреждения, и мимо сновали такие же покрывшиеся мурашками голые подростки. А в каждом кабинете сидели одетые взрослые. Все они были офицеры. Видимо, они гораздо больше уважают свою военную форму, когда их окружают голые дети. Поэтому они заставляют их раздеваться и ходить группами по длинным коридорам. Это подчеркивает их офицерскую мужественность и непреклонную волю.

Правда, несколько офицеров были женщины. Военные врачи. Понятия не имею, какие чувства в них вызывала наша нагота. Я лично их очень стеснялся.

В тот раз я написал заявление с просьбой отправить меня в Афганистан. Я мечтал исполнить свой интернациональный долг. Это был 1980 год. Наши войска еще были там. А наши мозги — неизвестно где.

Интересно, пишут ли теперь такие заявления американские мальчики?

Но меня, слава богу, туда не взяли.

Потом они стали забирать моих студентов. Лет через 15—16. Потом стали присылать их обратно в цинковых гробах. Учиться эти мальчики уже не хотели. Они умерли во время штурма Грозного, или на площади со странным названием Минутка, или где-то в горах на безымянной высоте. Они умерли — и до учебы им уже не было никакого дела.

Пару дней назад в новостях по телевизору мельком вспомнили почти полностью погибшую в начале марта 2000 года 6-ю роту 104-го десантно-парашютного полка. Их было 91 человек. За одну ночь в бою погибло 84. Последний оставшийся в живых офицер вызвал огонь артиллерии на себя.

После этого короткого сообщения в том выпуске новостей шел длинный, очень длинный репортаж о юбилее одного из московских театров. Артисты называли своего режиссера гением, он скромно улыбался, все пили шампанское. Хороший театр, никто не спорит, но репортаж мог быть не таким длинным. Не после погибших 84 человек.

В общем, теперь, похоже, они добрались до моего сына.

Может, отдать его в театр?

Вторник, 6 марта 2007 г.
День четвертый

В этой стране скоро 8 Марта. Разумеется, во всех остальных странах 8 Марта тоже наступит, однако в России этот день не просто наступит. Он грянет.

Мама, которая уехала кататься на лыжах в подмосковный пансионат и по которой я уже успел соскучиться, бодро сказала мне сегодня утром по телефону: «Ты звонишь, чтобы поздравить меня с 8 Марта?»

Пауза.

«Нет, мама. Я просто хотел услышать твой голос. Сегодня еще только шестое».

«Да? Надо же, я совсем забыла».

Очевидно, забыла не она одна. Политики с утра стараются перещеголять друг друга, поздравляя женщин. Дело, разумеется, не столько в праздновании Международного женского дня, сколько в грядущих партийных выборах, которые состоятся 11 марта.

Всем надо успеть использовать предпраздничный телеэфир.

У каждого политика свои ориентиры в таинственном мире женщин. Главный коммунист Зюганов приехал на птицефабрику. Счастливые и смущенные птичницы в белых платочках радостно ему улыбались. Он улыбался в ответ. Очевидно, хотел заодно подчеркнуть, что не боится птичьего гриппа. Настоящий мачо.

Улыбающийся Зюганов — зрелище не для слабых духом. В моем детстве в цирке в таких случаях говорили: «Смертельный номер! Детей и страдающих нервными расстройствами просим не смотреть!»

Но я вытерпел.

Потом был главный москвич Лужков. Этот позвал к себе в мэрию матерей-героинь (10 детей +) и самых успешных бизнес-леди. Такой вот компот. Очевидно, старался накрыть все категории потенциального дамского электората.

И только Путин работал филигранно. Как настоящий профессионал. С изяществом и подлинным чувством стиля.

Он позвал для поздравлений всего одну женщину. Но какую!

Валентина Терешкова — имя в русской феминистической мифологии на все времена. Первая в мире женщина-космонавт. Президент подарил ей букет живых цветов и большой портрет этого букета. У нас в России вечная проблема с цветами — они опадают. Поэтому, чтобы не мучиться, мужчины сговорились дарить их своим женщинам только один раз в году — 8 Марта. И только президент, как всегда, оказался умнее всех остальных. Он подарил нарисованные цветы.

Готов поспорить, что через неделю чиновники всех уровней закажут у живописцев такие же картины.

Блин, вот говорила мне мама в детстве — учись рисовать.

Ну почему он подарил не книгу?

Среда, 7 марта 2007 г.
День пятый
Женская тема нарастает. Вчера в Москве нашли мертвым бизнесмена, у которого милиция отняла огромную партию контрабандных цветов. Стоимость партии — 2,5 миллиона долларов. То ли он сам потом застрелился, то ли не смог убежать от своих сердитых инвесторов.

Красота — страшная сила.

Один бывший уголовник рассказал мне, что после 8 Марта каждый год к ним в тюрьму привозили большое количество осужденных за убийство. Все они убивали своих избранниц из ревности. Слишком много внимания со стороны чужих мужчин.

Надо выяснить, какого числа Хосе зарезал свою Кармен. Подозреваю, что именно 8 Марта.

Четверг, 8 марта 2007 г.
День шестой
Это свершилось. Улицы пустынны, все сидят за столом. Женский день. На тротуарах — тонны мокрого снега и грязи. Впрочем, это не из-за женщин. Правительство выслало из страны всех нелегальных иммигрантов. Убирать тротуары больше некому.

Поэтому тоже спешу за стол.

Пятница, 9 марта 2007 г.
День седьмой

Страна вышла после праздника на работу. Мужчины немного болеют от выпитой вчера водки, но все же довольны собой. Они с честью выдержали испытание и могут не уступать женщинам место в метро еще целый год.

Завтра провожаю маму в Иркутск и, кажется, наконец закончу сценарий.

Мама очень довольна поездкой. Она передает всем привет.

ЧУЖАЯ БАБУШКА

А насчет работы мне все равно. Скажут прийти — я приду. Раз говорят — значит, надо. Могу в ночную прийти, могу днем. Нас так воспитали. Партия сказала: надо, комсомол ответил: есть. А как еще? Иначе бы меня уже давно на пенсию турнули.

А так им всегда кто-нибудь нужен. Кому все равно, когда приходить. Но мне, по правде, не все равно. По ночам стало тяжеловато.

Просто так будет лучше.

Начальник смены говорит: «Ну, ты как, Ивановна?»

А я говорю: «Все нормально, Николай Григорьевич. Когда выходить?»

Он улыбается и говорит: «Ты у меня молодец».

А Николаю Григорьевичу всего-то двадцать два года. Только что закончил свой институт.

Моей старшей уже тридцать. Но внуков ездить в Москву навещать никаких денег не хватит. Смотрю фотокарточки. Цветные, красивые, и сзади прозрачные буквы «Kodak». Голубые, как татуировка.

У Валерки на левой руке была такая. И на плече. Он говорил — на флоте были у всех. Якорь, а вокруг него переплетается толстый канат. Но на плече был не якорь. Там было написано «Лена». Потом пытался сводить, но через шрамы все равно было видно.

Красивый вернулся и тут же пошел курсантом в авиационно-техническое. Девки говорили — похож на Алена Делона. А я отвечала — какой Делон? Валерка — подводник. И летчик.

И еще пьяница.

Покупал водочку, становился еще красивее и рассказывал про кризис в Карибском бассейне. Как его подводная лодка лежала на самом дне, а над головой плавали злые американцы. И как командир чуть не застрелил кого-то, когда тот уронил чайную ложечку. А я слушала эту историю в сотый раз и думала: зачем чайные ложечки на подводной лодке?

Но было весело. Бабы к нему липли всю жизнь, а я прощала. Любила сильно.

И дети от него получались красивые.

А потом он сгинул. Сел однажды на поезд и уехал к родителям. Но до них не доехал. Растворился в воздухе вместе с татуировками. Может, до сих пор кому-нибудь рассказывает про подводные лодки.

А я сижу по ночам в аппаратной и рассматриваю внуков на фотокарточках. Такие красивые. Но Николай Григорьевич все время просит, чтобы я не отвлекалась. Он говорит: «Мы обеспечиваем правительственную связь, Ивановна. А ты со своими фотками, знаешь, каких можешь дел натворить? Ты понимаешь?»

Я понимаю. Потому что я обеспечиваю эту связь уже тридцать два года. С тех пор, как бросила ДОСААФ.

Девки говорили: «Ну ты и дура! Ты же прыгаешь лучше всех. Чемпионка Сибири по парашютному спорту». А я говорила: «Что мне с вашего парашюта? Валерка успеет двадцать раз всех баб обежать, пока я из вашего кукурузника прыгну».

А теперь мне пятьдесят шесть. И это мне больше всего непонятно. То есть как это так бывает? Вот вроде бы ты живешь — все нормально, и вдруг тебе пятьдесят. А потом еще — пятьдесят шесть.

Правда, уставать к вечеру больше стала. Но все равно не пойму. Неужели это мне столько лет? Мне?

Чепуха какая-то.

Я ведь помню даже, когда маме не было столько. Красила губы, уходила в магазин на работу, а нас оставляла одних. И мы сидели дома голодные. А Валька говорила: «Хотите, девки, блинчиков испеку?» И мы, дурочки, отвечали: «Хотим!» А Валька садилась на широкую фанерную скамью у стола и громко пердела. Машка начинала плакать, потому что ей было всего пять лет. А я дралась с Валькой, потому что мне было жалко Машку. Ей, правда, очень хотелось блинчиков.

Потом у меня у самой девки пошли. Пацанов ни одного не рожалось. Друзья смеялись над Валеркой, но ему было все равно. Улыбался в ответ и пожимал плечами. Может, где-нибудь и были у него пацаны.

Но девчонок он сильно любил. Возился с ними. Животики им щекотал. А они визжали.

Говорили: «Когда папа с работы придет?» Как будто меня одной им было мало.

Больше всего любили его, когда он был пьяненький. Становился такой забавный — делай с ним, что хочешь. Вот они и старались. Визг стоял на весь дом. А он лежал на полу под ними и повторял: «Холёськи мои, где мои холёськи?»

Его самого так младшая моя называла. Танечка. Плохо еще говорила тогда. Хотела сказать: «Хороший», а сказала: «Холёська». А он потом подхватил.

Мне даже приходилось иногда их растаскивать. Потому что они плохо спали, если он долго с ними дурел. Взбрасывались во сне. Ручки тянули и плакали. А мне утром надо было на работу. Ночью он к ним никогда не вставал. Сны смотрел про свою подводную лодку. Или про Лену, которая на плече.

А потом подросли, и Танечка мне однажды вдруг заявила: «Ты с нами никогда не играла в детстве. С нами только папа играл».

И я подумала: «Ну да, конечно, а кто же еще?»

Но потом все равно немного поплакала.

А когда он уехал, совсем не ревела. Подумала: «Баба с возу — кобыле легче». Хотя — какая он баба?

Но вместо одного мужика скоро появилось два.

Первого привела Маринка. Вернее, он сам пришел. Я дверь открыла, а он говорит: «Здрасьте, я к вам жениться». Стоит такой махонький, в курсантской шинели, на меня смотрит. Я говорю: «Господи, на ком?» А он говорит: «На Марине». Я говорю: «Ты из авиационно-технического, что ли?» Он говорит: «Но». Я говорю: «Чего ты нокаешь-то?» А сама думаю: «Глупая ты, Марина. От этих летунов только головная боль».

Но поженились. Нарожали внуков и увезли их с собой в Москву. Зайчиков моих.

К тому времени я этого курсанта уже чуть-чуть подкормила. Даже больше немного стал. Но все равно несолидный. Маленький.

А Мишка-медвежонок любил всякую ерунду в рот толкать. Однажды уселся на кресло, сопит, что-то пережевывает. Я говорю: «Что там у тебя?» А у него изо рта слюна бежит темно-зеленого цвета. Я говорю: «Что у тебя?» Он смотрит на меня хитро и говорит: «Детям нельзя».

Оказалось, что карандаш. В мелкую щепку его разжевал. И улыбался.

Потом прилетел второй. Как будто им медом па мазали. Это уже после того, как Марина с Анатолием увезли внуков в Москву.

Намного старше моей Татьяны. Она только в институт тогда экзамены сдала. А этому было уже двадцать восемь.

Самостоятельный. Какие-то машины перегонял. Ремонтировал. Жалко, что на дороге где-нибудь бандиты его не убили. Прости меня, Господи. До того как он на Татьяну мою глаз положил.

А той тоже будто шлея под хвост: «Мама, хочу за него замуж».

Я говорю: «От него бензином несет». А она: «Ты про отца тоже всегда так говорила».

Ну да, у них ведь все должно быть по-другому. Не так, как у матери. Потому что у матери все было плохо, а у них все будет хорошо. Потому что они знают, как надо. Им уже все известно. И про кофточки, и про моду, и про мужиков. А мать у них — дура. Потому что любит слушать пластинки Валерия Ободзинского.

«Эти глаза напротив».

Когда первый раз услышала, вообще чуть не умерла. Целую ночь танцевали. На всю жизнь тогда поняла, что лучше флотских никто не танцует. И не целуется.

Смотрю на нее и говорю: «Да мне-то какое дело? Выходи хоть за папу римского».

В общем, на свадьбе было ровно полтора человека. Даже соседка отказалась прийти.

«Извини, — говорит, — Ивановна. Но я на свадьбы уже не ходок. Нечего мне подарить твоим молодоженам. Все раздарила».

И не пошла. Я ей потом занесла кусочек тортика.

Так и сидели без криков «Горько!». Потому что жених наш оказался не местный. А кого попало приглашать не хотел.

«Вы знаете, мама, лучше мы на этом деле сэкономим чуть-чуть, а я потом куплю новую машину. Мне надо молодую жену к родителям в деревню свозить».

Я говорю: «Да мне-то какое дело? Ваша свадьба — вам виднее, как веселиться».

Но Татьяна моя сидела мрачная. Смотрит через фату. Ничего не ест. А я наготовила на целую роту.

Потому что на Маринкиной свадьбе гулеванила половина училища. В каждом углу по курсанту лежало. Напились, как цуцики. Летуны — что с них возьмешь? Потом неделю по всей квартире пуговицы с крыльями подбирали. Кто-то даже ботинки забыл. Запросто можно было военторг открывать. Но зато было весело. Я на полжизни наплясалась. Хохоту было — под утро никто уже нормально говорить не мог. Кто смеялся, кто заикался, а кто мычал.

И Татьяна, конечно, все это помнила. Сколько там прошло-то — всего три года.

А у нас на свадьбе с Валеркой вообще было человек сто. Бражки выпили, наверное, ведер двадцать. Со всего Забайкалья слетелись тогда летуны. Высокие, стройные. В красивых фуражках. Крылышки на рукавах. У меня мама говорит: «Ох, девки, пойду, наверное, опять за кого-нибудь замуж. Вертолетчики у них есть?»

Мне тогда первый раз в городском ателье платье шили. Настоящий шифон. Белый-белый. Как туман за окном.

А когда Татьяна с зятем уехали в деревню, у нас начались дожди. И по утрам был густой туман.

Я проснусь, посмотрю на туман, у окна немного поплачу — и на работу иду. А Николай Григорьевич стал довольный, потому что я фотографии наконец все убрала.

«Вот видишь, Ивановна, как хорошо теперь в аппаратной. Никто не отвлекается на твою малышню».

А я ему говорю: «Да, да, конечно, Николай Григорьевич».

А он говорит: «Ты же сама знаешь — у нас не положено».

Я говорю: «Я убрала ведь уже».

А потом как-то вечером с работы иду, смотрю — у подъезда зятева машина стоит. Я быстрее пошла. В подъезде чуть не упала. Ступеньки эти дурацкие. Дверь ключом открываю и говорю: «Могли бы хоть позвонить». А из Таниной спальни выходит вдруг маленькая девочка. Остановилась посреди коридора и смотрит на меня. Худая, как скелет. Глаза большие, темные.

Я говорю ей: «Ты кто?»

А она протягивает мне старую Танину куклу. И говорит: «Нога отлетела».

В это время из кухни появилась моя Татьяна.

«Ой, мама, а я не услышала, как ты вошла. Мы не знали, что ты сегодня работаешь. Я почему-то думала, что у тебя выходной».

А я говорю: «Николай Григорьевич попросил вместо Степанцова прийти. У него сына в армию забирают».

Она говорит: «А-а, ну проходи. Дима сейчас вернется. Он в магазин побежал».

Я говорю: «Подожди, а чья это девочка? Соседи, что ли, оставили? Только я не помню такой девочки ни у кого».

А Татьяна говорит: «Ты раздевайся. Я картошки сварила. Сейчас будем есть».

Я говорю: «Нет, ты постой. Чья это девочка? Я же тебя русским языком спросила».

А Татьяна смотрит на меня и говорит: «Это Димина дочь. От первой жены. Он, когда ушел в армию, она сильно начала пить. Совсем ему туда не писала. А потом у нее вот эта девочка родилась. Она назвала ее Оля. Даже с Димой не посоветовалась, как ребенка назвать. А теперь его мама попросила нас забрать ее к себе, потому что кормить ее нечем. Там у них в деревне совсем ничего нет. Совхоз развалился. Только с огорода живут».

А я говорю: «Подожди, подожди, что-то я не совсем понимаю. Этот твой Дима, он что, выходит, уже был женат? У него уже была жена, у этого твоего Димы?»

В общем, так моя Татьяна превратилась в мачеху в девятнадцать лет. Нормально. Что тут еще скажешь?

И мы стали жить вчетвером.

Зять надолго уезжал за своими машинами, поэтому в жизни нашей почти ничего не переменилось. За исключением девочки, разумеется. А кого же еще? Потому что у меня лично маленьких девочек не было уже давно. У Маринки с Анатолием рождались одни пацаны. А девочка — это совсем другая история.

Она все время молчала, сидела тихонько где-нибудь в углу и среди всех старых Танькиных игрушек выбрала почему-то ту самую куклу, которую нашла в первый день. У нас еще оставались два плюшевых медвежонка и китайская Барби, но она не обращала на них никакого внимания. Таскала везде эту одноногую Мальвину.

Приходит ко мне на кухню и смотрит, как я чищу плиту.

«Ну что? — говорю. — Интересно?»

Она кивает головой и прижимает к себе куклу.

Я говорю: «Любишь ее?»

Она снова кивает.

Я говорю: «А почему?»

Она молчит, гладит ее по голубым волосам и наконец отвечает: «Хорошая».

Я говорю: «Ну, конечно».

И тогда она говорит: «Откуда она взялась?»

Я говорю: «Откуда?» Потом подумала немного и все-таки сказала: «Ее Валерка купил».

Она говорит: «А кто это?»

Я говорю: «Был тут один. Ты его не знаешь».

Она говорит: «Куклы покупал?»

Я говорю: «Много чего покупал. Иногда покупал куклы».

Она говорит: «И эту купил?»

Я говорю: «Ну да. Я же тебе сказала».

Она постояла молча, а потом говорит: «Хороший».

Я даже плиту перестала скрести: «А ты-то откуда знаешь?»

Она снова говорит: «Хороший».

Потом повернулась и из кухни ушла.

Но больше всего ей нравилось, когда я садилась шить. Ну и мне, в общем-то, тоже. Люблю возиться с машинкой. Соседки иногда просят что-нибудь для них сварганить. Денег я не беру. Все равно их ни у кого нету. Просто так — что-нибудь.

Она один раз долго рядом со мной стояла и потом говорит: «Дай мне тряпочку».

Я говорю: «На. А тебе зачем?»

Она говорит: «Для куклы. Она платье хочет. Ей холодно».

Я смотрю на ее Мальвину, а у той вместо оторванной ноги торчит синий карандаш.

Я говорю: «Сама придумала?»

Она кивает головой.

Я говорю: «Молодец. Только ты слишком большую тряпочку взяла. Это будет не платье, а какой-то парашют».

Она говорит: «Что такое парашют?»

Я говорю: «Ты не знаешь, что это такое?»

Она говорит: «Нет».

И улыбается. Ей смешно, что я так удивляюсь.

А я говорю: «Давай лучше сделаем парашют твоей кукле. У нее теперь две ноги, так что до прыжков ее вроде допустят».

Она говорит: «Что такое парашют?» И смеется.

Через час из института приходит Татьяна и молча смотрит на нас.

Я говорю ей: «Отвяжись. Мы тренируемся. Знаешь, как трудно научиться правильно приземляться?»

Мы сидим с девочкой под столом, прижимая к груди коленки. Руки подняты вверх, глаза широко открыты.

Татьяна говорит: «А стол-то при чем?»

Я говорю: «А почувствовать купол?»

Ну, и с зятем, в общем-то, повезло. Тихий, серьезный. Водки совсем не пил.

Жадноватый немного. Но по нынешним временам это вроде бы хорошо. Все в дом. Не то что летуны или флотские.

Тем только дай волю.

А у этого все было на счету. Приходил на обед, усаживался с газетой на диване. Шоколадки импортные очень любил. Придет, сядет и зашуршит своим «Сникерсом». А девочка тут как тут. Стоит рядом с ним, через газету на него смотрит. Шейку вытягивает, чтобы лучше видно было. А он читает — ему-то какое дело? Потом говорит ей — отнеси эти бумажки в ведро. Нельзя, чтобы мусор везде валялся. Она берет его фантики и тащит их на кухню ко мне. Стоит возле ведра и не сразу их туда бросает. Смотрит на них.

Я говорю: «Хочешь, я куплю тебе шоколадку?»

Она поднимает голову и потом очень тихо говорит: «Нет».

С характером оказалась девочка. Но понятливая. Скоро уже перестала смотреть, как он ест свои шоколадки. К двери, правда, еще бегала, когда он приходил. Выскочит в коридор и стоит с этой куклой, смотрит на него. А он кричит: «Татьяна, я есть хочу». И, в общем, не очень эту девочку замечает. Но ей, видимо, было все равно. Для нее было важно, что он приходил.

В общем, понятливая оказалась на удивление.

Один раз подошла ко мне и говорит: «Почему папа меня не любит?»

Я повернулась от плиты, чтобы на нее посмотреть, и полотенцем полную солонку смахнула на пол.

«Надо же, — говорю. — Какая ерунда получилась. Теперь обязательно все поссоримся. Плохая примета».

Она смотрит на меня и ждет, что я отвечу. А пол на кухне как будто снегом усыпан. Даже под холодильником.

«Понимаешь, — говорю. — Жизнь очень сложно устроена. Ты еще слишком маленькая для того, чтобы все понять».

Она говорит: «Я все понимаю».

Я говорю: «Нет, ты не можешь все понимать. Потому что даже у взрослых не всегда получается».

Она говорит: «Почему?»

Я вдруг задумалась, а потом говорю: «Наверное, потому что они не хотят».

Она разгребла ножкой горку соли и говорит: «Я хочу».

Тогда я взяла тряпку и начала вытирать пол.

Она посмотрела на меня и принесла веник. Когда закончили, она села в уголок и стала смотреть на меня. Я минут десять, наверное, возилась с капустой, но потом не выдержала:

«Что ты хочешь от меня? Иди играй со своей куклой».

Она говорит: «Я не хочу играть. Я хочу, чтобы ты рассказала».

Я говорю: «Слушай, ну ты упрямая. Вылитый папа. Вы оба друг друга стоите».

Она говорит: «Расскажи мне».

И тогда я говорю: «Хочешь узнать? Хочешь узнать — почему так получается? Ну, слушай. А если не поймешь, то я не виновата. Я тебя предупредила. Поняла меня?»

Она кивнула головой. Глаза большие. Куклу к себе прижала.

А я говорю: «Все дело в том, что у каждого человека свои интересы. Твой папа любит мою Татьяну. Поэтому он женился на ней. Моя Татьяна любит твоего папу. Поэтому она вышла за него замуж. Твоему папе надо зарабатывать деньги, чтобы кормить Татьяну. Поэтому он занят своей работой. Но это еще не все. Потому что есть я. И я не очень люблю твоего папу. Потому что, когда я вижу, как он с тобой обращается, мне хочется подойти к нему и треснуть его по башке его же газетой. Но я не могу этого сделать. Потому что я люблю свою Татьяну. А она любит твоего папу. И значит, мне придется терпеть и не бить твоего папу газетой по голове. Потому что я не хочу потерять свою дочь. Но, ты знаешь, и это еще не все. Потому что есть ты. И ты любишь своего папу. Но он не обращает на тебя внимания. Видишь, как все сложно тут перепуталось?»

Она снова кивнула мне головой.

«Так что, когда захочешь шоколадку — беги лучше ко мне. Денег не очень много, но на «Сникерс» найдем. Поняла?»

Она говорит: «Поняла. А мама?»

Я говорю: «О, ну тут вообще запутанная история. Давай об этом поговорим в другой раз».

Она помолчала и потом говорит: «Папу любят два человека?»

Я говорю: «Да».

«Татьяну любят два человека?»

Я говорю: «Да».

«Тебя любит один человек».

Я говорю: «Ну, в общем, правильно все посчитала».

И тогда она говорит: «А кто любит меня?»

После этого на работе тоже стали происходить какие-то странные вещи. Николай Григорьевич неожиданно изменился. Притих, потускнел, меньше стал нами командовать. Я даже подумала, что он заболел. Язва там, или, не дай бог, еще чего-нибудь, может, похуже. В общем, с лица спал. Я уже видела такое у мужиков. Они все от этого сильно страдают. Мучаются, ночей не спят. Им, дуракам, кажется, что раз у них это не получается, то они больше ни на что не годятся. Как будто мы только про это и думаем. Да если б так было, то самым счастливым на свете считался бы наш дворовый кобель по кличке Дружок. У него это получается и днем и ночью. Но я что-то особого счастья у него в глазах не заметила. Жрать без конца хочет, вот и все.

А в нашем мужском коллективе они все в конце концов приходят ко мне. С женами им на эту тему разговаривать трудно. Тем более что я старая.

По их мнению.

Николай Григорьевич в итоге тоже пришел.

«Ивановна, — говорит. — Я с тобой на одну тему поговорить серьезно хочу».

Я говорю: «Знаю я ваши темы. Говорите, чего уж там. Что с вами еще приключилось?»

Он говорит: «Понимаешь, я с тобой решил посоветоваться, потому что ты опытная. У тебя у самой две дочери взрослые уже. Обе замужем».

Я говорю: «Да вы не стесняйтесь, Николай Григорьевич. Говорите скорей, без предисловий. Мне еще надо до конца смены кое-что успеть».

Он говорит: «Да ладно, куда ты торопишься? Я другой смене скажу, чтобы они за тебя доделали. Разговор-то у меня правда серьезный».

Я думаю: «Куда уж серьезней. Для вас, козлов, только это имеет значение».

Он помолчал немного, потом откашлялся и говорит: «Ты ведь, наверное, понимаешь — что такое жизнь в браке?»

Я говорю: «Понимаю. Как же не понимать?»

Он говорит: «Вот видишь. Я поэтому к тебе и пришел. У тебя у самой сколько внуков?»

Тут я его не поняла и говорю: «Внуков? А внуки-то здесь при чем?»

Он говорит: «При том, Ивановна. Ты мне скажи — сколько у тебя внуков?»

Я говорю: «Два вроде бы... Ну, и там еще... Одна девочка».

Он говорит: «Вот я насчет этого как раз и хотел с тобой посоветоваться».

Я тут совсем запуталась и говорю: «Насчет чего? Насчет простатита?»

Он на меня уставился как идиот и говорит: «Какого простатита?»

Я говорю: «А вы насчет чего хотели посоветоваться-то? Разве не насчет простатита?»

Он говорит: «Нет. А что это такое?»

Я тогда как давай там смеяться, а он на меня смотрит своими глупыми глазами и ничего не понимает.

Потом говорит: «Странная ты, Ивановна. Я же с тобой серьезно поговорить хотел».

Я успокоилась и говорю: «Простите, Николай Григорьевич. У меня нечаянно получилось. Так о чем вы хотели со мной посоветоваться?»

Он нахмурился еще немного, но потом все равно рассказал.

«Понимаешь, — говорит. — Я тут жениться решил. Но у невесты моей вроде как уже есть ребенок. От другого мужика. Понимаешь?»

Я говорю: «Понимаю».

Он говорит: «Вот. Ну, и я подумал, что, может, ты что-нибудь посоветуешь».

Я говорю: «Насчет чего?»

Он говорит: «Насчет — мне жениться или не жениться».

Я говорю: «А я-то при чем?»

Он смотрит на меня и говорит: «Ну, ты же сама сказала, что у тебя еще одна внучка есть... Ну, как бы от другого брака. Чужая. Ты же ее к себе в дом взяла. В управлении все об этом знают давно».

Я говорю: «Вот вы мужики. Хуже вас сплетников нету».

Он моргает своими глазами и на меня смотрит.

«Ну, так как? — говорит. — Ты что посоветуешь?»

Я вздохнула и говорю: «Нет тут советчиков. Хочешь — женись. Не хочешь — не женись».

И тогда он говорит: «У нее отец — депутат Госдумы. Ты представляешь — какие перспективы там открываются?»

Я говорю: «Я представляю. Трудно вам будет выбрать. И хочется — и колется».

Он в сторону посмотрел, а потом так задумчиво отвечает: «И не говори, Ивановна. Чужой ведь мальчишка. Совсем чужой».

А моя девочка на следующий день пришла на кухню, и я ей все рассказала про Николая Григорьевича. Исключая, разумеется, простатит. А кому мне еще рассказывать? Татьяна теперь своего автомобилиста одного слушала. А до Москвы письмо целую неделю идет. Так что мне разговаривать больше было не с кем. К тому же девочка в самом деле оказалась понятливая. Слушала меня, вертела свою куклу, молчала-молчала, а потом говорит: «Пусть он женится».

Я говорю: «Почему?»

И она отвечает: «Ты же сказала — дедушка все равно богатый. Он будет мальчику подарки хорошие покупать».

Я говорю: «Так он ему и сейчас их покупает».

А она говорит: «Но папы-то у него сейчас нет».

И как-то так повелось у нас с ней, что мы все больше стали разговаривать на взрослые темы. Я возилась у себя на кухне, а она приходила с куклой, усаживалась на табурет и слушала истории про мою жизнь — про дочерей, про Валерку, про то, куда он пропал, и про то, что с тобой случается, когда ты больше никому не нужен. Она слушала очень серьезно, а я, сама не знаю зачем, всегда говорила ей чистую правду. Стряпала ее любимые блинчики и говорила ей правду. Кому-то, наверное, надо было это все рассказать. Тем более что, кроме нее, так и так никто бы не стал слушать.

А у этой Оли на все было свое мнение.

Когда я рассказала ей, как однажды прилетела с соревнований в Новосибирске и застукала Валерку со своей тренершей по прыжкам, она повертела куклу и сказала, что он все равно был хороший. И на то, что я бросила институт, когда родилась Маринка, она сказала, что это тоже было хорошо. А на то, что я так и не стала начальником смены, она сказала, что это было не надо. Выходило, что жизнь у меня получилась просто на зависть. Зря только бросила ДОСААФ.

Она закрывала глаза, жмурилась, поднимала свою куклу над головой и говорила: «Я бы хотела прыгать. А что ты чувствуешь, когда летишь?»

Я отвечала: «Что чувствуешь? Ну, понимаешь, когда впереди открывается люк, а ты видишь, что перед тобой еще человек десять, то вроде бы все нормально...»

Через некоторое время даже зять привык к подгоревшей картошке. Перестал ворчать и просто сидел с кислой рожей.

А мне-то какое дело? Не нравится — ищи себе другую кухарку.

Но однажды она меня вообще здорово удивила. Мне захотелось показать ей одну книжку, от которой я ревела много лет назад целые ночи напролет, и я попросила ее сходить ко мне в комнату. Никогда не выбрасываю такие вещи.

«Она у меня на полке лежит. Синенькая. Называется «Когда приходит печаль». Ты ее сразу увидишь. На ней такими большими буквами написано».

Она не возвращалась довольно долго. Я даже подумала, что она забыла про меня. Потом тихо зашла в кухню и встала возле двери. В руках у нее было штук пять книжек. Все синие.

Я смотрю на нее и говорю: «Зачем нам так много? Ты где их столько взяла?»

А она улыбается как-то странно и молчит.

Я говорю: «Мне же только одну надо».

А она все равно молчит. Стоит с этими книжками молча.

И тут я догадалась: «Ты что, не умеешь читать?»

Она помолчала еще немного и отвечает: «Нет».

Я говорю: «Тебе же в школу в этом году. Тебя что, никто не учил буквам?»

Она говорит: «Нет, не учил».

Я посмотрела на нее, потом выключила плиту и говорю: «Давай-ка, убирай все со стола. Ужин подождет. Будем играть в школу».

Развитие у нее оказалось как у четырехлетней. Букв она и вправду не знала почти ни одной. Даже ручку правильно держать не умела.

Я говорю: «Между вот этими пальцами ее зажимай. Вот так. Видишь? Ну-ка, сама попробуй».

Она говорит: «Я не могу. Неудобная ручка. Дай мне другую».

Я говорю: «Не будет тебе другой. Они все одинаковые».

Она говорит: «Эта толстая».

Я говорю: «Подожди, тебе волосы мешают».

Взяла заколку и убрала ее волосики в хвост. Чтобы перед глазами у нее не болтались.

Она говорит: «Теперь хорошо».

Я посмотрела на ее шейку и замерла.

Она говорит: «Вот так? Правильно вот так держать ручку?»

Я говорю: «Откуда у тебя это на шее?»

Она замолчала и голову опустила к столу.

Я говорю: «Откуда? Говори. Я в своем доме все равно все узнаю».

Она еще ниже голову опустила.

Тогда я говорю: «Хорошо. Значит, не буду больше с тобой заниматься».

Она съежилась вся и прошептала: «Папа стукнул резинкой. Я ему телевизор мешала смотреть».

Я задержала дыхание и говорю: «Какой резинкой?»

А она еще тише мне отвечает: «Которую он с работы принес. От машины».

И тогда я говорю: «Посиди-ка пока здесь. Не выходи никуда из кухни».

Пошла в комнату, встала напротив него и говорю: «Ну что, засранец, любишь телевизор смотреть?»

Татьяна вскочила со своего кресла: «Мама, ты чего?»

Я говорю: «Я ничего. Только у меня в доме детей еще никто не бил. Я девок, пока растила, пальцем ни одну не тронула. А этот засранец приперся из своей деревни, чтобы детишек тут обижать».

Он смотрит на меня и молчит.

Я говорю: «Чего ты молчишь? Чего ты на меня уставился? Дай-ка мне сюда эту резинку. Я тебя самого так по спине резинкой тресну! Надолго запомнишь — кого бить, а кого не бить».

Он молча встает с дивана и подходит к шкафчику, где у него лежат документы.

Я говорю: «Ты слышал меня? Давай сюда эту резинку!»

Он открывает шкафчик, вытаскивает оттуда какие-то бумаги и отдает их мне.

Я говорю: «Ты что мне даешь? Зачем ты мне это толкаешь?»

Он говорит: «Прочитайте».

Я говорю: «Ты что, совсем сдурел?»

Он смотрит на меня и говорит: «Прочитайте».

Я опускаю глаза на эти бумажки и все равно ничего не могу понять. Какие-то цифры, какие-то там статьи.

Я говорю: «Зачем ты мне это дал? Зачем ты ударил девочку?»

А он опять говорит: «Прочитайте».

И тогда я начинаю читать. И постепенно мне становится ясно, что эти бумаги все про нее. И там написано, что у нее мать алкоголичка и ей нужен нормальный уход. И по закону она не может быть ее мамой. И значит, за ней должен присматривать кто-то другой. А у ее отца нет этой возможности, потому что он — безработный.

Я говорю: «Подожди, подожди. Ты что, от нее отказаться решил?»

А он смотрит на меня и говорит: «Зато проблем больше не будет. Ну какая из вашей Татьяны мачеха?»

Я говорю: «Подожди, подожди. В детский дом?»

Он говорит: «Татьяне еще самой в куклы играть надо».

Я смотрю на него и опять говорю: «В детский дом?»

А он молча берет у меня документы и кладет их обратно в шкаф.

Я говорю: «Ах, вот так, значит?»

Потом иду к телефону и звоню своему сменщику.

«Слушай, Степанцов. Помнишь, я тебя выручила, когда у тебя сына в армию забирали?»

Он говорит: «Помню».

Я говорю: «Теперь ты меня выручай. Мне надо сейчас подмениться».

А он говорит: «Конечно, Ивановна. Только сегодня так и так я должен дежурить. Я ведь сегодня в ночь. Ты чего-то напутала».

Я ему говорю: «Ничего я не напутала. Мне надо сегодня в ночь вместо тебя выйти».

Он говорит: «Да?»

И замолчал. Потому что удивился очень.

Я говорю: «Ну, так как? Ты согласен?»

Он говорит: «Ну ладно. Только зачем?»

Я говорю: «Некогда объяснять. Потом расскажу».

Он говорит: «Ну хорошо. Тогда до послезавтра. У тебя ничего не случилось?»

Я говорю ему: «Пока, Степанцов».

И положила трубку.

Потому что нечего мне было ему объяснять. Что я могла сказать ему? Что я сама не знаю — что делать?

Потом пошла к девочке и стала ее собирать.

Она говорит: «На улице темно. Гулять уже поздно».

Я говорю: «А мы не гулять. Помнишь, ты спрашивала про мою работу? Хочешь сама ее посмотреть?»

Она говорит: «Хочу».

Я говорю: «Ну, тогда быстрей одевайся».

Тут появилась Татьяна.

«Мама, что ты задумала?»

Я говорю: «Это вы что задумали?»

Она говорит: «Мама, перестань вести себя как ребенок».

Я говорю: «Как ребенок? Значит, меня тоже куда-нибудь решили упечь?»

Она говорит: «Мама, давай все нормально обсудим».

Я посмотрела на нее и говорю: «Валерка с тобой никогда бы так не поступил».

А девочка стоит рядом со мной, уже вся одетая, и говорит: «Можно, я куклу с собой возьму?»

И я говорю Татьяне: «Видишь, ребенок уже собрался. Отойди, не мешай».

Раскладушку я ей поставила за аппаратами. Так, чтобы не было видно, если кто войдет. Она походила немного, посмотрела на разные лампочки и сказала, что хочет спать. А я сижу сама не своя, не знаю — что буду завтра делать.

Она говорит: «А зачем мы сюда пришли?»

Я говорю: «Ты знаешь, я не могу тебе пока объяснить. Это очень сложно. Давай, я тебя спать положу. А завтра мы с тобой во всем разберемся».

Она говорит: «А почему ты плачешь?»

Я говорю: «Я не плачу. Это у меня просто глаза блестят. На работе всегда так».

Она говорит: «А у других, когда блестят глаза — они плачут».

Я говорю: «У всех по-разному».

Она улеглась на раскладушку и говорит: «Я домой хочу».

Я говорю: «Завтра пойдем».

Она говорит: «Кукле здесь неудобно».

Я говорю: «Давай, мы ее вот сюда на кресло положим. Здесь мягко».

Она говорит: «Нет. Ей там плохо будет одной».

И тут в аппаратную входит Николай Григорьевич. Я еле успела к нему выскочить из-за шкафа.

Он меня увидел и говорит: «О, Ивановна. А я думал — сегодня Степанцов должен работать в ночь».

Я говорю: «Он попросил его подменить. Что-то у него опять с сыном».

Николай Григорьевич говорит: «На побывку уже приехал? Надо же, как время летит».

Я говорю: «Да».

Он присел на стул и улыбнулся.

«А ты знаешь, я ведь решил не жениться».

Я говорю: «Да?»

Он говорит: «Ну. Посидел так, знаешь, подумал, и решил — да ну этого депутата вместе с его дочками. Он ведь не один депутат. Там их целая Дума. Найдем кого-нибудь другого, без выблядков».

Я говорю: «Вам видней».

И вот тут из-за шкафа выходит моя девочка. В трусиках, в маечке и босиком. А пол ужасно холодный.

Она смотрит на нас и говорит: «Я писать хочу».

Николай Григорьевич молчал, наверное, полминуты. Я успела ей платьице и колготки надеть — он только тогда очнулся.

«Ну ты, Ивановна, блядь, даешь».

Я говорю: «Не матерись. Не видишь — здесь дети».

А он как будто меня не слышит: «Ну, ты даешь. Ты что, совсем охуела? У нас же секретность. У нас режимное предприятие. Какого хера ты притащила ее сюда?»

Я говорю: «Ты почему материшься? Я же тебе сказала — здесь дети».

А он говорит: «Ты охуела».

И тут я ему говорю: «А почему это ты все время мне «тыкаешь»? Я старше тебя в два раза. Если бы у моего Валерки получались пацаны, то у меня бы сын был сейчас — твой ровесник. Вот он бы пришел и за такие слова так бы тебе набил твою морду, что ты навсегда забыл бы и думать про депутатов, про их дочек и про то, с какой стороны у тебя этот самый хер. Не слушай меня, Оля. Давай, собирайся. Мы уходим домой».

Он смотрит на меня и наконец начинает понимать.

«Подожди, Ивановна. Как это, ты уходишь домой? Куда ты уходишь? А связь? Нас через полчаса Москва ведь начнет долбить. Кто будет следить за аппаратурой?»

Я говорю: «Ты же остаешься. Вот ты и будешь следить».

А он говорит: «Ивановна, перестань. Я же не умею. Ты двадцать лет здесь работаешь».

Я говорю: «Тридцать. А ты попробуй, вспомни — чему тебя в твоем институте учили. Ты же сам говорил — кнопочки нетрудно нажимать».

И застегнула на девочке на моей пальто. Сама одевалась уже в коридоре. А он рядом со мной до самого первого этажа вприпрыжку бежал.

«Ивановна! Ивановна! Ну ведь косяк же будет. Меня повесят».

Я говорю: «Ничего. У тебя вся жизнь еще впереди. Привыкнешь».

Потом приехала домой, оставила девочку у себя в комнате, разбудила зятя и говорю — так, мол, и так, переоформляй ее на меня. А не нравится — выметайся из моего дома.

Татьяна тоже проснулась. Говорит: «Мама, ты чего?»

А я опять говорю: «Не нравится — выметайся из моего дома. Я что, специально горбатилась тридцать лет, чтобы ты тут, такой красивый, на моем диване лежал? Тоже мне, дуру нашли. Выметайся из моего дома».

Он наконец проснулся и говорит: «А до утра нельзя подождать?»

Я говорю: «У меня теперь нет времени ждать, когда ты проснешься. Я на пенсию вышла. А пенсионерам надо спешить. У них как на фронте — год за два. Так что мне некогда с тобой разговаривать. Время идет. Переоформляй или выметайся. Рядом с подъездом стоит такси. Я попросила шофера, чтобы он тебя подождал».

Через полчаса я наконец уложила мою девочку в постель. На кухне сидел заспанный зять со своими бумагами, а в коридоре из угла в угол ходила Татьяна.

Как Наполеон перед битвой при Ватерлоо.

«А почему они не спят?» — спросила девочка, открывая глаза.

«Уснут, — сказала я. — Просто им чего-то не спится. У взрослых бывает. А тебе уже давно пора спать. Давай, закрывай глазки. Завтра утром проснешься — и пойдем в «Детский мир». Куплю тебе новую куклу. Такую же, но с ногой».

Она снова открыла глаза и зевнула.

«Мне не надо другую. Я эту люблю».

«Хорошо, — сказала я. — Значит, будет эта».

ОБЕЩАНИЕ

Вагон дрогнул, заскрипел колесами, и Витька с надеждой открыл глаза. Поезд тяжело двинулся с места, но через две-три секунды застонал и опять замер.

— Чего там? — заворошился дядя Егор, отрывая тяжелую, как свинец, голову от Витькиного плеча. — Приехали, что ли?

— Двадцать раз, — сиплым шепотом сказал Витька. — Часа два уже посреди поля стоим. И ни фига не видно.

— А скока время?

— Целое беремя... Мне-то откуда знать? Котлы у тебя.

— Чего?

Витька потер сильно затекшее левое плечо.

— Часы... японский городовой. Непонятно, что ли?

Дядя Егор зевнул и потер глаза кулаками.

— Ох, Витька, ну и слова у тебя.

— Ты это... — Витька слегка поморщился и проглотил горькую от недосыпа слюну. — Спи давай дальше. Не бухти.

— А я не бухтю. Я, что ли, матери обещал нормальным языком разговаривать? — Дядя Егор помотал косматой со сна головой. — Не я. А раз обещал, так давай переучивайся на человеческую речь обратно. А то все — котлы да котлы. Какие же они котлы?

— Вы поспать людям дадите, ироды? — прошипела тетка, сидевшая у окна напротив. — И трындят, и трындят!

Витька посмотрел на нее, потом на привалившегося к ней мужичка. Потом на привалившуюся к мужичку старушку — на ее приоткрытый рот, на сумку из черной клеенки, которую она в своем старушечьем сне держала крепче, чем советские матросы оборону Севастополя от фашистов. Витька посмотрел красными глазами на все это и еще на чью-то тяжелую руку, свисавшую прямо перед теткиным лицом, и тихо сказал:

— Ты где здесь, интересно, людей увидела?

— Ах ты... засранец! Он еще хамить будет!

— Тихо, тихо, — сказал дядя Егор. — Все, тетка, спим. Спим уже. Не ругайся.

И быстро опустил голову на затекшее Витькино плечо.

— Тоже мне, нашел тетку... — пробурчала она, зыркнув на безмятежное, как у младенца, лицо дяди Егора.

Витька хотел сказать дяде Егору, что от его большой головы у него сильно болит плечо, но не успел. Тот уже сладко посапывал, досматривая прерванный сон. Или притворялся.

Витька вздохнул, облизал пересохшие губы, уставился в темноту за окном и начал думать о том, что сказал ему дома отец Георгий.

По отцу Георгию выходило, что все в его, Витькиной, жизни было не зря. И в жизни дяди Егора, наверное, тоже. С этой его тяжеленной, как аккумулятор от «ЗИЛа», башкой. В которой притворные сны, чтобы спрятаться от злой тетки.

И в жизни тетки, наверное, тоже. И в жизни привалившегося к ней мужичка. И так далее — по всему вагону. До самого тамбура. И на боковых местах. С открытыми ртами и помятыми лицами. Хорошо еще, поезд стоит, и голова об окно не бьется.

Выходило, что все эти незряшные жизни и на верхних, и на нижних полках волей непонятного случая собрались тут как на подбор в забитом до отказа плацкартном вагоне и застряли глухой ночью где-то посреди черного, никому не известного поля. И этой своей незряшностью, и тем, что собраны оказались все в одном месте, они должны были явно осчастливить и самих себя, и друг друга. «Пролить свет», — как сказал отец Георгий.

Но как-то у них не получалось.

От такой прорвы незряшных людей, если верить отцу Георгию, свет должен был хлестать из вагона по всему полю, как от мартеновской печи. Но он не хлестал, а только еле сочился. Витька мог разглядеть в нем лишь какой-то бесцветный от темноты куст и грязные шпалы.

«Да-а... — думал он, глядя на этот куст. — Вот так живешь, живешь... да и застрянешь».

Более того, если верить отцу Георгию, выходило, что сам Витька не зря всю жизнь воровал, а судья потом не зря впаял ему срок, и сторожевые псы на малолетке совершенно не зря, а очень даже со смыслом однажды чуть не отгрызли ему левую ногу. И мамка не зря надрывалась всю жизнь.

А теперь вот не зря умерла в сорок три года.

Витька всхлипнул по-детски и загородил ладонью глаза. Никто в этом спящем вагоне на него не смотрел, но плакать ему все равно почему-то было западло.

Видимо, еще не привык. На малолетке за слезы можно было запросто огрести по полной.

* * *

— Ну куда ты, блин, прешь? — закричал дядя Егор на выходе из вокзала. — Чего ты против шерсти? Туда вон давай! Куда все!

Но Витька упрямо двигался поперек людского потока, увертываясь от чемоданов, коробок, запахов, от мягких женских грудей, от тележек носильщиков и твердых, как камень, быстрых, злых мужиков.

— Доволен? — сказал дядя Егор, выбираясь следом за ним из толпы и одергивая свою сильно помятую железнодорожную тужурку. — Смотри, чуть форму мне всю не изодрали!

— Да кому она нужна, — отмахнулся Витька. — Ты ведь на пенсии уже целый год. Зачем ты ее вообще нацепил? Удивить кого-то решил в городе?

— А ты поговори мне еще! Заработаешь себе такую, тогда поймешь.

— Да нет, спасибо. Я уж того... как-нибудь... Без курточки перебьюсь.

— Ну и дурак... Ты лучше скажи — зачем сюда пробирался? Чего тебе тут, на хрен, приспичило?

Уже под самое утро, когда в вагоне все стало серым, а счастливые, по понятиям отца Георгия, но не ведавшие о своем счастье люди зашевелились, закашляли и застонали, пытаясь хоть как-то вытянуть сведенные судорогой ноги, Витька решил, что обратно в деревню он не вернется. Город есть город, и тут всегда будет чего украсть.

— Письмо Вальке хотел написать, — сказал Витька, хмуро глядя на запертую дверь почтового отделения.

— А чего вдруг писать? — усмехнулся дядя Егор. — Лев Толстой, что ли? Завтра вернемся — сам все расскажешь. Или соскучился уже?

— Да иди ты! — вспылил Витька. — Ну чего ты все лыбишься? Соскучился — не соскучился... Тебе-то какое дело? Я просто хотел, чтоб все по понятиям было... Как у людей...

Но дядя Егор тоже вдруг взвился:

— А чего ты мне цыкаешь? Расцыкался тут! Я тебе пацан уголовный, что ли? Чтоб ты на меня цыкал... Или я кто?!! Я, между прочим, дядя тебе родной! И ты, между прочим, мамке своей перед смертью обещал, что не будешь больше этих слов говорить!

— А чего я такого сказал? — опешил Витька.

— «По понятиям»! «По понятиям» — вот ты чего сказал! А это, между прочим, натуральная уголовная феня!

Витька несколько секунд растерянно смотрел в лицо дяде Егору, а потом засмеялся.

— Ну, ты даешь, дядя Егор...

— Чего? — тот с подозрением смотрел на Витьку, явно ожидая подвоха. — Чего еще?

— Да так... ничего... — продолжал смеяться Витька.

— Ржет еще тут как лошадь, — ворчал дядя Егор, хлопая себя руками по карманам тужурки в поисках папирос. — И чего у них в голове? То воруют, на хрен, то ржут... То по тюрьмам сидят.

Витька засмеялся еще сильней.

Наконец дядя Егор нашел растрепанную пачку «Беломора» в нагрудном кармане, сдул с кривой папиросы облепивший ее табак и закурил.

— Ну что, перебесился? — спросил он Витьку, напуская на себя важный вид. — Чего ржал-то?

— Да над тобой.

— Понятно, что не над папой римским... А чего? Витька щербато улыбнулся.

— Да у тебя через слово то «на хрен», то «ёкарный бабай», а ты меня «понятиями» попрекнул. А еще ты «хуюм-буюм» говоришь. И «тыры-пыр — восемь дыр».

Витька опять прыснул.

Дядя Егор приосанился.

— Ну и что? Сравнил, называется, тоже... «Ёкарный бабай» — это тебе не «по понятиям». Ты сам подумай — какие люди «по понятиям» говорят... А «ёкарный бабай» говорят совсем другие люди.

Дядя Егор с достоинством разгладил на животе тужурку.

— Понимаешь — нет?

Но Витька его уже не слушал.

В глубине арки, которая вела на привокзальную площадь, стоял чемодан. Большой импортный чемодан, перетянутый широкими кожаными ремнями. Таких ремней Витька еще никогда не видел. Разве что на портупее у замполита всей малолетней зоны. Но к замполиту было не подобраться, а чемодан стоял прямо тут. Как родной.

И тихо скулил — так сильно просился в Витькины руки.

За ремнями такой ширины должно было скрываться что-то особое. То, что слегка хрустит и приятно на ощупь. Как белье после стирки, повисевшее на морозе. Витьке непреодолимо захотелось *это* потрогать. То, что внутри.

Немедленно прикоснуться.

От внезапного напряжения у него так сильно

свело скулы, что под языком выделилась слюна. Кислая, как от лимона.

Так иногда бывает после первой рюмки. Мир вдруг накатывает волной, и в нем оказывается миллион запахов, ощущений и звуков, о которых до этого ты даже не подозревал. Стоило только сделать большой глоток, а потом сильно втянуть носом воздух.

В одно мгновение Витька ощутил сразу все, весь вокзал целиком: и горький дым дядькиного «Беломора», и неуютный холодок у себя на шее под распахнутым воротником, и шесть пятнадцать на ржавых часах у входа в зал ожидания, и черную лужу с отражением поезда, а по ней красные туфли — цок-цок, и запах кофе из окошка буфета, и пьяный голос оттуда же — «не буду, не буду», и скрип коляски, в которой молодая мамаша укатывает ребенка взад и вперед, и тяжесть у себя в голове от бессонной ночи, и двое по пустому перрону прошли, и один обернулся, и у него шрам на верхней губе, и шумно взлетели голуби, и этот со шрамом — он улыбается, но самое главное, самое главное — вовсе не это.

А то, что обратно в деревню Витька уже не ездок. Не тот лег расклад. Другая карта.

— Знаешь что... — хрипловато сказал он дяде Егору. — Ты подожди меня в скверике у вокзала. Мне тут надо кое-чего...

— В туалет, что ли, захотел?

— Ага... Просто сил нет терпеть... Щас обделаюсь.

Потому что чемодан был один-одинешенек. Практически сирота. Как и Витька теперь. Только у Витьки все-таки оставался еще дядя Егор. Где-то в скверике на скамейке. А у чемодана точно никого не было.

Беспризорник вокзальный.

Толстяк в синем пальто, который взасос целовал обесцвеченную дуреху, в расчет не входил.

«Не считово, — думал Витька. — Целуется, и целуется. Мало ли у кого какие дела. Кому — дурехи, а кому — чемоданы. Это по интересам».

К тому же, если верить отцу Георгию, выходило, что этот жиртрест тоже не просто так сейчас расстанется со своим шмотьем. Должен быть в этом какой-то скрытый смысл. Промысел божий.

«А может, у него жизнь переменится, — думал Витька, приближаясь к арке. — Может, ему откровение будет... Хорошо ведь, когда откровение. У тебя чемодан сперли, а взамен — бац! и на тебе — истина вдруг открылась. А так бы и тискал по вокзалам девок всю жизнь. Без всякого смысла...»

И Витька представил себе его переменившуюся жизнь.

Толстяк отдает синее пальто вокзальным бомжам, бросает свой бизнес и обесцвеченных девок, а потом отправляется на богомолье к отцу Георгию.

«Спасибо, отец Георгий, что надоумили Витьку свистнуть мой чемодан. К чему мне, толстому, такая жизнь, а также все эти грязные деньги? Стану теперь трактористом у вас в деревне и заработаю их честным трудом за семьсот лет. Может, хоть похудею».

* * *

— Ты что ж это, ёкарный бабай, со мной делаешь?!! — сказал дядя Егор, глядя на чемодан. — Ты где, засранец, чужую котомку урвал?

— Не шуми, — сказал Витька, опускаясь на скамейку. — И сядь. Чего ты вскочил? Крыльями размахался.

— Я тебе щас покажу — крылья!

Дядя Егор подскочил к Витьке и неожиданно треснул его по затылку. Как в детстве.

Витьке это было до такой степени уже непривычно, что он не успел нырнуть головой вперед, как раньше, и кепка нахлобучилась ему на глаза.

— Ты чего? — обиженно сказал он, поправляя кепку.

— Я тебе дам щас — чего! Взял чемодан — и отнес туда, где лежало!

Витька откинулся на спинку скамьи и показал дяде Егору кукиш:

— Разбежался.

— Щас пальцы-то пообломаю, — сказал дядя Егор.

— Ну попробуй.

Витька спокойно смотрел ему прямо в лицо и поглаживал левой рукой чемодан.

— Совсем оборзели, — наконец выдохнул дядя Егор, усаживаясь на скамейку.

Полминуты сидели молча.

— Ты это... — тихим голосом заговорил дядя Егор. — Ты же матери обещал...

— Чего я ей обещал? — с вызовом сказал Витька.

— Не воровать.

— Я обещал на фене больше не говорить.

— И не воровать тоже.

— Да иди ты, — Витька махнул рукой.

— Я сам слышал... Когда врач последний раз уходил. Она тебя за рукав потянула, и ты у кровати на табуретку присел.

— Ну? — Витька насторожился.

— А чо — ну? Ты сам все знаешь. Она тебе сказала: «Не воруй больше, Витя. Пообещай мне». И ты пообещал. Чо, скажешь, не так было?

— Да ты-то откуда знаешь?

— А я у двери стоял. Врача на двор проводил и вернулся. И ты, между прочим, заплакал еще. Хотя говорил, что на зоне не плачут.

— Да иди ты! — Витька вскочил на ноги и пнул ствол березы.

— Дерево-то здесь при чем? Чего ты все виноватых ищешь? Тебя за язык никто не тянул. Ты сам ей пообещал.

— Да знаю я! — заорал Витька. — Знаю!

Он действительно знал. Обещание, данное в слезах матери, висело на нем как камень и не давало уснуть в поезде всю эту ночь.

— А еще обещал сережки ее продать и кольцо.

Дядя Егор вынул из внутреннего кармана свернутый носовой платок в синюю клетку и зачем-то развернул его перед Витькой. Как будто тот без него не знал, что в этом платке.

Витька посмотрел на мамкины побрякушки и вспомнил кухонное полотенце, которое висело на спинке кровати прямо над ее головой. Он слушал тогда ее голос и кивал, и опять слушал, а сам все никак не мог оторвать взгляд от этого полотенца. Потому что ему странно было, что оно там висит. Вот человек умирает, а рядом висит кухонное полотенце. И оно в жирных пятнах.

А может, он просто боялся посмотреть ей в лицо.

«Сережки мои продай, — сказала ему тогда мамка. — И колечко с рубином. Вам хватит на свадьбу. А то все деньги сейчас на похороны уйдут. Съездишь в город? Продашь?»

«Продам», — сказал тогда Витька.

«И не воруй больше».

«Я не буду».

— Вы меня извините, дорогие друзья, — раздался чей-то голос за спиной Витьки. — Но у меня к вам один небольшой вопрос.

Дядя Егор посмотрел через Витькину голову и убрал платок с мамкиными сережками в карман. Витька нехотя оглянулся.

За скамейкой стоял толстяк в синем пальто.

«Значит, не поехал на богомолье», — подумал Витька.

Год назад, когда Витьке исполнилось восемнадцать, его перевели с малолетки на взрослую зону. Больше всего он тогда удивился порядку. На малолетке царил беспредел, и опустить там могли за всякую чепуху, а у взрослых все было по-другому. Там было правильно.

«Понятия, — говорил Витьке один очень серьезный вор, — штука сложная. Но когда их усвоил — у тебя жизнь в шоколаде. И первое, что ты должен запомнить, — потеряй страх. Самое главное — перестать бояться двух вещей. Сначала — смерти, а потом — жизни. Полюби свою смерть — жизнь тебя сама полюбит. Ты только ей не отказывай».

Эта красивая, но не до конца понятная формула навсегда заворожила Витьку, поэтому даже теперь, глядя через плечо на толстяка в синем пальто, он успел задуматься о том, чего именно он не боится сейчас — жизни или смерти.

— Что хотели? — ровным голосом спросил Витька.

— Хотелось бы узнать насчет вот этого чемодана...

— Что именно?

— Он... Он случайно не ваш?

Дядя Егор вытащил свой «Беломор» и нервно рассыпал папиросы рядом со скамейкой.

— Вот, ёкарный бабай, — растерянно сказал он, глядя на свое рассыпанное сокровище. — Последняя пачка. Где я тут в городе их теперь куплю?

— Ты на нас посмотри, — сказал Витька. — Ты сначала посмотри на нас хорошенько. А потом на этот чемодан. Ну разве он может быть нашим?

Толстяк посмотрел на тужурку дяди Егора, на его кирзовые сапоги, потом перевел взгляд на потертую Витькину кепку и, наконец, на его куртку с надписью «Тайга».

— Ну? — сказал Витька. — Что решил?

Толстяк в сомнении потоптался на месте.

— Так, может быть... я его тогда... заберу?

— Да забирай уж, конечно. Кому он тут нужен.

Витька прищурился и, цыкнув, сплюнул сквозь зубы метра на три. Однажды в детстве он увидел по телевизору плюющуюся где-то в Африке ядом змею. Она стояла почти вертикально и била, как из пистолета, сгустком яда точно в глаза своему противнику. Витьке так понравилась эта идея, что он полгода потом тренировался на дальность. Поражал даже движущиеся цели. На взрослой зоне спорил с мужиками на пайку, что попадет в крысу на полном ходу. И попадал. Тогда его как раз и заметил тот вор, который учил не бояться.

— Ну, ты берешь или нет? — спросил Витька все еще колеблющегося почему-то толстяка. — Бери, а то поздно будет.

— Я беру, беру, — спохватился толстяк и начал обходить скамейку.

Проходя мимо дяди Егора, он неожиданно споткнулся и, чтобы удержаться на ногах, вцепился обеими руками в его тужурку.

— Простите, — забормотал толстяк, но дядя Егор уже сам был готов начать извиняться.

— Ты папиросы лучше свои собери, — сказал Витька, чтобы удержать его от ненужного униже-ния.

«В жизни как в картах, — говорил Витьке на зоне тот вор. — Проиграл — заплати. Если нечем пла-тить — убей. Но никогда не суетись. Ни в том, ни в другом случае».

Витька смотрел, как дядя Егор торопливо подби-рает с земли свои подмокшие «беломорины», и презрительно улыбался.

«Стоило, блин, ишачить на долбаной железке всю жизнь, чтобы потом ползать вот так на карач-ках перед богатым жиртрестом».

— Да все уже, — наконец сказал он, — поднимай-ся. Хватит прикидываться, что не все собрал. Ушел он уже. Никого нет.

Но дядя Егор не унимался:

— Кажется, вон туда, под скамейку, одна закати-лась.

— Хорош, я тебе сказал! Ну куда ты полез?

Из-под скамьи торчали уже одни только ноги дя-ди Егора.

— А ты думал — они мне легко достаются? — глу-хо сказал он оттуда. — Я их, поди, не ворую.

— Цирк, что ли, решил мне тут устроить?

Витька нагнулся над скамейкой и легко, как под-ростка, вытащил из-под нее дядю Егора.

— Руки убрал, — с достоинством потребовал тот, оказавшись в вертикальном положении.

— Что-то ты похудел, — сказал Витька. — Легкий какой-то. Не жрешь, что ли, совсем?

— Ага, растолстеешь тут с вами...

Витька смотрел на щуплую растрепанную фигуру своего постаревшего дядьки, на его всклокоченные от долгого ползанья под скамейкой седые волосы. Ветер смешно теребил их и косматил еще больше.

— Чего уставился? — сказал дядя Егор, отряхивая тужурку.

— А ты мамки моей... на сколько лет старше?.. — Витька запнулся. — То есть был старше...

Дядя Егор насторожился и перестал отряхивать с себя пыль.

— А что, думаешь, теперь разница по-другому пойдет?

— Да нет, я не про то...

— А про что?

Витька секунду помолчал.

— Тебе сколько лет было, когда она родилась?

— Восемнадцать. Я тогда в армии служил по первому году. А что?

— Да так... Просто разница у вас сильно большая.

— Так нас много детей у отца-то было. Я первый, а твоя мамка — последняя. Вот и разница.

— Н-да... — сказал Витька. — Но все-таки восемнадцать лет...

— Подумаешь — восемнадцать! Дед твой тогда овдовел, вот и решил жениться еще раз. Хозяйка в доме была нужна. А на следующий год родилась твоя мамка. Любовь, ёкарный бабай! От нее дети. Чего непонятного?

Витька вздохнул:

— Да так-то понятно... Только вот теперь умерла.

Дядя Егор помолчал и опустился на скамейку. Витька сел рядом с ним.

— А чо сделаешь-то? — после молчания сказал дядя Егор. — Ничего сделать нельзя.

— Я знаю, — сказал Витька.

И они помолчали еще минуту. Или, может быть, две.

— А еще у нас забор такой был, — оживился наконец дядя Егор. — Из штакетника. Мимо него парни на танцы как раз ходили по вечерам. И так, знаешь, мимо все время шли. А потом мамка твоя подросла, и они стали у забора немного задерживаться. Постоят, постоят — да и подерутся. И крепко так дрались. Мне с отцом постоянно штакетник приходилось чинить. Реечки-то удобные. Оторвал ее — и по башке.

Дядя Егор закурил и улыбнулся. Витька внимательно слушал его, но глаз от земли почему-то не поднимал.

— А отцу это дело не нравилось, — продолжал дядя Егор. — Сильно ругался. Раз двадцать, наверно, мы с ним забор чинили. Решил потом досок сосновых наколотить. Так они и доски ведь оторвали. Представляешь? Досками друг дружку мутузили. Любовь, ёкарный бабай...

Дядя Егор усмехнулся, покачал головой и вытер свободной рукой слезы.

— Ты погляди, дым какой едкий... Махорки они, что ли, насыпали туда?

Витька сосредоточенно тер большим пальцем татуировку со змеей у себя на левой руке.

— Вот... — продолжал дядя Егор. — А потом появился твой папка. И он у забора не дрался. Он сразу кольцо и сережки вот эти вот подарил...

Дядя Егор шмыгнул носом, запуская руку в карман. Пошарил там, притих и вдруг весь как-то сжался.

— Слышь, Витька... А что это? — тихо сказал он.

— Чо? — Витька поднял наконец голову и посмотрел на него блестящими глазами.

— Как — чо? Пропали куда-то сережки... Нету их, Витька, ёкарный бабай! Спиздили!

* * *

В следующие пять минут Витька успел несколько раз пробежать по всем перронам и даже вокруг вокзала, но толстяка в синем пальто нигде не нашел. Он бегал от одного киоска к другому, спрыгивал на рельсы, нырял под вагоны, хватал каких-то людей за рукав, а сам все это время странным образом видел себя как будто со стороны. Как в кино.

Вот он запинается и чуть не падает. Вот он бежит. Вот стоит под часами и смотрит по сторонам. Вот начал кусать губы. Вот посмотрел на милиционера, но сразу же отвернулся. Вот заглянул в окно. А вот он бежит снова.

— Ну как же ты своего-то не угадал? — горько упрекнул его дядя Егор, когда он, тяжело дыша, опустился рядом с ним на скамейку.

— Я тебе мент, что ли? — вздохнул Витька, повесив голову.

— Эх! — бессильно махнул рукой дядя Егор. — Чего теперь делать-то? Как будем свадьбу играть?

— Никак, — сказал Витька и сплюнул тягучей слюной себе под ноги.

— Чего сказал? — Дядя Егор даже привстал со скамейки. — Как это — не будем играть свадьбу? А матери кто обещал на Вальке жениться? Она тебя три года из тюрьмы, на хрен, ждала!

— Значит, не того ждала... — Витька пожал плечами. — Не поеду я обратно в деревню. Еще у почты хотел тебе про это сказать, да ты меня перебил...

Так и так ведь нет теперь денег на свадьбу. Нечего продавать.

— Но ты же матери обещал! Она лишний год из-за Вальки только из-за одной прожила. Та за нее в доме все по хозяйству делала!

— Ну и молодец, — сказал Витька. — На том свете зачтется.

— Ах ты... — Дядя Егор от возмущения задохнулся и не смог подобрать точного слова, которым он от всего сердца хотел назвать своего племянника. — Но ты же ведь обещал!

Витька встал со скамейки.

— Я много чего обещал, дядя Егор... Пошли лучше за билетом в кассу, а то прямо сейчас уйду. И провожать тебя будет некому.

Авторитетный вор, который на зоне учил Витьку ничего не бояться, говорил ему и про обещания. Он говорил, что обещает слабый. Сильный сразу дает.

Или отнимает. Это по ситуации.

Себя Витька, разумеется, относил к сильным, поэтому, допустив слабость и надавав обещаний, исполнять их теперь он не хотел. Ему казалось, что, если он их не выполнит, его минутная слабость у мамкиной кровати как бы перечеркнется и он опять будет сильным. Тем более что мать, по воровским понятиям, — человек абсолютно святой, и за такую слабость блатного никто не осудит.

А Витька хотел стать настоящим блатным.

Поэтому насчет обещаний ему, наверное, легче было бы сделать наоборот. То есть взять и выполнить что-нибудь такое, чего он никому не обещал. Но Витька, сколько он ни старался, не мог придумать ничего в этом роде.

Он смутно чувствовал, что запутался во всем этом сложном переплетении воровских и не воровских ценностей; что эти два мира тянут его в разные стороны, как два пацана — кусок старой резины, когда хотят заклеить проколотое велосипедное колесо. Витька по очереди ощущал себя то блатным, то сиротой, то этой самой заплаткой, и вся эта внутренняя карусель, смута и неразбериха сильно угнетали его.

Так было с ним на малолетке, когда он случайно узнал, что его скорее всего убьют, и весь его выбор состоял тогда в том, чтобы опередить события и убить самому либо дать себя зарезать заточкой после отбоя прямо в кровати. Но он сумел найти третий вариант. Набрал в пустой стержень свою слюну и налет с зубов, а потом, пришпандорив к стержню иглу от шприца, ввел эту байду себе в ногу и грамотно ушел с быстро загнившей «мастыркой» на больничку. Там кантовались взрослые воры, и Витька, как и рассчитывал, нашел у них защиту от малолетнего беспредела. Блатные рассудили Витькино дело по понятиям и быстро наказали всех беспредельщиков.

Однако теперь никакая «мастырка» Витьке помочь не могла. Не было на свете такой больнички, где разруливались проблемы данных матерям обещаний.

* * *

— Так чо, может, два билета? — с надеждой спросил дядя Егор, когда до окошка кассы оставалось всего несколько человек. — Хрен с ними, с сережками. Возьмем у Потапихи самогонки и отпразднуем свадьбу уж как-нибудь... А, Витька?

— Ну ты что, русский язык, что ли, не понимаешь?

Витька сощурился и раздраженно мотнул головой. Ему сильно не нравилось, что дядя Егор говорит так громко. Мужичок с цветной газетенкой перед ними явно навострил уши.

Впрочем, стоять в очереди действительно было скучно. Витька не раз пожалел, что остался провожать дядю Егора. Сейчас бы уже летал на свободе, как птица.

— А чего? — упрямо продолжал дядя Егор. — Ну чего бы тебе не вернуться? Устроишься на работу. Жить будешь как человек...

— Как человек?

Вообще-то Витька не хотел отвечать на дядькины подначки, потому что отчетливо понимал, к чему они клонят, но тут он не удержался.

— Ну да, — немного растерялся дядя Егор. — А как кто?

— Вот именно, — зло усмехнулся Витька. — Как кто? Ты башкой своей иногда думаешь или нет?

Мужик с газетой заинтересованно обернулся.

— А ты читай дальше свою порнуху, — сказал ему Витька и грубо развернул его за плечи.

— Виктор... — попытался урезонить его дядя Егор, но Витьку теперь было не остановить.

— Двадцать лет уже Виктор! Ты что, серьезно свою жизнь за человеческую считаешь? Полвека горбатился на железной дороге, а сам ездишь в общем вагоне! Спишь, блин, сидя! Ты сам понимаешь, куда ты меня зовешь?!!

— Так это... — пытался защититься дядя Егор. — Кризис ведь в стране, на хрен... Я-то при чем? Всем плохо.

— Вот именно, что всем! И вы всей кучей молчите, как бараны! Вас кинули, а вы утерлись... Я тебе сказал — отвернись! — рявкнул Витька на мужичка с газетой, который опять начал коситься назад.

— У меня пенсия... — пробормотал дядя Егор.

— Да брось ты! — Витька даже засмеялся. — Мыла себе купи и веревку на эту пенсию. И то — если вовремя принесут. Тоже мне — «жить будешь, как человек»! Ну, насмешил — точно. Ты где человека-то здесь увидел? Он, что ли, человек?

Витька ткнул в спину мужичка с газетой, и тот опять обернулся.

— Стой смирно, я тебе сказал!

— Послушайте... — начал мужичок.

— Ну? — Витька склонился к нему, и глаза его хищно сузились.

Секунду они молчали.

— Чего сказать-то хотел? — зло улыбнулся Витька.

— Ничего, — выдавил мужичок и отвернулся.

— Ну а раз ничего — так помалкивай... — Витька посмотрел на дядю Егора. — Понял? А ты говоришь — человек, человек... Все вы молчать горазды. Лишь бы вам морду никто не набил.

Дядя Егор сильно сгорбился и смотрел в пол куда-то себе под ноги.

— Чего молчишь? — сказал Витька.

Но дядя Егор ему не ответил.

* * *

— Ну чего ты? — протянул Витька, подходя к надоевшей уже до чертиков скамейке. — Два человека до кассы всего оставалось... Теперь заново, что ли, стоять?

Дядя Егор молчал и смотрел себе под ноги.

— Язык проглотил?

Витька поднял голову и посмотрел в небо. Высоко, под самыми облаками, крутилась большая стая голубей.

— Смотри-ка, здесь тоже гоняют, — сказал Витька и уселся на скамейку рядом с дядей Егором.

Тот вор на зоне говорил ему: «Если по ошибке обидел кого-то, не делай вторую ошибку — не извиняйся. Пусть тот, кого ты обидел, решит, что он действительно виноват. А начнешь извиняться — виноватыми станете оба. Ты математику в школе изучал? Ну, так сам мне скажи, сколько лучше виноватых чтоб было — два или один?»

Теперь Витька сидел рядом с дядей Егором и маялся, снова не в силах ответить на этот вопрос.

— Слышь, ну ты это... Чего так обиделся? Я же не про тебя говорил... Тоже мне...

Он замолчал, пытаясь подыскать для обидевшегося дяди Егора сравнение с кем-нибудь или с чем-нибудь посмешней, чтобы тот усмехнулся, закурил свой «Беломор», и потом бы они еще немного посидели на этой скамейке, и обида сама собой бы прошла, но в голову ему ничего не приходило, и пауза становилась все дольше, и какие-то дети неподалеку кричали все громче, поэтому он в конце концов неловко махнул рукой и снова уставился в небо.

Там, в небе, должно было находиться то, о чем говорил отец Георгий. Витька посмотрел на облака, на птиц, и представил себе встречу отца Георгия и того авторитета, который его учил.

Вот Витькин вор приезжает к отцу Георгию, они смотрят друг на друга, потом садятся за стол. Вот матушка подает им борщ и по рюмке водки. Они выпивают, закусывают и выходят на крыльцо. Вор курит, а отец Георгий смотрит на него и молчит.

Витька, затаив дыхание, ждал, что они скажут друг другу, но ни вор, ни отец Георгий как будто даже и не собирались ни о чем говорить. Они просто сидели на крыльце и молчали.

Витька вздохнул и опустил голову. От долгого взгляда на солнце перед глазами у него плыли радужные круги.

— Да пойми ты, — сказал он. — Не хотел я ничего такого тебе говорить... Просто на зоне, понимаешь, порядок. А на воле у вас — беспредел. Рвут все друг друга на части без понятий, без правил...

— Да брось ты, — глухо отозвался дядя Егор. — Какой у вас там порядок? Воровские времена давно прошли. Бандиты всем заправляют и отморозки...

— Ты-то откуда знаешь? — удивился Витька.

Дядя Егор пожал плечами:

— Сериалы смотрю... А вообще, знаешь, что?

— Что?

— Я вот посидел тут, подумал... Похоже, Витька, ты прав...

Витька в недоумении приподнял кепку и почесал лоб.

— В смысле?

— Что в деревню возвращаться не хочешь... И знаешь, еще чего?

— Ну? — Витька уже очень сильно насторожился.

— Я тоже с тобой остаюсь. Чего мы там, правда, все как бараны?.. Вкалываем, вкалываем — и все без толку, а жизнь-то, она мимо проходит. Жизнь-то, она, на хрен, одна.

Витька, разинув рот и как будто не узнавая, смотрел на своего дядю.

— Ты чего это, дядя Егор? Голову, что ли, с утра напекло? Так вроде еще не лето...

— А чего? Будем воровать вместе. Научишь меня — и вперед. Я, между прочим, способный. Поработали на государство! Хватит! Пора маленько его пощипать. Или чо, думаешь, не сумею?

Перед самым отъездом в город отец Георгий сказал Витьке, что человек живет верой в чудеса. Более того, он имеет полное право на чудо. Витька вспомнил тогда бесконечные лагерные разговоры о невероятных, но удачных побегах, о безумном воровском фарте и согласился с отцом Георгием. Ему тоже временами казалось, что чудо возможно.

Но не до такой степени.

* * *

Через полчаса ругани, уговоров и крика ему удалось убедить дядю Егора ограничиться двумя-тремя кражами, а карьеру серьезного вора отложить на потом. Он согласился научить его воровать лишь в обмен на обещание вернуться в деревню.

— Ладно, уеду, — сказал дядя Егор. — Но только после того, как вернем полную стоимость кольца и сережек.

— Да зачем тебе это? Я же сказал — свадьбы не будет.

— Из принципа, — твердо ответил дядя Егор и встал со скамейки. — На хрен такую жизнь.

Вот так из принципа они пошли воровать.

По дороге к месту преступления дядя Егор сообщил Витьке, что он вообще больше не намерен терпеть ударов судьбы и с настоящего момента берет управление в свои руки.

— Как электровоз, — пояснил он. — Понимаешь? То есть залазишь в кабину, даешь гудок, и ты — рулевой.

— Понятно, — сказал Витька.

Начать решили с урока мелкой карманной тяги. Витька поместил дядю Егора перед витриной салона мобильной связи, а сам вошел внутрь. Подойдя к очереди из трех человек, он удостоверился, что дяде Егору с улицы все хорошо видно, и запустил руку в сумочку прилично одетой мадам, которая, нахмурив лоб, задумчиво разглядывала чехольчики для телефонов «Nokia». Ничуть ее не побеспокоив, Витька вынул из сумочки кошелек, раскрыл его и показал крайне сосредоточенному за стеклом дяде Егору его содержимое. Там было несколько пятисотрублевых купюр и одна американская двадцатка. Вздохнув, Витька вернул кошелек на место, поскольку дядя Егор заранее настоял на том, что по-настоящему воровать будет пока он один. В качестве бонуса от себя лично Витька стянул со стеклянной витрины телефон «Siemens», походил с ним по всему салону, поговорил с продавцом о преимуществах этой модели, а потом аккуратно водворил его на пустующее место. Ни пропажи, ни возвращения телефона никто, кроме дяди Егора, не заметил.

— Ну? Все понятно? — спросил Витька, выйдя на улицу.

— А то! — бодро ответил дядя Егор. — Тоже мне, хитрость. Ты вон попробуй груженый товарняк провести хотя бы один перегон. А я на тебя посмотрю. Короче, пошел я.

Через десять секунд он выскочил из магазина и быстрым шагом припустил прочь. Витька еле догнал его.

— Слышь, ты куда так чухнул? — спросил он, приноравливаясь к мелкой рысце дяди Егора.

— Тихо! — ответил тот. — Обернись незаметно. За нами никто не идет?

— Да кто, блин, пойдет? Ты даже не попробовал ничего...

— Попробовал — не попробовал... — ворчливо отозвался дядя Егор. — Много ты понимаешь! Мне, может, моральная подготовка нужна. Посмотри, точно никого нет?

После этого Витька еще полчаса носился за ним по окрестным улицам и по парку, а дядя Егор, оживленный, как никогда, рассказывал о своих любовных победах во времена армейской молодости, лихо сплевывал на асфальт, бранился новым для Витькиного уха ругательством «блядкин корень» и вообще вел себя не как дядя Егор. Во всяком случае, Витька таким веселым его до сих пор никогда не видел.

Наконец он внезапно остановился у входа в ювелирный магазин, пробормотал себе под нос: «Не могу чо-то, стыдно», потом хохотнул и резко потянул дверь на себя. Витька едва успел схватить его за руку.

— Слушай, может, лучше все-таки я?

— Отвянь, — сказал дядя Егор и шагнул внутрь.

* * *

В милиции Витька думал о мамке. Он сидел у окна, вспоминал ее лицо, ее темное платье, бесконечные письма с фиолетовыми разводами, сквозь которые все равно можно прочитать: «У нас все в порядке, не беспокойся», и от всех этих мыслей сильно прижимался спиной к холодной белой стене.

Больше всего на свете мамка любила киноактрису Инну Чурикову. Когда улыбалась, даже сама становилась похожа на нее. Такая же полоска верхней десны над зубами. В кино Витька не очень-то разбирался, но Инна Чурикова ему нравилась, потому что ее было жалко.

Как будто кто-то обидел, и надо идти защищать.

— Так я не понял — из вас кто сидел? — спросил Витьку пожилой старшина.

— Я, — сказал Витька. — У тебя же справка моя об освобождении.

— Справку-то я вижу...

— Ну? А чего тогда?

Старшина ответил не сразу. Сначала потер рукой лоб, потом немного покашлял и только после этого заговорил:

— Непонятная выходит петрушка...

— В смысле, начальник?

— Ты вот когда откинулся?

— У тебя же там все написано. Неграмотный, что ли?

— Поговори у меня.

Витька хмыкнул, а старшина, задумчиво закусив нижнюю губу, уставился в окно. Они молчали так, наверное, целую минуту.

— Ну с чего ему было вдруг воровать? — со вздохом сказал старшина. — Старый ведь уже человек. Всю жизнь трудился...

— Люди разные бывают, — сказал Витька.

— Ты это о чем?

Витька откинул голову назад, прижимаясь затылком к холодной белой стене, в которой прятались мысли о мамке, и устало закрыл глаза.

— Короче, отпускай нас, начальник. Дела тут все равно никакого нет. Случайно все вышло. Мы не хотели.

* * *

К вокзалу Витька старался идти быстрым шагом, чтобы хоть немного опережать сержанта, которого отпустивший их старшина отрядил сопровождать дядю Егора. Витька пытался убедить старшину, что он сам посадит задурившего старика на поезд, но тот отказал наотрез.

— Я и так из-за вас жопой своей рискую. Радуйтесь, что начальство в отъезде. Майор бы вас точно закатал мурцовку хлебать.

Поэтому теперь Витька прибавлял шагу. Идти бок о бок с ментом ему было нельзя ни при каких обстоятельствах.

— Ты погоди, куда так летишь? — говорил этот молоденький сержант, но Витька, напряженно опустив голову, шел вперед, как рыба на нерест.

Молчаливый дядя Егор с потерянным видом плелся позади мента, и все вместе они представляли собой довольно странную, сильно вытянувшуюся вдоль тротуара группу.

— Слышь, а вы из какой деревни? — спросил Витьку сержант, отчаянно прибавляя шагу.

— Из Волокуши, — буркнул Витька в ответ.

— Да ты чо! А я из Ипатьевки. Это же совсем рядом! Возле церкви мой дом... Был там?

— Нет, — соврал Витька.

— Да как же ты не был? — засмеялся сержант. — Ипатьевка в трех километрах от твоей Волокуши. Там еще такая гора... А может, ты не из Волокуши совсем? А? Чего врешь-то?

Витька резко остановился, сержант с разбегу пролетел мимо него, а дядя Егор стукнулся в Витькину спину и замер, безучастно глядя себе под ноги.

— Слушай, сержант, — глухо сказал Витька, предварительно обернувшись по сторонам. — Ты что, не знаешь — кто я?

— Нет. А кто ты? — удивился милиционер.

— Я — вор.

У Витьки у самого по спине побежали мурашки от того, как он это произнес.

— А-а, это я знаю, — кивнул милиционер. — Ну и что?

— Да то! Мне с тобой рядом идти не положено. Тем более — разговаривать. Западло это.

— Почему? — сержант удивленно хлопал глазами.

— Ты что, недавно в ментовке? — спросил Витька.

— Неделю. Из армии только что пришел.

Витька с подозрением покосился на его погоны.

— А лычки когда успел получить?

— Армейское звание сохранили.

— Тогда понятно, — Витька махнул рукой. — Ладно, пошли. Потом все узнаешь.

Он зашагал снова.

— Слышь, а почему западло? — спросил сержант, опять догоняя Витьку, который ужасно не хотел ему отвечать. — Ну, почему? — повторил сержант.

— По кочану... Вдруг меня увидит кто-нибудь... А я с тобой разговариваю. Понял?

Сержант помолчал, что-то соображая, а потом спросил:

— У вас что, начальство такое строгое?

— Типа того, — усмехнулся Витька. — Короче, ты это... Немного сзади иди.

Милиционер вздохнул и пожал плечами.

— Ладно. А с дядькой твоим можно идти? А то мне одному скучно.

— С дядькой можно, — разрешил Витька и снова прибавил шаг.

* * *

На вокзале они дождались поезда, посадили дядю Егора у окна, и вышли из вагона ждать отправления.

— Чо-то он странный у тебя какой-то, — сказал сержант, глядя на поникшего за стеклом дядю Егора. — Он вообще разговаривает?

— Еще как, — сказал Витька. — Заговорит — впятером не уймешь.

— Да-а? — недоверчиво протянул сержант. — А по виду не скажешь.

Вообще-то Витьке уже самому сильно не нравился этот непонятный вид дяди Егора. С тех пор как их выпустили из ментовки, он не то что ни разу не сказал «ёкарный бабай» или «на хрен» — он вообще не произнес ни слова. Он не поднимал глаз от земли, послушно шел туда, куда его ведут, ни разу не улыбнулся и постоянно натыкался то на Витьку, то на болтливого милиционера.

Витька такое уже видел однажды лет десять назад, когда их сосед вдруг изменился и перестал узнавать даже свою жену. «Впал в детство», — сказала тогда Витькина мамка, и Витька очень удивился, потому что, по его понятиям, он сам был еще в детстве и тем не менее легко всех узнавал.

— Слышь, дядя Егор, — сказал он, вернувшись в вагон и склоняясь над своим подозрительно молчаливым дядькой. — Ты это... Ты вообще чего?

Дядя Егор оторвал неподвижный взгляд от мутного мира за вагонным стеклом и посмотрел на Витьку, как на пустое место.

— Я говорю — ты как тут?.. Типа — нормально устроился?

Дядя Егор молча смотрел ему прямо в глаза, и от этого пустого и совершенно бессмысленного взгляда на душе у Витьки стало так тяжело, как бывало только на зоне.

И еще сразу после мамкиной смерти.

— Ну ты чего, на хрен?.. Ты вообще меня узнаешь?.. Это же я, Витька... Ты кончай, блин, дурить...

— Вот так вот, Витюха, — наконец заговорил дядя Егор, и на глаза у него навернулись слезы. — Не вышло у меня ни хрена. Как был бессловесной тварью — так, видимо, и помру. Захомутали они меня, сволочи.

Он горько покачал головой и посмотрел через окно на сержанта, а тот, заметив взгляд дяди Егора, расплылся в улыбке и приветливо помахал рукой в ответ.

* * *

Через минуту Витька не бежал, а просто летел обратно с вокзала. Он буквально тащил за руку дядю Егора, а следом за ними едва поспевал совершенно растерянный сержант.

— Меня же старшина, блин, убьет, — задыхаясь, повторял он. — Ну, куда ты несешься? Я должен на поезд его посадить...

— Посадишь, посадишь, — отмахивался от него Витька и, не сбавляя шага, тянул запыхавшегося дядю Егора за собой все дальше и дальше.

Не добежав нескольких метров до ювелирного

магазина, Витька внезапно остановился. Он сделал это не потому, что передумал, и не потому, что рядом вертелся этот ненужный сержант, а потому, что вдруг вспомнил слова отца Георгия о том, что люди должны обниматься.

«Руки у человека тонкие, а держат-то крепко, — говорил отец Георгий. — Обнимешься — и не страшно. А иначе — как к миру-то привязаться? Веревками, что ли?»

— Давай обнимемся, дядя Егор, — сказал Витька и порывисто обхватил своего дядьку за щуплые плечи.

— Ну это... Слышите... — забормотал сержант. — Вы это чего?

— Да погоди ты, — шепнул Витька и закрыл глаза.

Они стояли обнявшись посреди тротуара, и Витька слушал, как дышит дядя Егор. В этом его прерывистом дыхании он слышал нерассказанные истории про обиды, про счастье, про железную дорогу, про Витькину мамку, про самого Витьку и вообще про жизнь. Он чувствовал, как много там всего очень важного, но времени все это выслушать у него уже не было.

— Слышь, тебя как зовут? — спросил он сержанта, отстраняясь от дяди Егора и вытирая рукавом куртки глаза.

— Серега, — ответил тот.

— Понятно, — Витька ему кивнул. — Ты это... Серега... Мне вот всегда интересно было... Скажи — зачем люди идут в менты?

Сержант открыл рот и уставился на него.

— А куда еще? — наконец сказал он.

— Понятно, — еще раз кивнул Витька. — Больше вопросов нет. Пошли, дядя Егор.

Они вдвоем поднялись на крыльцо магазина, а сержант, уже совершенно ничего не понимая, остался на тротуаре. Минуту он тупо смотрел то на дверь, то себе под ноги, то на прохожих. Потом повернулся, как будто хотел уйти, но все-таки не решился и снова пошел к крыльцу.

В этот момент в магазине раздался грохот бьющегося стекла и сразу следом за ним — вой сигнализации. Дверь распахнулась, и на крыльцо выскочили Витька и дядя Егор. Правая рука у Витька была в крови. Левой он что-то запихивал в карман куртки.

— Вот так вот, Серега! — крикнул Витька сержанту. — А теперь бежим, дядя Егор! Бежим, ёкарный бабай, на хрен!

И они побежали.

ТЫ МОЖЕШЬ

Человек не должен забивать себе голову всякой ерундой. Моя жена мне это без конца повторяет. Зовут Ленка, возраст — 34, глаза карие, любит эклеры, итальянскую сборную по футболу и деньги. Ни разу мне не изменяла. Во всяком случае, не говорила об этом. Кто его знает, о чем они там молчат. Я бы ее убил сразу на месте. Но так вообще нормально вроде живем. Иногда прикольно даже бывает. В деньги верит как в бога. Не забивай, говорит, себе голову всякой ерундой. Интересно, чем ее тогда забивать? Я вот сижу, например, думаю: сколько лет могут прослужить стулья? То есть не просто обыкновенные стулья, а те стулья, которые ты еще сам и не покупал. В смысле, которые от родителей там, от друзей. Начало семейной жизни. А что еще, собственно, дарить на свадьбу? То есть какую часть своей жизни ты можешь безвозвратно просидеть на стульях, за которые не платил? Получается, что пятнадцать лет. Пятнадцать лет сидения на бесплатных стульях — двое детей, в желудке какие-то язвы, устойчивая неприязнь к любому начальству, все отношения со старыми друзьями давным-давно псу под хвост плюс привычка ненавидеть родню — а ты все еще думаешь, что жизнь только начинается.

Совершенно случайно наткнулся на школьные фотографии. Алешка, самый незабываемый друг (из-за чего потом поссорились? Не виделись уже, наверное, лет семь), стоит рядом с этой девочкой. Нелепая школьная любовь. Половое созревание. Девочка из левой совершенно семьи. Учителя были категорически против. Не думаю, что волновались за нравственность. Больше всего их раздражал мезальянс. Тоже искали социальной гармонии. Но забеременела. Это даже Алешку привело в чувство. Впрочем, никакого суицида — ни уксуса, ни таблеток. Девочки-одноклассницы на кухне делали большие глаза, но кончилось все скучно. Просто аборт и ощущение серой пыли кругом. Как будто небо такое в облаках, и неизвестно, когда распогодится. Здравствуй, взрослая жизнь.

Но на фотографии этого нет. Стоят, улыбаются. У нее от ветра волосы разлетелись. Только что вышли из школы. Последний звонок. Он махнул мне тогда рукой и сказал:

— Крышку с объектива сними. Ты крышку, дурак, снять забыл.

Я тут теперь посчитал — выходит, что семнадцать лет прошло с тех пор, как он мне это сказал. Что происходит, на фиг, со временем?

Так или иначе, но стулья от него лучше не становятся.

— Ты или новые покупай, или я не знаю! — заорала Ленка, свалившись на пол, когда у последнего стула отлетела спинка. — Дети ведь могут убиться. Достал уже всех со своей машиной!

Никакие дети, конечно, на этих стульях бы не убились. Они уже четко помнили — на спинки опираться нельзя. Это только мама у них была такая неловкая. Надо было в школе чаще на физкультуру ходить. Может, и на диетах теперь бы сидеть не пришлось.

— Не ори, — сказал я. — Чего разоралась? Машина тут совсем ни при чем.

— Сто раз повторяла — купи новые стулья. На прошлой неделе сам ведь чуть не свалился.

— Мне нужно лобовое стекло поменять.

— Достал уже всех со своей машиной!

На следующий день пошли обмывать новые стулья.

— Может, лучше пешком? — предложила Ленка. — Тут ведь ходу всего десять минут.

И смотрит на меня такими невинными глазами.

Я думаю, ладно, не буду из-за ерунды поднимать скандал.

— А на фига я ее покупал? Чтобы пешком по городу пыль глотать?

— Да ну тебя! Я ведь просто прогуляться тебе предложила.

Потом целый вечер она втирала Семеновым про нашу предстоящую поездку в Америку. Ей очень хотелось, чтобы они сдохли от зависти. Но они не подыхали и все время переводили разговор на другую тему. Ленка от этого сердилась и беспрестанно курила. Пепел она нарочно сыпала на скатерть. Когда Семеновым надоела ее настойчивость, они стали кашлять и поглядывать на часы.

— Ну что же, — наконец сдалась моя Ленка. — Засиделись мы, пора домой. Дети не любят долго одни оставаться. Теперь в следующий раз — вы к нам. Приходите, посидите на новых стульях.

— Разумеется, — улыбнулись Семеновы. — Обязательно к вам придем.

— Козлы! — сказала Ленка, когда мы вышли на улицу.

— Перестань ругаться. Вдруг они стоят на балконе и все слышат.

— Козлы, — повторила она, но уже как бы без восклицательного знака.

— Может, пойдем пешком? — сказал я. — А то, кажется, водочки было слишком много.

— Испугался? Не фиг было тогда сюда на машине приезжать. Достал уже всех со своей машиной.

— Ты пьяная.

— А ты-то какой?

— И я пьяный.

— А Семеновы твои — козлы.

— Они не мои.

— Вернее, это Семенов козел, а Семенова твоя — козлиха.

— Она не моя.

— Не ори. Чего ты на меня разорался?

— Может, пойдем пешком?

— Фиг тебе! Я сама за руль сяду. Где эта долбаная машина?

— Вот она. Ты тоже не ори. Ни за какой руль ты у меня не сядешь.

— Ну и пошел ты со своей машиной. И Семеновы тоже твои пошли.

— Вперед не садись. А то еще вырвет.

— Пусть вырвет. Сам потом будешь мыть. Вылизывать свою любимую машину.

— Пристегнись.

— Ты что, «Формулу-1», что ли, себе купил?

— Пристегнись, говорю, и хватит болтать. Ты меня отвлекаешь.

— Достал уже всех со своей машиной.

— Дверцу закрой.

— Я ее закрыла.

— Ты видишь, лампочка не погасла? Значит, у тебя дверь не закрыта.

— Ну, выйди тогда и закрой ее сам.

— Если вывалишься, я не виноват.

— Ты никогда ни в чем не виноват. У тебя всегда другие виноваты.

— Ты можешь немного помолчать? Я ведь треснусь во что-нибудь обязательно.

— Да ты треснуться-то нормально не можешь. Ну, куда ты едешь?.. Стой! — вдруг изо всех сил закричала она.

Я резко затормозил, но было уже поздно. Машину по инерции протащило вперед, и мы стукнулись в левый бок бежевой иномарки.

— Ну что, дорогой? — сказал подошедший через минуту кавказец. — Выходи, разговаривать будем.

Выходить мне не хотелось. Он стоял, склонившись к моему окну, и заглядывал Ленке за вырез платья. Ленка в ответ заискивающе улыбалась.

— Выходи, дорогой, — повторил он. — Тебя там люди ждут.

В иномарке сидело еще три человека. Все они смотрели на нас.

— Хорошо, — сказал я и выбрался из машины.

— Мы сейчас узнаем — хорошо или нет, — отозвался кавказец у меня за спиной.

— А я тебя помню, — сказал один из сидевших в иномарке, когда я сел к ним на заднее сиденье. — Ты в соседнем доме живешь.

Я посмотрел на его лицо и понял, что тоже его знаю. В доме напротив жили какие-то кавказцы. То ли торговали, то ли еще что.

— Давайте милицию вызывать, — сказал я, пытаясь в этой тесноте сесть хоть немного удобней. — Пусть разбираются.

— Зачем нам милиция? — протянул мой «знакомый». — Мы что, сами не разберемся?

— В каком плане?

— Во всех планах, дорогой. Зачем мы будем милиции платить? У них и так зарплата хорошая.

— А разве мы должны им платить?

— Эй, дорогой, зачем про деньги заговорил? Мы ведь не на базаре. Ты же не машину пришел к нам покупать.

— Нет, но...

— Не надо торопиться. Иди сейчас домой, отдохни, поспи, не нервничай. Завтра об этом поговорим. Ты ведь пьяный. Зачем тебе милиция?

— Ладно, — сказал я. — Тогда увидимся завтра. У меня квартира номер...

— Мы найдем тебя, дорогой, — он похлопал меня по колену. — Иди домой, не волнуйся.

— Что они тебе сказали? — У Ленки от нетерпения голос стал хриплым.

— Сказали, чтобы я не волновался.

— Как это?

— Вот так. Сказали — иди домой и спи.

— Ни фига себе, — протянула она. — Придурки какие-то, наверное.

Наутро я выяснил, что они были совсем не придурки.

— Да это же бандиты, — спокойно сказал мой знакомый с соседней заправки. — Каждый день у меня заправляются. Нормальные пацаны. Только у них, кажется, теперь проблемы.

— Ну да, я в них стукнулся вчера в двух кварталах отсюда.

— Нет, это не их проблемы. У них какие-то разборки с другими бандитами. Милиция их гоняет уже недели две.

— А то, что я в них стукнулся?

— Так это не их проблемы. Это твои проблемы. Им-то что до тебя? Купят на твои бабки себе новую машину, да еще и наварятся.

— Наварятся?

— А ты как хотел? Ты бы на их месте не наварился?

Я подумал, что зря я купил новые стулья.

— Ничего не зря, — сказала Ленка. — Будет, по крайней мере, на что поставить твой гроб.

Она посмотрела в мои глаза и тут же добавила:

— Шутка. Ты что, шуток не понимаешь?

— Ты знаешь, Лена, — сказал я спокойно. — Может, тебе и смешно. Но мне не смешно ни капельки. Я сейчас просто описаюсь от страха. Я не хочу никаких бандитов. Я в Америку поехать хочу.

— Нет никаких проблем, дорогой, — сказал мой «знакомый» кавказец, проходя к нам в комнату и садясь на диван. — Покупай нашу машину и поезжай хоть в Гондурас.

— Я не хочу в Гондурас, — сказал я. — И вашу машину я тоже не хочу. Она у вас старая, и в багажнике наверняка кровь.

— Эй, какая такая кровь? Ты о чем говоришь? Мы видеокассетами торгуем. Мясом мы не торгуем.

Слово «мясо» мне не понравилось.

— Пять тысяч долларов нам даешь, машину себе забираешь.

— Пять тысяч долларов?!! Это же металлолом разбитый! Кто ездит на металлоломе за пять штук?

— Эй, она же не была металлоломом, пока ты вчера к нам не приехал.

— Так не говорят.

— Что такое?

— По-русски так не говорят.

— Эй, ты что, разве учитель?

— По-русски говорят: пока ты в нас не врезался.

Он с улыбкой посмотрел мне в глаза.

— Хочешь, чтобы я правильно на твоем языке говорил?

— Хотелось бы.

— Не любишь лица кавказской национальности?

— Мне все равно.

Улыбка с его лица исчезла.

— Завтра деньги для нас приготовь. К семи часам. Никому не звони.

Выходя из комнаты, он повернулся и добавил:

— У тебя жена красивый очень. Так правильно говорю?

Та школьная девочка у моего друга Алешки была не первой. До этого случилось еще кое-что. Не совсем приятное, надо сказать, но это уже другой разговор. Мне вообще всегда как-то непонятна вся эта дребедень. То есть, вот мальчики дружат, тусуются, слушают музыку, начинают пить водку, прячутся от родителей, ходят на дискотеки, сами чего-то придумывают про жизнь, про мужскую дружбу, про то, что, мол, навсегда, а потом вдруг, хоп, появляется девочка. Непонятно все это. То есть так-то вроде бы все понятно. Вроде все так и должно быть — ну, там, мальчики-девочки. Это все хорошо. Но почему-то никогда нормально не складывается.

А может, у других получается ничего. Без того, чтобы один вдруг влюбился и от какого-то полного идиотизма решил, что, кроме него, никто полюбить так не может, и тут же начал ходить и показывать всем, какую красивую девочку он полюбил и, главное, какая красивая девочка его полюбила. И ощущение при этом такое, как будто все вокруг дураки, и вообще никто ничего не понимает, и вроде раз ты первый влюбился, то это уже как Америку открыл. В том смысле, что ведь никто у Колумба прав на это открытие не оспаривает. Любой идиот знает, что Америку открыл Колумб — мореплаватель и большой молодец. И если бы он ее не открыл, то неизвестно еще, где бы мы все теперь были. То есть ни рок-н-ролла, ни Голливуда, ни Чарли Чаплина, вообще ни фига. Сидели бы и тащились от одного античного, блин, искусства. Но он ее ведь открыл. И про это теперь все знают. Любой занюханный школьник — разбуди его — скажет тебе: «Америку открыл Христофор Колумб — известный мореплаватель и большой молодец». Ну, что же, открыл и открыл. И слава тебе, господи. А вот взять и спросить того же самого школьника: «А почему тогда Америка не называется, скажем, Колумбия? Это ведь другое какое-то место. И значительно меньше размерами. Чего это Америку назвали Америкой? Это кто там такой шустрый подсуетился?» И вот тут не всякий уже школьник ответит. Потому что он еще ведь не знает, что всегда есть какой-нибудь умный малый, и имя у него совсем не Колумб, но вот целый новый континент называют почему-то его именем. И проблемы-то все у школьника не от того, что он там истории не знает или географии. Нет, дело совсем не в этом. Он просто еще очень маленький, и к своему счастью, пока не подозревает, что люди только и ждут, как бы кого-нибудь по-крупному прокатить.

Впрочем, все это было очень давно. Я не про Колумба сейчас говорю. Самое-то странное, что именно друзья с тобой так поступают. Правда, окончательно мы с Алешкой расстались гораздо позже. Я даже и не помню, из-за чего.

— Но он ведь не откажется тебе помочь, — сказала Ленка. — Он же у них там крутой. Ты сам говорил.

— Отвяжись, я сказал. Нет, значит, нет. Я ему первый звонить не буду.

— Да он тебе звонит каждые полгода, а ты детей заставляешь врать, что тебя дома нет.

— Отвяжись. У меня голова болит.

— Скоро она у тебя болеть не будет.

— А я-то здесь при чем? — сказал я. — Хачик от тебя затащился. Они сначала тебя заберут.

— Козел!

— Я сказал — я ему звонить не буду. У него телефон, скорее всего, прослушивается.

— Таких бандитов, как твой Алеша, в городе миллион. Если их всех будут слушать, то телефонка нормальных людей обслуживать перестанет.

— Я ему звонить не буду!

Через пятнадцать минут Алешка сидел у меня на диване. На том самом месте, где до этого сидел хачик.

— Молодец, что позвонил. Мы это дело уладим.

В машине, оставшись наедине, мы некоторое время неловко молчали.

— Слушай, а чего ты на меня так обиделся? — наконец первым заговорил он.

— Я не обиделся. С чего ты взял?

— Как не обиделся? Не хочешь со мной общаться, прячешься от меня.

— Я от тебя не прячусь.

— Да перестань. Я заезжал сколько раз, а тебя никогда дома нету.

— Работы много. Меня сейчас в Америку отправляют.

— Кончай! Последний раз я тебя на балконе видел, а Ленка сказала, что тебя дома нет. Чего ты обиделся?

Он перестал смотреть на дорогу и повернулся ко мне.

— Осторожней! — сказал я. — Врежемся в кого-нибудь.

— Как у вас там вообще-то дела?

— Нормально. Сережка в школу пошел.

— Да ты что? Когда?

— Этой осенью.

— Ни фига себе. Вот время идет. А у меня дочь родилась. Дашка.

— Поздравляю.

— Спасибо. Такая смешная девчонка. Ползает уже попой кверху и гадит везде.

Я вдруг почувствовал, что мне действительно приятно оттого, что у него теперь есть дочь и что он радуется, когда вспоминает о ней.

— Поздравляю, — еще раз сказал я.

— Слушай, а может, ты разозлился из-за того, что я тебе тогда деньги давал?

— Кто же из-за этого будет злиться? — усмехнулся я.

— Но я ведь тогда понтовался. Мне хотелось, чтобы все видели, сколько у меня бабок, а ты такой типа бедного родственника там сидел. У тебя даже на такси денег не было.

— На такси у меня было.

— Да ладно, брось ты.

— На такси у меня было, — повторил я.

— Сколько у тебя там могло быть? Ты ведь даже в ресторан тогда бы не поехал, если бы я за тебя не заплатил.

— Я не просил тебя за мной заезжать. Ты сам придумал всю эту историю.

175

— Так, значит, ты из-за этого на меня надулся? Мы семь лет не общаемся из-за паршивого ресторана?

— Я на тебя не надулся. Просто у меня нет времени. Я занимаюсь своей карьерой.

Он еще немного помолчал.

— Слушай, а может, ты из-за поездки в Ленинград?

— Нет, не из-за поездки.

— Тогда из-за тех баб?

— Каких баб?

— Ну, помнишь, летели с нами в Сочи?

— Ну, и что?

— Я им про тебя всякую чушь заливал.

По его лицу скользнула смущенная улыбка.

— Да плевал я на этих баб.

— А может, ты из-за своей матери?..

— Слушай, хватит, — прервал я его. — Отвяжись. Я на тебя не обижался. Просто время идет. Многое меняется. Ко многим старым вещам начинаешь относиться по-другому.

Он помолчал.

— И к дружбе?

— Не знаю, — сказал я. — Может, и к дружбе. Короче, когда мы приедем?

— Уже приехали.

Он свернул в какую-то незаметную арку и через минуту затормозил.

— Расскажешь там все как есть. Я тебя тут подожду.

Раньше мне никогда не приходилось разговаривать с бандитскими боссами, поэтому я немного нервничал, и руки у меня быстро вспотели. Хорошо, что никто не предложил здороваться. Видимо, чужих они так не приветствовали. А то самому потом противно было бы вспоминать, как хватался липкими руками за мужественных и гордых бандитов.

— Проблемы? — спросил человек, представившийся Николаем Семеновичем.

Он был одет в дорогой спортивный костюм с красными полосками и пил апельсиновый сок. Я подумал, что, может быть, он занимается бегом и только что прибежал со стадиона. Кто их знает, этих бандитских боссов, какие у них привычки. А может, он вообще был директором того самого стадиона. Короче, руку он мне не протянул.

— Да вот, вы знаете, хачики одолели, — сказал я, стараясь вытереть потную ладонь о внутреннюю поверхность кармана.

Вдруг бы он захотел пожать мне руку, когда мы будем прощаться.

— Понятно, — он сосредоточенно кивнул головой, как будто речь шла о тараканах, и его, как специалиста из санэпидстанции, приглашали полить запущенную квартиру дустом.

Я подумал, что все мы, в конце концов, примитивные расисты.

— Сколько просят?

— Пять штук.

— Рублями?

— Они не сказали.

— Значит, рублями. Когда придут?

— Сказали, что завтра в семь часов.

— Хорошо.

Он кивнул головой и быстро объяснил мне, что нужно делать.

— Главное — не бойся, — добавил он на прощание. — У них недавно были разборки за городом. Двоих подстрелили. Так что они теперь сильно шуметь не будут. Им надо тихо сидеть, а то их совсем закроют. Да и война в Чечне им выходит боком. Поэтому иди домой и спи спокойно.

— Спасибо, — сказал я и подождал, не протянет ли он мне руку.

Моя ладонь к этому времени была уже совсем сухой.

— Иди. Чего стоишь? Завтра договорим.

Утром на следующий день я отвез Ленку с детьми к матери и стал ждать. Время тянулось ужасно медленно. Около пяти часов в дверь позвонили.

— Ты Емельянов? — спросил меня человек в кожаной куртке и спортивных штанах.

Позади него стоял еще один, точно такой же.

— Я.

— Это тебе. Можешь не считать.

Он протянул мне через порог наволочку от подушки, раздувшуюся до невероятных размеров.

— Спасибо, — сказал я.

Закрыв дверь, я вернулся в комнату и опустил наволочку прямо на пол. Первый раз в жизни мне приносили домой такую большую сумму. Первый раз в жизни мне приносили деньги бандиты. Первый раз в жизни мне приносили деньги в наволочке. Наверное, мне надо было загадать желание.

Я сидел на диване и смотрел на этот раздувшийся белый мешок с какими-то больничными печатями. Внутри лежала такая большая сумма, что моей семье хватило бы на целый год. Можно было бы совсем не работать. Просто делать все, что тебе нравится, и плевать всяким придуркам в лицо. Может, в конце концов, Алешка был не такой уж дурак, что выбрал эту работу.

Я протянул руку к наволочке и заглянул в нее. Все купюры были российские, достоинством не больше десяти рублей. Наверное, собирали на рынке. Я закрыл наволочку и стал ждать. Время тянулось ужасно медленно. Я почувствовал, что меня начинает тошнить.

В шесть тридцать в дверь опять позвонили. На этот раз там был только один человек, но тоже в куртке и спортивных штанах. Помешались они, что ли, на спорте?

— Николай Семеныч внизу ждет, — сказал он.

— Ага, — торопливо ответил я и пошел за ним.

«Николай Семенович» скромно курил на заднем сиденье белой «шестерки». За рулем сидел один из тех «спортсменов», которые принесли наволочку.

— Значит, понял, как надо себя вести? — сказал «Николай Семенович», выпуская ароматный клуб дыма. — Деньги ни в коем случае не отдавай. Держи их до последнего. Отдашь, только если совсем прижмут.

— Я понял, — с готовностью сказал я. — Деньги не отдавать. Тянуть резину.

— Молодец. Все правильно.

Он пристально посмотрел на меня.

— Боишься?

Я не сразу нашелся, что ему ответить.

— Боюсь, наверное. Я раньше...

— С бандитами не тусовался? — усмехнувшись, закончил он за меня.

— Ну, да...

— Привыкай. Может, еще пригодится.

«Не хотелось бы», — подумал я, но промолчал.

— В общем, иди наверх и жди у себя. А я тут пока посижу.

Ровно в семь в дверь позвонили три раза. Я выглянул в окно и удостоверился, что белая «шестерка» стоит на своем месте. В другом конце двора стояла большая черная иномарка. Рядом с ней я увидел двоих кавказцев. Они оба курили и смотрели на мои окна. В дверь позвонили еще раз.

— Смотри, что у меня есть, — сказал «мой» кавказец, когда я наконец открыл дверь. — Очень полезная вещь. Буду теперь умный-умный. Девушкам буду только красивые вещи теперь говорить.

В руках он держал учебник русского языка для седьмого класса.

— Хорошая книга, — продолжал он. — Ты знаешь, чем отличается функция подлежащего от функции сказуемого в безличных предложениях?

Я молча смотрел на него.

— Не знаешь? Эй, нехорошо. Это же твой язык. Как ты можешь не знать такие важные вещи? Пойдем со мной, я по дороге тебе все объясню.

Мы спустились во двор. Проходя мимо «шестерки», я заметил, что в ней никого нет. В животе появился какой-то неприятный холод.

— Так вот, дорогой, — сказал он, когда мы сели в черную машину. — Ничем эти функции не отличаются. Понимаешь? Ничем. В безличном предложении просто нет подлежащего. Ты понимаешь? Нет лица. Лицо отсутствует. У меня вот есть лицо, и у него есть лицо, — он указал на человека за рулем. — А в безличном предложении лица нет. Оно отсутствует. Как будто никто не виноват. Знаешь, это такие предложения: «Вечереет», или: «Сегодня рано стемнело», или: «Вчера было холодно», и так далее. Понимаешь?

Я кивнул головой.

— Молодец. Вижу, что понимаешь. Но бывают совсем другие конструкции. Например: «Один человек напился, сел за руль и врезался в чужую машину». Это уже не безличное предложение. В нем есть лицо. Понимаешь? В нем есть подлежащее. И у него есть свои функции. Тебе ясно? Вот, как ты думаешь, какие функции у подлежащего в таком предложении?

— Денег у меня нет.

Кавказец посмотрел на меня, глубоко вздохнул и укоризненно покачал головой:

— Нет, дорогой, тебе нужно еще позаниматься. Ты совсем не понимаешь функции подлежащего. Хочешь, я тебе эту книгу подарю? Только времени у тебя мало. Ты даже сам не знаешь, как у тебя мало времени. Может быть, даже совсем нет.

— Я не успел. Мне надо еще хотя бы несколько дней. Занял уже в двух-трех местах.

— Нет, это не похоже на правильный ответ. Ты можешь совсем провалить свой экзамен. Пока ты не выучишь функции подлежащего, тебе не удастся перейти к грамматической категории будущего времени. Понимаешь? В этом ведь вся проблема. Его может просто не оказаться. Ты только представь себе свой родной язык без будущего времени. Ты не сможешь сказать таких простых вещей, как: «Я скоро поеду в Америку», или: «Летом я буду жить на даче», или даже еще проще: «Летом я буду жить». Ты понимаешь? Твой язык очень обеднеет без будущего времени, и ты будешь говорить как какой-нибудь хачик. Ведь хачики почти все неправильно говорят. Так или не так? Ты сам недавно по этому поводу обижался.

— Мне надо еще пару дней. Дай мне немного времени.

— А ты будешь заниматься русским языком?

— Не больше двух дней.

Он помолчал минуту, потом протянул мне учебник.

— Возьми. Я хочу, чтобы эта книга была у тебя. Скоро тебе сдавать экзамен.

Как только я вышел из их машины, они развернулись и уехали. Через минуту ко мне подошел «Николай Семенович».

— А это тебе зачем? — спросил он, указывая на учебник.

— Долго объяснять.

— Дай-ка сюда.

Он взял у меня книгу и тщательно пролистал ее.

— Ничего нет.

— Я знаю, — сказал я. — Там и не должно ничего быть.

— Да? — он пристально посмотрел на меня. — Странно... Ладно, чего они тебе сказали?

— Дали еще два дня.

— Хорошо.

Он вынул из кармана небольшую рацию и тихо сказал в нее:

— Отбой.

Как только он произнес это слово, из разных углов двора выехало пять или шесть машин. Я даже не подозревал, что у меня во дворе можно спрятать столько тачек.

— Короче, давай, — сказал он, когда все машины развернулись и уехали. — Может, еще увидимся.

— А мне-то что теперь делать?

— Русский язык учи, — рассмеялся он.

— Да нет, я серьезно.

Он убрал рацию и снова улыбнулся.

— Ничего не делать. Они больше не придут.

— Как не придут? Он же сказал — через два дня.

— Мало ли что он сказал. Хочешь, поспорим? Ты на что любишь спорить?

Насчет кавказцев «Николай Семенович» как в

воду глядел. Мне повезло, что я с ним тогда не поспорил. Вернее, это я сначала так думал, что мне повезло. Короче, ни через два дня, ни даже через четыре никто из них у меня не появился. Вскоре я забрал Ленку с детьми от родителей, и мы стали потихоньку собираться в Америку. Пришли они только на десятый день. Вернее, пришел один этот «мой знакомый».

— Пойдем со мной, — сказал он, когда я, ничего не подозревая, открыл ему дверь. — Пойдем, у меня там машина.

Я пошел за ним прямо в шортах, футболке и в тапочках.

— Садись на заднее сиденье, — сказал он. — Я тоже туда сяду.

За рулем никого не было. Очевидно, он приехал один.

— Ну что, дорогой, все-таки ты пожаловался?

— Я...

— Не надо ничего говорить. Я все про тебя знаю. Ты для меня не загадка. Вообще никто из вас не загадка. Все, что вы делаете, — понятно даже ребенку. Вы даже ребенка не сможете обмануть.

Я почувствовал, что от него сильно пахнет спиртным.

— Хочешь коньяк? — сказал он, вынимая бутылку. — Это очень хороший коньяк. В России такой не делают. И в Европе такого нет. Может быть, только во Франции. Пей, это мой домашний коньяк. Мне его из дома прислали. Пей, тебе сегодня он пригодится.

Я взял у него бутылку и сделал глоток. Вкуса я не почувствовал.

— Нравится? Это самый лучший коньяк.

Он тоже сделал глоток, поставил бутылку на пол и вынул из-за ремня пистолет.

— Боишься?

Я молча смотрел на него.

— Не бойся. Это не страшно. У тебя ведь есть дети? Значит, тебе не должно быть страшно. У меня тоже есть дети. Два сына. Поэтому мне никогда не было страшно. Если я умру, ничего страшного не произойдет. Так я себе всегда говорил. Потому что они уже родились. Они уже есть. Они ходят, говорят, любят. У них тоже будут свои дети. Ты понимаешь меня? Это очень правильно, когда есть отец и есть сыновья. Так должно быть. Так захотел Бог. Ты веришь в Бога?

Я медленно кивнул головой.

— Это хорошо. Это тоже тебе пригодится.

Краем глаза я старался увидеть, нет ли кого поблизости от машины. Двор был абсолютно пустой.

— Бери бутылку, пей мой коньяк.

Я послушно сделал большой глоток.

— Молодец. Нравится тебе мой коньяк?

Я кивнул головой.

— А тот учебник ты выучил, который я тебе подарил?

Я молча смотрел на него.

— Не выучил, — сказал он со вздохом. — Теперь это уже неважно... На вас, русских, ни в чем нельзя положиться. Я в университете два года ваш язык изучал, а тебе десять дней на него жалко... Ты же обещал приготовить деньги через два дня.

— Я приготовил.

— Приготовил? — он быстро посмотрел на меня. — Ай, какой молодец. Неси скорее сюда.

— Я приготовил их неделю назад. Как ты просил.

Они были у меня ровно через два дня после нашего разговора.

— Были?

— Были. Все до копейки.

— А сейчас?

— А сейчас нету.

Он тяжело вздохнул и молчал, наверное, целую минуту.

— Ты же сам не приехал через два дня, — сказал я, чтобы прервать его молчание.

— У меня были проблемы. С вами, русскими, всегда проблемы. У тебя когда-нибудь убивали друзей?

— Нет.

— Вот видишь. Откуда тебе знать, что такое проблемы?

Он еще немного помолчал.

— В общем, сделаем так. Я приеду к тебе завтра в это же время, и ты снова приготовишь мне деньги. Они теперь мне еще нужней.

— До завтра я не успею.

— Это твои проблемы. Если ты не успеешь, я тебя застрелю.

— Как это застрелишь?

— Очень просто. Выстрелю тебе в голову, и от этого ты умрешь. Навсегда. Тебя больше не будет.

— Подожди-подожди! Ты же сам не приехал за этими деньгами, когда я тебя ждал.

— Я тебе сказал — я был занят.

— Но я не успею...

— Ты постарайся успеть. Это ведь в твоих интересах. Мне нет никакой разницы — будешь ты жить или нет, а для тебя это очень важно. Если ты не принесешь деньги, для меня ничего не изменится. У меня их все равно нет. А для тебя изменится очень много. Так что можешь считать, что ты работаешь на себя. Я тут почти ни при чем. Это просто обстоятельства так сложились. Могло быть и по-другому. Лично я против тебя ничего не имею. Просто так получилось, что у нас обоих проблемы, и твоя проблема — это я. Ты меня понимаешь?

— Ни фига себе, — выдавил я.

— Эй, зачем ты ругаешься? — сказал он, убирая пистолет в карман. — Иди лучше домой и звони своим людям. Пусть они принесут тебе деньги. Только не звони Николаю Семеновичу. Я от него убегу, а ты все равно после этого жить не будешь. Хорошо?

Он похлопал меня по плечу.

— Ты молодец. У тебя все получится. Иди скорее домой.

Он почти вытолкнул меня из машины.

— Да чтоб он сдох, этот твой хачик, — закричала Ленка, когда я рассказал ей о том, что произошло. — Такую кучу денег ему отдать? Чтоб он сдох!

— Я тут при чем? — сказал я. — Чего ты на меня-то орешь?

— Да? А на кого мне орать? Твой хачик уже уехал.

— Он завтра опять приедет. Можешь ему все передать сама. И вообще, чего ты заводишься? Деньги все равно ведь не наши. Не все ли равно, кому их отдавать?

При этих словах она как-то неожиданно быстро успокоилась. Я иногда совсем ее не понимаю. То психует как бешеная, то вдруг опять спокойная как танк. Знаю только, что про деньги с ней лучше не говорить. Ни про какие. Эти разговоры ее точно заводят с полоборота.

— Смотри-смотри! — закричала она вечером, включив свой любимый «Дорожный патруль». —

Смотри скорее. Это же тот самый хачик, который к тебе приезжал.

Я смотрел на экран телевизора и думал о том, как прихотливы бывают обстоятельства, о которых сегодня говорил мне кавказский «гость». Как странно и неожиданно может обернуться безвыходная на первый взгляд ситуация.

— Это же он? — с нескрываемой радостью спросила Ленка. — Он? Точно ведь он?

— Да, это он, — сказал я, вглядываясь в мертвое лицо человека, который несколько часов тому назад назвал себя моей самой главной проблемой.

— Слава богу! — воскликнула Ленка. — Слава богу! Смотри, как его размазало. На встречную полосу выехал, гад. Пьяный, наверное, в стельку.

— У него был очень хороший коньяк.

— Что? — Она непонимающе посмотрела на меня.

— У него с собой был коньяк.

— А ты-то откуда знаешь?

— Я с ним пил.

— Да? — Она секунду смотрела на меня. — Ладно, фиг с ним. Вот машину его жалко. Смотри, как ее искорежило.

«Николай Семенович», очевидно, тоже смотрел в этот вечер телевизор. Не прошло и двух дней, как в гости к нам явился Алешка.

— Ну что, проблема исчерпана, — весело сказал он прямо с порога. — Видишь, а ты расстраивался. Я же говорил тебе — все утрясется.

— Да, все в порядке, — ответил я. — Теперь все нормально.

— Можешь спокойно собираться в свою Америку.

— Будешь чай с нами пить? — неожиданно вмешалась Ленка.

Меня удивило ее радушие. Обычно она гостей не жаловала. Впрочем, наверное, она была довольна тем, что хачики наконец отвязались.

— Конечно, буду, — улыбнулся Алешка. — А варенье у вас есть?

Мы просидели на кухне часа два, болтая о том о сем, вспоминая всякую забавную ерунду из школьной и потом из студенческой жизни. Алешка много смеялся, рассказывал о своей дочке. За эти семь лет, что мы не встречались, он изменился. Лицо стало немного чужим. Временами, когда он откидывал назад голову, чтобы по старой школьной привычке посмотреть вверх, прежде чем ответить на вопрос, я узнавал своего прежнего друга, и в сердце у меня оживали давно забытые чувства. Надо сказать, мне нелегко дался этот разрыв в свое время. Просто он должен был произойти по чьей-то вине. Семь лет назад я решил, что пусть эта вина будет моею.

— А фотографии у тебя с собой есть? — спросила Ленка.

— Конечно, — ответил он и достал портмоне из кармана. — Вот мы на даче. А вот здесь Дашке исполнился месяц.

— Какая славная, — сказала Ленка.

— А вот тут я забирал их из роддома.

— А это кто? — Ленка внимательно всматривалась в фотографию.

— Не знаю. Просто медсестра.

— Да? Какая-то странная.

— Нормальная медсестра. Я им ящик шампанского тогда приволок.

— А вот это кто?

— Да не знаю я, — рассмеялся он. — Люди какие-то. Там много народу было.

— Странные люди. Такое ощущение, что вот этого я знаю.

— Откуда ты можешь его знать? — сказал я. — Это же случайные люди.

— Ну, не знаю, — сказала она. — Мне кажется, что я его знаю. Может мне казаться? Или даже на это я права уже не имею?

— Да ладно вам, — снова рассмеялся Алешка. — Смотрите, а вот здесь у нас первый зуб.

— Ой, правда, — сказала Ленка. — Смотри, как смешно.

Мы посидели так еще немного, и Алешка наконец убрал фотографии в портмоне.

— Ну, ладно. У вас хорошо, но пора идти. Люди ждут. Я теперь почаще буду забегать. Можно?

Он посмотрел на меня и улыбнулся.

Я почувствовал себя как-то не так и вместо него посмотрел на Ленку.

— Конечно, заходи, — сказал я ей. — Мы тебе всегда рады.

— И ты будешь дома?

— Буду.

— Точно?

— Сто пудов.

Я справился наконец с неловкостью и перевел взгляд на него.

— Обязательно буду. Заходи, как появится время.

— Зайду, — сказал он. — И вот еще что... Меня просили забрать одну вещь, которую тебе давали на время...

— Да-да, сейчас, — быстро сказал я и вышел в другую комнату.

Ленка осталась на кухне.

Я отодвинул спинку дивана и заглянул внутрь. Наволочки с деньгами там не было. Сначала я подумал, что мне показалось — настолько неожиданным было отсутствие денег. Это как если бы ты вышел утром из дома и вдруг не увидел напротив здание детского сада, который стоит на этом месте уже десять лет. То есть все чувства или, может, предчувствия, говорят тебе, что детский сад должен находиться вот здесь, там, где он всегда находился и раздражал тебя своей квадратной казарменностью, но зрение упрямо настаивает на том, что его нет. Ничего нет. Пустое место, и даже собаки не бегают. То есть, может, собаки и бегают, но им до тебя нет никакого дела. Им абсолютно плевать на то, что на кухне у тебя сидит твой старый друг, который выручил тебя, а ты тут стоишь и тупо смотришь в пустой диван, где, как тебе кажется, должны лежать деньги. Должны, но их там теперь нет.

У меня закружилась голова. Я посмотрел в пустоту еще минуту и потом медленно опустился на колени. Под диваном денег не было тоже. Впрочем, раздувшаяся наволочка поместиться бы там не смогла. Тем не менее я пошарил руками. Нашел свою старую ручку и чинилку для карандашей.

«Вот они, оказывается, где были», — некстати мелькнуло у меня в голове.

За телевизором денег не было. И под столом. И за шторами. И в шкафу. И за шкафом. Я сел на пол посреди комнаты и постарался, чтобы меня не стошнило.

— Эй, ты где там? — раздался из кухни Алешкин голос. — Ты их считать, что ли, начал? Не надо. Мне доверяют.

Я поднялся на ноги и снова обвел взглядом всю

комнату. Это была какая-то чужая комната. Ничего в ней не было мне знакомо. Все вещи поменяли свое лицо. Ни один предмет не стоял на месте. Все вокруг меня шевелилось и норовило ускользнуть от моего взгляда. Никогда до этого моя комната так себя не вела.

— Сейчас иду, — отозвался я. — Сейчас. Подождите еще минуту.

Через минуту деньги не появились. Я сильно сжал пальцами виски и пошел на кухню.

— ... а на следующий год поедем в Турцию отдыхать, — говорил Алешка, когда я вошел. — Там в Анталии есть классные пятизвездочные отели...

— Ты чего, — спросил он, взглянув на меня. — Тебе плохо?

— Леша, у меня твоих денег нет.

— Как это нет?.. — Он замолчал и смотрел на меня в полном изумлении. — А у кого они?

— Я не знаю. У меня их нет.

— Ни фига себе, — протянул он.

— Да, — сказал я. — Не знаю, что тебе еще сказать.

Мы все замолчали, и минуты две на кухне стояла полная тишина. Я просто ждал, когда все это кончится. Или когда я проснусь.

— Ладно, — наконец сказал Алешка. — Давай сделаем так... Хотя, нет... Лучше я к тебе завтра заеду... Может, ты их убрал куда-нибудь не туда...

Он посмотрел на Ленку.

— На меня не смотрите, — быстро заговорила она. — Я их никуда не убирала и вообще ничего не знаю. Может, их хачик украл.

— Он умер, — сказал я.

— Тем более. Сначала украл, а потом умер. От радости напился и выехал на встречную полосу. Он же заходил до этого к нам в комнату. Ты оставлял его там одного?

Она пристально смотрела на меня.

— Я... не помню, — сказал я. — Кажется, не оставлял.

— Кажется? Тебе вечно что-нибудь кажется. Вспоминай давай — оставлял или нет.

— Кажется, нет.

— А ну тебя! — Она всплеснула руками.

— Нет, не оставлял.

— Точно?

— Кажется, да.

— Короче, — вмешался Алешка. — У меня еще есть пара дней. Давайте я завтра заеду. Поищите к тому времени хорошо. Может, в шкаф куда-нибудь с бельем закинули или еще что-нибудь... Иногда так бывает

— Мы поищем, — заверила его Ленка. — Ты не волнуйся. Мы обязательно их найдем.

Когда мы прощались, он не посмотрел мне в лицо.

На следующий день мы ничего не нашли. И еще через два дня деньги не отыскались. Алешка сначала звонил каждый день, а потом все реже и реже. Через шесть дней Ленка сказала мне, что теперь можно не волноваться.

— Почему это? — спросил я.

— Но он же больше не звонит.

— Ну и что?

— Значит, у них все уладилось. Как-то договорились.

— Там было пять тысяч долларов, — сказал я.

— Я знаю, сколько там было. Для них это не такие уж большие деньги.

— У нас могут убить за сто баксов.

— Только не надо все это драматизировать. Я говорю тебе — все улеглось. А с Алешкой твоим ты все равно давно уже не общался. Сам ведь от него прятался все эти годы.

На следующий день я потерял квитанцию для оплаты за Интернет. Ленка сказала, что скорее всего она была в кармане синей рубашки, которую она уже убрала в грязное белье. Мне не хотелось снова идти на почту, поэтому я вывалил весь бак с бельем на пол в ванной комнате.

— Сам потом будешь убирать, — сказала Ленка. — Досталась я за вами бегать. Вас трое, а я одна.

На полу рядом с моей рубашкой, детскими колготками, носками и пододеяльником лежала белая наволочка с больничными печатями.

— Где они? — сказал я, поднимая голову.

— Чего ты заводишься? — быстро заговорила она. — Ничего с твоим Алешкой не случится.

— Где деньги?

— Ты же сам говорил, какой он у них там крутой...

— Где деньги?

— В гараже, чего разорался?

— Где?

— В ящике под чехлами. Там сумка коричневая твоя...

Я уже не слушал ее, потому что бежал к телефону.

— Можно Алексея? — сказал я, стараясь не кричать, когда трубку наконец сняли.

— Его нет.

Голос был потерянный, как будто с другого конца света.

— А когда он будет.

— Я не знаю. Его уже два дня нет.

От ужаса я замолчал.

— А вы не знаете, где он? — спросил меня голос через минуту. — Он просто за хлебом вышел.

— Подождите меня! — закричал я. — Я сейчас к вам приеду. Я его старый друг. Он, наверное, про меня рассказывал.

Через полчаса я вбежал в его подъезд. В руках у меня была толстая от чужих денег сумка.

«Господи, — подумал я, протягивая руку к звонку. — Пусть я сейчас позвоню, и дверь откроет Алешка. Сделай чудо, Господи! Ты добрый, ты можешь».

ЖАННА

Больше всего ему понравилась эта штучка. То есть сначала не очень понравилась, потому что он был весь горячий и у него температура, а эта штучка холодная — он даже вздрагивал, когда ее к нему прижимали. Поворачивал голову и морщил лицо. Голова вся мокрая. Но не капризничал, потому что ему уже было трудно кричать. Мог только хрипеть негромко и закрывал глаза. А потом все равно к ней потянулся. Потому что она блестела.

— Хочешь, чтобы я тебя еще раз послушала? — говорит доктор и снимает с себя эту штучку.

А я совсем забыла, как она называется. Такая штучка, чтобы слушать людей. С зелеными трубочками. Кругляшок прилипает к спине, если долго его держать. Потом отлипает, но звук очень смешной. И еще немного щекотно. И кружится голова.

А Сережка схватил эту штучку и тащит ее себе в рот.

Доктор говорит: «Перестань. Это кака. Отдай ее мне».

Я говорю: «Он сейчас отпустит. Ему надо только чуть-чуть ее полизать. Пусть подержит немного, а то он плакал почти всю ночь».

Она смотрит на меня и говорит: «Ты что, одна с ним возилась?»

Я говорю: «Одна. Больше никого нет».

Она смотрит на меня и молчит. Потом говорит: «Устала?»

Я говорю: «Да нет. Я уже привыкла. Только руки устали совсем. К утру чуть не оторвались».

Она говорит: «Ты его все время на руках, что ли, таскаешь?»

Я говорю: «Он не ходит еще».

Она смотрит на него и говорит: «А сколько ему?»

Я говорю: «Два года. Просто родовая травма была».

Она говорит: «Понятно. А тебе сколько лет?»

Я говорю: «Мне восемнадцать».

Она помолчала, а потом стала собирать свой чемоданчик. Сережка ей эту штучку сразу отдал. Потому что у него уже сил не было сопротивляться.

Возле двери она повернулась и говорит: «В общем, ничего страшного больше не будет. Но если что — снова звони нам. Я до восьми утра буду еще на дежурстве».

Я ей сказала спасибо, и она закрыла за собой дверь.

Хороший доктор. Сережке она понравилась. А участковую нашу он не любит совсем. Плачет всегда, когда она к нам приходит. Зато участковая про нас с Сережкой все знает давным-давно. Поэтому не удивляется.

Но в этот раз я позвонила в «Скорую». Оставила его одного на десять минут и побежала в ночной магазин, где продают водку. Там охранник сидит с радиотелефоном.

Потому что в четыре часа я испугалась. Он плакал и плакал всю ночь, а в четыре перестал плакать. И я испугалась, что он умрет.

— А мать твоя из-за тебя умерла. Это ты во всем виновата, — сказала мне директриса, когда я пришла к ней, чтобы она меня в школу на работу взяла.

Потому что аттестат мне уже был не нужен. Мне нужно было Сережку кормить. Молочные смеси стоили очень дорого. Импортные. В таких красивых банках. А участковая сказала, что только ими надо кормить. В них витамины хорошие. Поэтому я в школу пришла на работу проситься, а не на учебу. Тем более что я все равно уже отстала. А деньги после мамы совсем закончились. Она всегда говорила: «Какой смысл копить? Уедем во Францию — заработаем там в тысячу раз больше». И слушала свою кассету с Эдит Пиаф.

— Ты ведь знала, что у нее было больное сердце, — сказала мне директриса. — А теперь стоишь здесь, бессовестная, на меня смотришь. Как ты вообще могла снова сюда прийти?

Я смотрю на нее и думаю — а как мама могла так долго сюда ходить? Тоже мне — нашла себя в жизни. Учитель французского языка. Они ведь тоже знали, что у нее больное сердце. И все равно болтали в учительской обо мне. Даже когда она там была. Потому что они считали, что она тоже виновата. Педагог — а за своей дочкой не уследила. Она плакала потом дома, но на больничный садиться отказывалась. Включала свою кассету и подпевала.

А потом умерла.

— Значит, не возьмете меня на работу? — сказала я директрисе.

— Извини, дорогая, — говорит она. — Но это слишком большая ответственность. У нас тут девочки. Мы должны думать о них.

А я, значит, такая проститутка, которую нельзя детям показывать.

— Ты знаешь, это не детское кино, — говорила мама и отправляла меня спать.

А сама оставалась у телевизора.

Я лежала, отвернувшись к стене, и думала — какой интерес смотреть про то, как люди громко дышат? Слышно было даже в моей комнате.

И когда Толик упал со стройки, он тоже так громко дышал. Только у него глаза совсем не открывались. Просто лежал головой на кирпичах и дышал очень громко. А стройка, откуда он упал, была как раз наша школа. И теперь там сидит директриса.

Мы все потом в эту школу пошли. Кроме Толика. Потому что он вообще никуда больше не пошел. Даже в старую деревянную школу не сходил ни одного раза. Просто сидел у себя дома. А иногда его выпускали во двор, и я тогда ни с кем не играла. Кидалась камнями в мальчишек, чтобы они не лезли к нему. Потому что он всегда начинал кричать, если они к нему лезли. А его мама выходила из дома и плакала на крыльце. Им даже обещали квартиру дать в каменном доме, но не дали. Пришла какая-то тетенька из ЖЭУ и сказала — обойдется дебил. Поэтому они остались жить в нашем районе.

А мама всегда говорила, что здесь жить нельзя.

— Все жилы себе вымотаю, но мы отсюда уедем. Бежать надо из этих трущоб.

Я слушала ее и думала о том, что такое «трущобы». Мне казалось, что, наверное, это должны быть дома с трубами, но очень плохие. Неприятные и шершавые, как звук «Щ». И я удивлялась. Потому что в нашем районе не было труб. Печку никто не топил. Хотя дома на самом деле были плохие.

Но потом я начала ее понимать.

Когда пришли милиционеры и сломали нам дверь. Потому что они искали кого-то. Того, кто выстрелил в них из ружья. И тогда они стали ходить по всем домам и ломать двери. А когда они ушли, мама в первый раз сказала, что надо уезжать во Францию.

— Здесь больше нечего делать. Ну, кто нам починит дверь?

Она стала писать какие-то письма, покупала дорогие конверты, но ответов не получала никогда.

— Мы уезжаем в Париж, — говорила она соседям. — Поэтому я не могу больше давать вам в долг. Тем более что вы все равно не возвращаете, а пьете на мои деньги водку.

Поэтому скоро мне стало трудно выходить на улицу. Особенно туда, где строили гаражи.

— А ты пошла вон отсюда, — говорил Вовка Шипоглаз и стукал меня велосипедным насосом. — Стюардесса по имени Жанна.

И я уходила. Потому что мне было больно и я боялась его. Он учился уже во втором классе. Правда, еще в деревянной школе. А на гаражах он был самый главный. Его отец строил эти гаражи. Поэтому если кто-то хотел попрыгать с них в песочные кучи, надо было сначала спросить разрешения у Вовки.

Мне он прыгать не разрешал.

— Пошла вон, стюардесса. Во Франции будешь с гаражей прыгать вместе со своей мамой. Она у тебя придурочная. Вы обе придурочные. Пошла вон отсюда.

И стукал меня своим насосом по голове.

Он всегда с ним ходил. Хотя на велосипеде никогда не ездил. Никак не мог научиться. Все время падал. А потом бил мальчишек, которые над ним смеялись.

Но Толик никогда не смеялся над ним. Просто однажды подошел к нему и сказал: «Пусть она остается. Жалко, что ли, тебе?»

И они начали драться. И потом дрались всегда. Пока Толик не упал со стройки. Потому что нам нравилось лазить на третий этаж. Мы там играли в школу. А когда он упал, я посмотрела наверх, и там было лицо Вовки Шипоглаза. А Толик громко дышал, и глаза у него совсем не открывались.

— А ну-ка посмотри, как у него глазки открылись, — сказала мне медсестра и показала Сережку. — Мальчик у тебя. Видишь, какой большой?

Но я ничего не видела, потому что мне было очень больно. Я думала, что я скоро умру. Видела только, что он весь в крови, и не понимала чья это кровь — моя или его?

— А ну-ка держи его... Вот так... Давай-давай, тебе к нему теперь привыкать надо.

Но я никак не могла привыкнуть. А мама говорила, что она про маленьких детей тоже все позабыла. Она говорила: «Боже мой, неужели они бывают такие крохотные? Ты посмотри на его ручки. Смотри, смотри — он мне улыбнулся».

А я говорю: «Это просто гримаса. Нам врач объясняла на лекции. Непроизвольная мимика. Он не может еще никого узнавать».

«Сама ты непроизвольная мимика, — говорила она. — И врач твоя тоже ничего в детях не понимает. Он радуется тому, что скоро поедет во Францию. Ты не видела — куда я засунула кассету с Эдит Пиаф? Ее почему-то нет в магнитофоне».

А магнитофон у нас был очень старый. И весь дребезжал. И кассету я специально от нее спрятала. Потому что я больше не могла терпеть этот прикол. Нас даже соседские дети французами называли. А тут еще Сережка родился. Надо было с этим заканчивать.

Но она весь вечер слонялась из угла в угол как не

своя. Пыталась проверять тетрадки, а потом села у телевизора. Стала смотреть какие-то новости, но я видела, что она все равно сама не своя. Просто сидела у телевизора, и спина у нее была такая расстроенная. А Сережка орал уже, наверное, часа два.

Я говорю: «Вот она, твоя кассета. На полке лежит. Только ты все равно ничего не услышишь. В этом крике».

А она говорит: «Я на кухню пойду».

И Сережка перестал орать. Сразу же.

Я положила его в коляску и стала слушать, как у нас на кухне поет Эдит Пиаф. Очень хорошая музыка.

Но у меня руки затекли. И спина болела немного. И мне все равно казалось, что он не может еще никого узнавать. Слишком маленький.

А Толик меня узнал, когда ему исполнилось одиннадцать. Прямо в свой день рождения. Мама сказала: «Поднимись к ним, отнеси ему что-нибудь. А то они там опять все напьются и забудут про него».

Она боялась, что он снова начнет есть картофельные очистки и попадет в больницу. Потому что ему совсем недавно вырезали аппендицит.

Я не знала, что ему подарить, и поэтому взяла кошкин мячик и старую фотографию. На ней было несколько мальчишек, Толик и я. Нас сфотографировал дядя Петя — мамин друг, у которого была машина.

Он всех нас катал тогда вокруг дома, а после этого сфотографировал на крыльце. И фотография сразу же выползла из фотоаппарата. Я раньше никогда такого не видела. Но потом мама сказала, чтобы я о нем больше не спрашивала. Она сказала: «Перестань. Мне надоели твои вопросы».

И закрыла уши руками.

А на фотографии нам было шесть лет. Еще до того, как мы играли в школу на стройке.

— Подожди, — сказала я. — Не надо толкать ее в рот. Смотри — вот видишь, здесь ты. А рядом стоит Мишка. Видишь? Он высунул язык. А рядом с ним — Славка и Женька. Помнишь, как они спрятались на чердаке на целую ночь, а их папа потом гонялся за ними с ремнем по всей улице? А вот это я. И кто-то мне сзади приставил рожки. Это, наверное, Мишка-дурак. Он всегда так делал. А теперь он здесь не живет. Его родители переехали в центр города. Мы с мамой, может быть, тоже когда-нибудь отсюда уедем. Подожди, подожди, что ты делаешь? Не надо перегибать ее пополам. Она ведь сломается, и тогда ничего не будет видно на ней. Зачем ты ее тянешь? Что? Я не понимаю тебя. Ты только мычишь. Что? Ты хочешь что-то сказать?

А он тянул у меня из рук фотографию и тыкал в нее пальцем. Я посмотрела в то место, куда он тычет, и отдала ему фотографию. Потому что он показывал на меня.

Вот так он меня узнал. Прямо в свой день рождения.

— Рождение ребенка, — сказала нам врач на лекции, — это самое важное событие в жизни женщины. С первых минут своего появления на свет младенец должен быть окружен вниманием и любовью.

А я сижу там и смотрю на всех нас — как будто мы воздушные шарики проглотили. Сидим и слушаем про любовь. В таких больничных халатиках. Только мне уже было неинтересно. Я думала про то, что, может быть, я умру. И про то, как мне будет больно. А любовь меня уже тогда не волновала совсем.

— Ты знаешь, — сказали девчонки, когда я приехала в летний лагерь, — он такой классный. Он даже круче Венечки-физрука.

Я сказала: «Кто?»

А они говорят: «Ты что, дура?»

Я говорю: «Сами вы дуры. Откуда мне знать про ваших Венечек. Я ведь только приехала. Маме помогала в классе делать капитальный ремонт».

А они говорят: «Венечка работает летчиком на самолете. У него есть машина и ему двадцать пять лет. А когда у него отпуск — он физрук в этом лагере, потому что ему надо форму поддерживать. Но даже он все равно не такой классный, как Вовчик. Потому что Вовчик — просто нет слов».

Я сказала: «Да подождите вы, какой Вовчик?»

А они говорят: «Ты что, дура? Он же из твоей школы. Он нам сказал, что знает тебя».

Я говорю: «Вовка Шипоглаз, что ли?»

А они говорят: «Мы его называем Вовчик».

Я им тогда говорю: «Вовка Шипоглаз — последний урод. Самый уродливый из всех уродов».

А они засмеялись и говорят: «Ну, не знаем, не знаем».

Но я приехала в лагерь, чтобы летом денег заработать. Мне надо было в одиннадцатый класс в новых джинсах пойти. И еще кроссовки купить хотела. Поэтому я осталась.

А мама всю жизнь мне говорила — любовь зла. Но тут даже она не подозревала — насколько.

В первую же неделю девчонки мне все уши про него прожужжали. На кого он из них посмотрел, с кем танцевал, кому из парней надавал по шее.

Я, когда его встретила наконец, говорю: «Ты тут прямо суперзвезда. Джеки Чан местный. Мастер восточных единоборств».

А он смотрит мне прямо в глаза и говорит: «Приходи сегодня на дискотеку. Я тебя один прикольный танец научу танцевать».

Потом улыбается и говорит: «Стюардесса по имени Жанна».

И я почему-то пошла.

— Нормальный ребенок, — сказала мне участковая, — должен был пойти в десять месяцев. А твоему уже целых два года — и он у тебя все еще ползает, как... таракан.

Она не сразу сказала, как он ползает. Подумала немного, а потом сказала. И оттолкнула его от себя. Потому что он все время карабкался к ней. Обычно ревет, когда она приходит, а тут лезет к ее сапогам и цепляется за край халата.

— Ну вот, — говорит она, — обслюнявил меня совсем. Как я теперь пойду к другим детям?

Я говорю — извините.

А она говорит: «Мне-то что с твоих извинений. Это тебе надо было раньше думать — рожать его или не рожать. Сделала бы аборт — не сидела бы тут сейчас с ним на руках одна, без своей мамы. И школу бы нормально закончила. Еще неизвестно, как у него дальше развитие пойдет. С такой родовой травмой шутки не шутят. У вас ведь тут живет уже один дебил этажом выше».

Я говорю: «Он не дебил. Он просто упал со стройки, когда ему было шесть лет».

Она говорит: «Упал, не упал, я же тебе объясняю — с травмами, дорогая, не шутят. Хочешь всю жизнь ему слюни вытирать? Тебе самой еще в куклы играть надо. Нарожают — а потом с ними возись. Где у тебя были твои мозги? И нечего тут реветь».

Я говорю: «Я не реву. У меня просто в глаз соринка попала».

А она говорит — тебе в другое место соринка попала. Через неделю еще зайду. В это же время будьте, пожалуйста, дома.

Я говорю: «Мы всегда дома».

Она встала в своих сапогах и ушла.

А как только она ушла, я взяла Сережку, поставила его на ноги и говорю: «Ну, давай, маленький, ну, пожалуйста, ну, пойди».

А сама уже ничего не вижу, потому что плачу, и мне очень хочется, чтобы он пошел.

А он не идет и каждый раз опускается мягко на свою попу. И я его снова ставлю, а он улыбается и все время на пол садится.

И тогда я его ставлю в последний раз, толкаю в спину, и кричу: «Все из-за тебя, чурбан несчастный. Не можешь хоть один раз нормально пойти».

И он падает лицом вперед и стукается головой. Изо рта у него бежит кровь. И он плачет, потому что он меня испугался. А я хватаю его и прижимаю к себе. И тоже плачу. И никак не могу остановиться. Вытираю кровь у него с лица и никак не могу остановиться.

— Не останавливайся! — кричу я Толику. — Не останавливайся! Иди дальше! Не стой на месте!

Но он меня не понимает. Он слышит, что я кричу, но думает, что мы все еще с ним играем. А лед под ним уже трещит. Он кричит мне в ответ и машет руками, а я боюсь — как бы он не стал прыгать. Потому что он всегда прыгает на месте, когда ему весело. А я ему кричу: «Только не останавливайся. Я тебя умоляю».

Потому что лед совсем тонкий, и он идет по этому льду за кошкиным мячиком, который я подарила ему на день рождения всего два дня назад. А он теперь с ним не расстается. Даже ест, не выпуская его из рук. Потому что это мой мячик. Потому что это я его принесла.

А когда мы вернулись, мама посмотрела на меня и сказала: «Ну что ты с ним возишься? За тобой твои друзья приходили. Играла бы лучше с нормальными детьми».

А я говорю: «Толик нормальный. Он меня на фотографии узнал».

Она говорит: «Надо все-таки похлопотать, чтобы его определили в спецшколу. А то здесь за ним, кроме тебя, действительно никто не смотрит. Дождутся эти пьяницы, что он у них куда-нибудь опять упадет и сломает себе шею. Хотя, может, они этого как раз и ждут. И котлован возле школы никто засыпать не собирается. Ты туда не ходи с ним. А то выбежит вдруг на лед и провалится. Знаешь, какая там глубина?»

Я говорю: «Знаю. Мы туда не ходим играть. Мы с ним почти всегда во дворе играем».

Она говорит: «А когда я тебя во Францию увезу, кто за ним присматривать будет? Надо же, как бывает в жизни. Не нужен он никому».

А потом я тоже стала никому не нужна. Мамины деньги к зиме закончились, и надо было искать работу. Но меня не брали совсем никуда. Даже директриса в школе отказалась меня принять. Сказала, что я буду плохим примером для девочек.

А я и не хотела быть никаким примером. Мне

просто надо было Сережку кормить. И сапоги к этому времени совсем развалились. Поэтому я бегала искать работу в кроссовках, которые купила тем самым летом. Они были уже потрепанные — три года почти. И ноги в них сильно мерзли. Особенно если автобуса долго нет. Стоишь на остановке, постукиваешь ими, как деревяшками, а сама сходишь с ума от страха — плачет Сережка один в закрытой квартире или еще нет?

А на улице стоял дикий холод. Только что справили двухтысячный год. Но я не справляла. Потому что телевизор уже продала. И швейную машинку. И пылесос. Но деньги все равно заканчивались очень быстро, поэтому я стала продавать мамины вещи. Хотя сначала не хотела их продавать. А когда дошла до магнитофона, почему-то остановилась. Сидела в пустой квартире, смотрела, как Сережка ползает на полу, и слушала мамину кассету с Эдит Пиаф. Сережке нравились ее песни. А я смотрела на него и думала — где мне еще хоть немного денег найти.

Потому что, в общем-то, уже было негде.

И вот тут пришло это письмо. Где-то в середине марта. Ноги уже перестали в кроссовках мерзнуть. Я сначала не поняла — откуда оно, а когда открыла, то очень удивилась. Потому что я никогда не верила в то, что это письмо может прийти. Хотя мама его ждала, наверное, каждый день. А я не верила. Я думала, что она просто немного сошла с ума. Я думала, что чудес не бывает.

В письме говорилось, что в ответ на многочисленные просьбы мадам моей мамы посольство Франции в России сделало соответствующие запросы в определенные инстанции и теперь извиняется за то, что вся эта процедура заняла так много времени. По не зависящим от них причинам юридического и политического характера французское посольство было не в силах выяснить обстоятельства этого сложного дела вплоть до настоящего момента. Однако оно спешит сообщить, что в результате долгих поисков им действительно удалось обнаружить мадам Боше, которая не отрицает своего родства с моей мамой, поскольку у них был общий дедушка, оказавшийся во время Второй мировой войны в числе интернированных лиц и по ее окончании принявший решение остаться на постоянное жительство во Франции, женившись на французской гражданке. Трудности, возникшие у посольства Франции в связи с этим делом, были обусловлены тем, что дети интернированного дедушки и вышепоименованной гражданки Франции разъехались в разные страны и приняли иное гражданство. В частности, родители мадам Боше являются подданными Канады. Однако, поскольку сама мадам Боше вернулась во Францию и вышла замуж за французского гражданина, французское посольство в России не видит больше никаких препятствий к тому, чтобы мадам моя мама обратилась к французскому правительству с просьбой о переезде на постоянное место жительство во Францию. Все необходимые документы посольство Франции в России готово любезно предоставить по следующему адресу.

А дальше шел номер факса. И какие-то слова. Но я не умею читать по-французски. А мамины словари все уже были проданы. Потому что мама к тому времени уже почти полгода как умерла.

И что такое «интернированный» — я тоже не знала.

Зато конверт был очень красивый, поэтому я отдала его Сережке. Он любит разными бумажками шуршать.

Схватил его и заурчал от удовольствия. А я смотрю на него и думаю: ну почему же ты не начинаешь ходить?

Потому что я не собиралась ехать ни в какую Францию. Кому я там нужна? И про Толика я уже знала, что не смогу его бросить. У него родители к этому времени совсем с ума сошли. Напивались почти каждый день и часто били его. А он не понимал, за что его бьют, и очень громко кричал. Соседи говорили, что даже в других домах было слышно. Тогда я поднималась к ним и забирала его к себе. И он сразу же успокаивался. Ползал вместе с Сережкой по комнатам и гудел как паровоз. А Сережка переворачивался на спину, размахивал ручками и смеялся. Маленький перевернутый на спину смеющийся мальчик. Так что я не собиралась никуда уезжать.

Вот только за маму было обидно.

Поэтому на следующее утро я снова пошла искать работу. Одна моя бывшая одноклассница сказала, что ее хозяин хочет нанять еще одного продавца. Чтобы сидеть ночью. И мне это как раз подходило. Потому что Сережке уже исполнилось два года и он всю ночь спал. Даже не писал до самого утра.

И платить, она сказала, будут прилично.

Но в итоге, как всегда, ничего не получилось.

— Ты знаешь, — сказала она. — Он не хочет нанимать продавца с ребенком. Говорит — с тобой мороки не оберешься.

— Не будет со мной никакой мороки, — сказала я.

Но она только пожала плечами.

А я опять говорю — не будет со мной никакой мороки.

И вот так мы стоим и смотрим друг на друга, и она ждет — когда я уйду, потому что ей уже жалко, что она меня пригласила. А вокруг теснота и «Сникерсы», «Балтика № 9». Но мне все равно хочется там остаться. Потому что я знаю, что денег мне больше нигде не найти.

И тут я вижу в углу совсем маленького мальчика. Года четыре ему или чуть больше. И он подметает огромным веником какую-то грязь. Вернее, он не совсем подметает, потому что веник размером почти такой же, как он, и ему очень трудно передвигать его с места на место.

Я говорю: «А он что здесь делает? Это твой племянник, что ли? Не с кем дома оставить?»

Она смотрит на него, смеется и говорит: «Да ну, какой там племянник. Просто заколебали уже. Ходят и ходят. То одно клянчат, то другое. Заколебали. Теперь пришел, говорит — тетя, дай йогурт. А я ему веник дала. Пусть заработает. У него там еще сестра есть».

Я обернулась и увидела, что у порога стоит девочка. Еще меньше, чем он. И тоже чумазая вся. Стоит и смотрит на нас. И глаза у нее блестят.

А когда я вошла, то я их совсем не заметила. Потому что мне очень хотелось про работу узнать.

Я наклонилась к этому мальчику и говорю: «Ты что, йогурт хочешь?»

Он остановился и очень тихо мне сказал: «Да».

Я говорю: «Ты его пробовал?»

И у него щеки такие чумазые.

А он говорит: «Нет».

И смотрит на меня. И ростом почти с этот веник.

Я тогда выпрямилась и говорю: «Ты им дай, пожалуйста, йогурт. Вот деньги».

А она смотрит на меня и качает своей головой. И еще улыбается.

Я говорю: «Дай им йогурт. Я тебе заплатила».

Потом вышла на улицу, стою возле остановки и плачу. Потому что мне обидно стало за этих детей.

Как будто рабы. Только совсем маленькие.

А на следующий день пришел Вовка Шипоглаз. Я даже не знала, что он опять в нашем городе. Мне сказали, что он с отцом уехал в Москву. У них там какой-то бизнес.

Я дверь открыла, а он стоит передо мной весь такой в дубленке и в норковой шапке. Хотя на улице уже все бежит. А я в маминых спортивках. И футболка у меня на плече порвалась.

И еще у меня из-за спины в коридор выползает Сережка. Боком, как краб. Одну ножку закидывает вперед, а потом другую уже к ней подтягивает. Но очень быстро. Потому что он ведь уже большой, и ему хочется быстро передвигаться.

Я взяла его на руки, чтобы он у открытой двери на полу не простыл, и вот так мы стоим, друг на друга смотрим.

И он наконец говорит: «Я слышал, у тебя мать умерла».

Потом еще несколько раз заходил. Приносил еду, конфеты и памперсы. Игрушки тоже приносил, но они все были какие-то странные. Он вообще был немного странный. Почти не разговаривал. Объяснил только, что прилетел на неделю продать отцовскую дачу, квартиру и гараж. И больше ему в этом городе делать нечего.

Это он сам так сказал.

Сказал и смотрит на меня. А потом на Сережку.

211

И говорит: «А почему он до сих пор не ходит?»

Я говорю: «Родовая травма».

Он говорит: «Да? А что это такое?»

Я говорю: «Мне было слишком мало лет, когда он родился. Таз очень узкий. Когда его тянули, пришлось наложить щипцы. От этого голова немного помялась. И шейные позвонки сдвинулись с места чуть-чуть».

Он смотрит на него и говорит: «А, может быть, операция?»

Я говорю: «Пока неизвестно. Врачи говорят, что надо ждать. Время покажет».

После этого он исчез. Перестал приходить, и я подумала, что он продал свою дачу.

А потом я наконец работу нашла. То есть я уже даже и не искала. Просто сидела дома, и мы доедали то, что Вовка принес нам за несколько раз. Конфеты доедал Сережка.

Тут, как всегда, приходит участковая и начинает на нас кричать.

Она кричит, что я дура, что меня надо было в детстве пороть, что Сережке нужно совсем другое питание и что я никакая не мать. А мы сидим на полу и смотрим на нее, как она кричит. И Сережка уже не боится. Потому что он к ней привык и больше от ее голоса не вздрагивает. Он только смотрит на нее, задрав голову, и рот у него открыт. Глаза такие большие, но видно, что он уже не боится. Только взгляд от нее не отводит. А я смотрю на него, и мне его жалко, потому что он голову все время к левому плечу наклоняет. А у меня от этого дыхание перехватывает.

И тут она спрашивает: «На что мне можно присесть».

А я говорю, что не на что.

Потому что я стулья тоже все продала. Сначала кресло, потом стулья, а после этого — табуретки. Все равно нам с Сережкой они были не нужны. Мы с ним в основном на полу тусовались.

А она говорит: «Тогда я на кровать сяду».

Я говорю: «Садитесь, пожалуйста».

Она села, а Сережка пополз к ее сапогам. Я хотела его забрать, но она сказала, не надо. И я удивилась, потому что раньше она не любила, когда он к ней лез.

— Мой муж нашел для тебя работу, — сказала она. — Будешь у него в банке прибираться и мыть полы. Там очень хорошо платят. Во всяком случае больше, чем твоя мать зарабатывала в своей школе. Ты только должна мне пообещать, что не подведешь нас, потому что мой муж за тебя поручился. У них очень строгая политика по отношению к подбору обслуживающего персонала. Они должны тебе доверять. Ты можешь мне дать обещание?

— Какое? — сказала я.

Потому что я правда не совсем ее понимала. Хотя мне очень хотелось ее понять. Очень-очень.

— Нет, ты все-таки дура. Я говорю — ты можешь пообещать мне, что не подведешь моего мужа? Он за тебя просил.

И тогда я сказала: «Конечно. Конечно, я не подведу вашего мужа. Я буду делать все, что мне скажут, и буду очень аккуратно мыть все полы. И выбрасывать все бумажки».

И она сказала: «Ну вот, молодец. Наконец поняла, что от тебя требуется. Послезавтра придешь по этому адресу в пять часов. Работать будешь по вечерам. Тебе есть с кем оставить своего мальчика?»

И дала мне бумажку.

Я говорю: «Да, да. Все в порядке. За Сережу можете не беспокоиться. Он уже очень большой».

Она говорит: «Вот и ладно».

Потом встала и пошла к двери. У самой двери обернулась.

— Да, кстати, как у него дела?

— У него все хорошо, — сказала я. — Большое спасибо.

А когда она ушла, я заплакала.

На следующий день ближе к вечеру снова пришел Шипоглаз. Я думала, что он уже улетел, поэтому немного удивилась. И еще растерялась. Потому что наверху с обеда началась пьянка, и мне снова пришлось забрать Толика к себе. Иначе бы он кричал на всю улицу.

Сережка сразу пополз к Вовкиной сумке. Он уже привык, что там должны быть конфеты. Но Вовка на этот раз не дал ему ничего. Он только смотрел, как Сережка с Толиком ползают на полу, и молчал.

А потом спросил у меня: «Он разговаривать хоть умеет?»

И я поняла, что он спрашивает не про Сережку. Потому что про Сережку он уже давно все спросил.

— Не умеет, — сказала я. — Может только кричать, когда ему страшно. Но меня узнает.

— А других? — спросил Вовка.

— Других, по-моему, нет.

Он посмотрел на Толика еще немного, а потом сел на кровать. Туда, где вчера сидела участковая.

— Ты знаешь, — сказал он. — Нам надо поговорить.

— О чем? — сказала я.

Потому что я видела, как он нервничает. И сама я тоже нервничала немного.

Он говорит: «Я завтра улетаю в Москву».

А я говорю — в Москву — это круто.

И смотрю — как бы Сережка с Толиком не перевернули его сумку. Они уже очень близко к ней подобрались.

Он говорит — нам надо что-то решать.

Я поворачиваюсь к нему, и в этот момент все, что было у него в сумке, вываливается на пол. Я бросаюсь в их сторону, но он хватает меня за руку и говорит — подожди, это неважно. Там ничего такого серьезного нет. Мне надо с тобой поговорить.

И тогда я сажусь рядом с ним на кровать. А Сережка с Толиком смеются и разбрасывают по всему полу его вещи.

Он говорит — ему нельзя здесь оставаться.

И я понимаю, что он не про Толика говорит. Потому что Толика он всего пять минут назад увидел. И, может быть, даже совсем не помнил о нем ничего.

Но я помнила.

Он говорит — короче, я все придумал. Мы с тобой поступим вот так.

А я смотрю на них — как они там возятся рядом с дверью, и думаю — только бы они не порезались чем-нибудь. Вдруг у него в сумке есть что-нибудь острое.

А он говорит — ну как? Ты согласна?

Я говорю — на что?

Он смотрит на меня и говорит — я же тебе объяснил. Ты что, разве не слушала?

Я говорю — я слушала, но просто я устала чуть-чуть. И у меня голова сегодня болит немного.

Он говорит — главное, чтобы ты подписала эту бумагу, в которой отказываешься от всяких претензий на то, что я Сережкин отец. Я узнавал у здешнего адвоката. Такую бумагу составить можно. И тогда я смогу забрать вас с собой. Снимем для вас квартиру. Однокомнатную — но ничего. Главное, что я буду помогать Сереже. Только моему отцу пока ничего говорить не надо.

Я поворачиваюсь к нему и говорю — так ты хочешь, чтобы мы поехали с тобой в Москву?

А он говорит — ну, да. Только надо сначала подписать эту бумагу. Чтобы потом в суде никаких косяков не возникло.

Я говорю — в каком суде?

Он говорит — ну вдруг ты захочешь со мной судиться. Насчет того, что я Сережкин отец.

Я смотрю на него и говорю — так ты и есть его отец.

А он говорит — я знаю. Но только это неважно.

Я говорю — как это неважно? Он же твой сын.

Он говорит — я знаю.

Потом встал, походил по комнате и говорит — короче, решай. Или ты едешь со мной в Москву, или не едешь.

А я смотрю на Сережку — как он ползает вокруг Толика, и потом на Вовку — как он посреди нашей комнаты стоит — в своей дубленке, и даже норковую шапку не снял, и потом говорю — мы уезжаем во Францию. Теперь уже совсем скоро. И Толика, наверное, с собой возьмем.

Вовка смотрел на меня, смотрел и наконец засмеялся.

Говорит — ты такая же дурра, как твоя мать. Тоже с ума сошла. Проснись, ее больше нету.

Тогда я пошла на кухню и взяла там на подоконнике письмо. Отдала ему и говорю — правда, оно уже без конверта. Но все печати стоят. Сам посмотри, если не веришь.

Он прочитал письмо, и лицо у него стало другое.

Как в детстве, когда он падал с велосипеда и над ним смеялись пацаны.

Мне даже стало жалко его.

Он говорит — и когда собираешься ехать?

Я говорю — не знаю еще. Надо последние вещи продать. Ну и еще кое-какие дела тут уладить.

Он говорит — понятно.

И наконец снимает свою шапку. А волосы у него под ней слиплись уже. И на висках побежал пот.

Я говорю — спасибо тебе за предложение. Может, когда-нибудь увидимся еще.

Тогда он стал собирать свои вещи. А Толик с Сережкой ползают вокруг него и сильно ему мешают. Потому что они подумали, что он с ними начал играть.

Наконец он собрал все, выпрямился и достал из дубленки маленький телефон.

Говорит — возьми. Если нажмешь вот на эту кнопку, то сразу соединит с Москвой. Я отдельно живу от отца, поэтому можешь звонить мне в любое время. За звонки плачу я.

Я говорю — а зачем?

Он смотрит на меня и говорит — ну, не знаю. Мало ли?

Потом посмотрел на Сережку, на Толика. Перешагнул через них и вышел. А я закрыла за ним дверь.

Постояла немного и чуть-чуть успокоилась. Но тут они стали капризничать. Потому что Вовка у них все игрушки забрал, а им нравилось копаться у него в сумке.

Я присела к ним и отдала Толику телефон. А Сережке дала письмо. Чтобы они замолчали.

И они притихли. Потому что детям нравится все ломать. А Сережке нравится рвать бумагу.

Я смотрела, как Толик стукает телефоном об пол, и ни о чем не думала. Мне просто нравилось на него смотреть. И еще мне нравилось смотреть на Сережку. Как он толкает себе бумагу в рот, выплевывает ее и смеется.

А потом он пополз к кровати, уцепился за спинку и встал. Постоял немного, разжал ручки, покачнулся и вдруг сделал один шаг ко мне. Я замерла, чтобы не напугать его, и протянула к нему руки. И тогда он шагнул еще. А я не могла даже с места сдвинуться и только смотрела на него. Он опять покачнулся и сделал еще один шаг.

И тогда я сказала — иди ко мне. Иди к маме.

ЖАЖДА

Вся водка в холодильник не поместилась. Сначала пробовал ее ставить, потом укладывал одну на одну. Бутылки лежали внутри, как прозрачные рыбы. Затаились и перестали позвякивать. Но штук десять все еще оставалось. Давно надо было сказать матери, чтобы забрала этот холодильник себе. Издевательство надо мной и над соседским мальчишкой. Каждый раз плачет за стенкой, когда этот урод ночью врубается на полную мощь. И водка моя никогда в него вся не входит. Маленький, блин.

Засранец.

Поэтому пришлось ставить ее на шкаф. И на окно. И на пол. В общем, все как обычно. Одну положил в ванную комнату — в бак с грязным бельем. Подумал — пусть лежит там. На всякий случай.

Когда с водкой более-менее разобрался, кто-то начал звонить в дверь. Сначала не хотел открывать, потому что поздно, но потом все равно открыл. Кроме Ольги, там никого не могло оказаться. Даже мать не заходила уже полгода. Общались по телефону.

— Извини, что снова тебя беспокою, — сказала она. — У меня Никита опять выступает. Выручи еще раз. Я с ним одна не справлюсь.

— Какие проблемы, — сказал я.

Набросил куртку и вышел следом за ней. Даже дверь оставил открытой.

— А ну-ка, кто у нас тут не хочет спать?

Пацан вздрогнул и уставился на меня как на привидение. Даже кубики свои уронил.

— Кто тут маму не слушает?

Он смотрит на меня и молчит. Только глаза у него стали по чайнику.

— Давай собирайся, — говорю я. — Раз не хочешь слушаться маму — будешь жить со мной. Можешь взять только одну игрушку.

Тот молчит, и рот у него открывается очень сильно.

— Какую с собой возьмем? Машину или вот этого мужика? Это кто у тебя тут в трусах? Супермен, что ли? Давай бери с собой супермена.

Он переводит глаза на Ольгу и шепчет:

— Я буду спать. Мама, я сам спать сейчас лягу.

Я говорю:

— Вот молодец. Быстро все понял. Если еще раз такое произойдет — я снова приду и заберу тебя по-настоящему.

Возле двери Ольга меня остановила:

— Хочешь чаю? Пойдем на кухню — я только что заварила.

Я говорю:

— У меня там дверь открытой осталась. Мало ли что.

Тогда она говорит:

— Ты извини, что я тебе все время надоедаю. Просто он... боится только тебя... А меня совсем перестал слушать.

Я усмехнулся:

— Понятно. Я бы на его месте еще не так испугался. Сколько ему?

— Пять. Четыре и десять месяцев.

Я говорю:

— Я бы еще не так испугался.

А она снова говорит:

— Ты извини... Только не обижайся, пожалуйста.

Потом помолчали немного, и я говорю:

— Все нормально. Если надо — ты заходи. Я теперь дома сидеть буду. Работать закончил. Деньги все получил.

Она посмотрела на меня и говорит:

— Опять будешь три месяца водку пить?

Я говорю:

— С чего ты взяла? Просто сижу дома — смотрю телевизор.

Она посмотрела на меня и улыбнулась. Правда, не очень весело.

— Ладно, извини меня еще раз. Сам тоже заглядывай — если что. Правда не хочешь чаю?

Дома я подошел к зеркалу и долго стоял напротив него. Смотрел на то, что из меня получилось.

Если бы Серега не ошибся тогда и не оставил меня догорать в БТРе последним. Но он думал, что со мной уже все. Поэтому сначала вытаскивал других. Тех, кто еще шевелился.

Так что теперь только детей пугать. Повезло Ольге с соседом.

* * *

А когда поступил в строительный техникум, нас всех выстроили перед зданием на линейку, и завуч сказал: «Вы теперь — лицо строительной индустрии. Не подведите своих отцов». Хотя — кого там было уже подводить? Завуч наш явно был не в курсе. Вместо отцов дома крутились какие-то дяди Эдики. В единственном, конечно, числе. Но завуч имел в виду нас всех, стоящих там напротив него, хотя дождь уже начался, и деревья почти все облетели. Поэтому он и говорил во множественном числе. А мы стояли перед ним и тряслись от холода — никто не предупредил, что линейка будет такая длинная. Поэтому куртки оставили в кабинетах. И сигареты, конечно, никто не взял. Но, может быть, он был прав насчет обобщений. Кто его знает — может, у нас к тому времени у каждого на кухне уже сидело по дяде Эдику.

Мама говорила: «Только не надо морщить лицо. Эдуард Михайлович нам помогает. Если бы не он, мы бы с тобой, знаешь, где могли оказаться? От твоего отца все равно никакого толку. Что до развода, что после — ему на нас наплевать. Знаешь, где мы могли оказаться?»

Но я не знал. И Эдуард Михайлович не был для меня Эдуардом Михайловичем. И дядей Эдиком он для меня не был тоже. Он был для меня никем. Я даже «он» никогда не говорил, если хотел что-нибудь сказать матери. Просто мычал что-то непонятное и мотал головой. Но она понимала. Только каждый раз говорила: «Не надо морщить лицо».

А я вспоминал, как мы с ней и с отцом ходили загорать летом, и он надевал всегда такие белые шорты, чтобы ярче был виден загар, потому что он загорал легко и красиво. На голове такая классная кепочка и разноцветные, переливающиеся очки. Он никогда не сидел с нами на одеяле. Ходил вокруг, или стоял невдалеке, или играл в волейбол. Или смеялся с какими-то загорелыми девушками. А мы с мамой прятались от солнца под гриб.

Она говорила: «Костя, тебе досталась моя кожа. С такой кожей загорать нельзя. Слишком много веснушек. Дай я намажу тебя кремом. А то у тебя сгорит все лицо».

* * *

Ольга открыла дверь почти сразу. Наверное, даже не успела своего Никиту раздеть.

— Решил все-таки попить чаю? Ну и молодец. Давай проходи на кухню. Сейчас я Никитку уложу.

Я подождал ее в коридоре, а когда она вернулась из детской, сказал, что я не хочу чаю.

Просто мне надо было, чтобы она показала, куда можно зеркало прибить. То есть пока просто поставить. Потому что поздно уже, и Никита лег спать. Поэтому колотить стену, конечно, пока не стоит. К тому же — соседи. Хотя, кроме меня, на площадке жил еще только один старик. И он был глухой. Но все равно ведь — Никита. Так что лучше завтра с утра. А пока нужно его куда-нибудь просто поставить.

Она посмотрела на меня молча, и потом показала рукой в угол. Прямо под вешалку. А на другой стене уже висело зеркало. Такое же круглое. Но немного побольше, чем мое.

Я выпрямился и сказал:

— Просто от матери осталось. Они давно уже переехали, но кое-что позабыли... Холодильник этот дебильный. Мешает, наверное, твоему Никите спать?

Она сказала:

— Нет, не мешает.

Тогда я посмотрел на ее прихожую и сказал, что пора делать ремонт. А она улыбнулась и ответила, что ей не по карману.

— Особенно твой. Ты сколько берешь?

Я говорю:

— Я только евроремонт делаю. Для богатых. Стеклопакеты там, навесные потолки — всякая фигня.

Она говорит:

— Ну и все равно — сколько?

Я говорю:

— Ну, тысяч восемьдесят, сто. Иногда бывает сто двадцать.

Она говорит:

— Ни фига себе.

А я говорю:

— У них бабок полно. Им надо друг перед другом выгибать пальцы.

Она улыбнулась:

— Сложная у них жизнь.

Я тоже улыбнулся:

— Да, непростая.

* * *

Потому что я так и не знал — кто из них кого кинул. То ли Генка Пашку, то ли наоборот. Хотя каждый из них, разумеется, винил в обмане другого. Они приезжали ко мне на своих джипах по очереди и говорили — ну, ты же знаешь, что я не мог кинуть его. Ну, скажи — ты же знаешь.

И я говорил, что знаю, потому что я не мог ответить им — «нет». Ни тому ни другому. Хотя правды так и не знал. И в общем, не хотел ее знать — этой правды. Кому она, на хрен, была нужна? Когда ты с кем-то горишь в одном БТРе — после этого на многие вещи появляется совсем другой взгляд. Просто им повезло. Серега вытащил их чуть раньше. Сначала их, потом этого непонятного капитана из штаба дивизии, после него водилу Михалыча, потом прапорщика Демидова и после всех наконец меня.

Может, оттого, что им повезло, они потом и решили кинуть друг друга. Не знаю. Деньги — страшная вещь. Я бы не хотел оказаться на их месте. Во всяком случае — не в этот раз.

Если только чуть раньше. Когда Серега полез в подбитый БТР.

Но бабки есть бабки, и бабки их развели. Полетел псу под хвост их совместный бизнес, а мне пришлось несколько раз покупать водки намного больше, чем обычно.

Потому что они пили как лошади. Приезжали из своего Фрязина и выпивали то, что я для себя покупал. Но всегда по раздельности. Даже звонили заранее, чтобы не наткнуться у меня друг на друга. А я пил с тем и с другим. Мне было все равно — кто из них кого кинул. Для меня они оставались Пашкой и Генкой, с которыми я горел. Которые знали, что у меня когда-то было лицо, а не обожженный кусок мяса.

Полгода после призыва и потом еще целый месяц в Чечне.

А евроремонтом именно Генка надоумил меня заниматься.

— Чего ты паришься? — сказал он мне. — Ты же, на хрен, строитель. Ты же, блин, знаешь всю эту строительную херню. Давай, зафигачь мне квартиру. А я тебе нормальное бабло подгоню. Потом, может, еще клиенты найдутся.

И клиенты нашлись. Даже в нескольких городах. Удивлялись, правда, когда я им говорил по телефону, что работаю один, но потом при встрече больше не удивлялись. Во всяком случае, не спрашивали — почему на ремонт требуется так много времени. Те, кто торопился, нанимали других.

И те, кому не нравилась моя рожа.

* * *

— Вы посмотрите на свои лица! — кричал на нас завуч на уроке черчения. — Вы только посмотрите на себя. У вас в глазах ни одной мысли. Сидите передо мной, как стадо баранов. Вы же тупые, как бараны. Идиоты! Подрастающее поколение!

Он стоял рядом со мной и размахивал моим рисунком. Листок бумаги в его руке дрожал над моей головой. Я смотрел на стол и считал капли. Сначала одна, потом другая. Я отодвинулся, чтобы их не задеть, и тогда он замолчал. Посмотрел на меня, перевел дыхание, сложил листок пополам и сказал:

— Пойдем к директору. С вещами.

Поднял голову и снова посмотрел на нас всех.

— Остальные продолжают работать. И только попробуйте у меня выйти из класса.

— Полюбуйтесь, Александр Степанович, чем занимаются ваши ученики, — сказал он, когда мы вошли в кабинет директора. — Будущие строители.

— Они наши общие ученики, Аркадий Андреевич, — сказал директор. — И может, строителями никогда не будут.

Завуч бросил ему на стол мой рисунок и молча

уставился на меня. А я смотрел на директора. Потому что я до этого никогда не видел его. Его вообще никто из наших не видел. В училище всем заправлял завуч, а про директора говорили непонятно что.

— Чего ты на меня так смотришь? — усмехнулся он. — Толстый? Ты Моргунова не видел. Знаешь, раньше было такое кино. Про Моргунова, Вицина и Никулина.

Завуч вздрогнул и начал говорить:

— Простите меня, Александр Степанович, но мне кажется...

— Спасибо вам за сигнал, Аркадий Андреевич, — перебил его директор. — Я разберусь. Пусть он останется у меня в кабинете.

Когда завуч ушел, директор отложил мой рисунок и снова посмотрел на меня.

— Ну что же, давай начнем. Возьми вон там стул и сядь поближе. А то мне тебя совсем не видно... Вот так... Молодец... Ну, теперь скажи мне свое имя.

— Константин.

— Константин? Очень хорошее имя. Ты должен быть постоянным человеком. Это хорошо. Ты постоянный человек, Константин? Или это только имя?

— Я не знаю, — сказал я.

Мне было странно, что мы вот так сидим там, в его кабинете, и он задает какие-то непонятные вопросы. Потому что я ждал, когда он начнет орать.

— Не знаешь? А надо. Про себя, Константин, надо знать как можно больше. Что ты знаешь о себе?

Я смотрел на него и не знал, что ответить.

— Хорошо, — сказал он. — Пока не готов. Потом, может, еще раз спрошу. Думай. А пока скажи — что ты знаешь про свою сумку?

Я смотрел на него и уже вообще ничего не понимал.

— Дай ее мне.

Я протянул ему сумку через стол. Он взял ее, покачал на весу и улыбнулся:

— Тяжелая. Что там у тебя?

Я сказал:

— Учебники. И еще форма для физры. Мы сегодня в баскетбол играем.

— Хорошо. А еще что?

— Тетради.

— А еще?

— Ручки.

— Молодец. А еще?

— Больше ничего нет.

Я подумал — не забыл ли я там свои сигареты?

Он поставил сумку на стол и снова взял в руки мой рисунок.

— А другие у тебя есть? Там, в твоей в сумке?

Я уставился на него и говорю:

— Рисунки, что ли?

Он говорит:

— Ну да, рисунки. Тебя же из-за них сюда привели. Есть еще? Покажи мне. Или ты хочешь, чтобы я рылся в твоей физкультурной форме?

Он листал мои тетрадки минут пять. Потом поднялся из-за стола, подошел к окну, постоял там, вернулся и еще смотрел пять минут. После этого отодвинул все от себя и сказал:

— А почему у тебя одни голые бабы? Озабоченный? Сколько тебе лет?

— Шестнадцать.

— А, ну тогда понятно, — сказал он. — Собери все, сядь вон туда у стенки и подожди. Мне тут надо еще кое-что закончить.

* * *

Первый раз нормально не получается не потому, что нет опыта, а потому, что слишком долго ждешь. То есть проходит ведь года три с того момента, как ты начинаешь об этом думать. И вовсе тут не то, чтобы ты вдруг оказался с ней один на один — смотришь на нее и думаешь: блин, у меня же нет никакого опыта.

Нет, просто ты слишком долго ждешь. Поэтому нормально не получается. Ну и у нее, наверное, те же проблемы. Или девчонки не думают о таких вещах?

Короче, в итоге начинаешь рисовать. Сначала шею, потом плечо. Так и выходит. Сидишь, злишься на них и рисуешь. Затем берешь новую тетрадку. И потом еще.

Так что маме я не сумел объяснить — где шлялся после учебы. Не мог же я рассказать ей про эти рисунки и про то, что директор училища из-за них продержал меня у себя в кабинете часа три, а потом все равно никуда не отпустил, а вместо этого повел к себе домой. И по дороге раздавал всяким бомжам деньги и потом еще дал возле самого дома — они там ждали его целой толпой. Ну, может быть, не толпой, но человека три там было. И когда мы поднялись к нему на третий этаж, там уже сидела на лестнице какая-то старушка, и директор сказал ей — конечно, конечно, давай, заходи, я тебя уже давно жду, там на кухне очень много скопилось. И она на кухне долго звенела, и потом ушла. И на спине у нее был огромный рюкзак, и директор сказал — не тяжело? Ты одна его, как? Дотащишь? И старушка сказала, что — дотащу. И потом он достал какую-то книгу, показал ее мне и спросил — ты отсюда срисовывал свои рисунки? И я сказал — нет. Потому что я их не срисовывал. А рисовал просто из головы. Когда мне было хреново. И он сказал — точно не отсюда? И я сказал — нет. И тогда он мне отдал эту книгу и сказал — дома ее посмотри. Завтра придешь утром, часам к одиннадцати. И я сказал, что утром у меня контрольная и что меня завуч убьет. И директор сказал — не убьет. Иди домой и смотри книгу.

Но домой я все равно поздно пришел, и мама так и так начала ругаться. А я смотрел на нее и не мог ей ничего объяснить. Потому что у меня в сумке была эта книга. Не мог же я эту книгу ей показать. Там были такие рисунки, что ей бы совсем не понравились.

А Эдуарду Михайловичу они понравились. Или не понравились. Я не знаю. Но ему было интересно. Он схватил эту книгу у меня со стола сразу, как только вошел в комнату, и начал ее листать. И лицо у него стало такое. Странное. А сам говорит — ты мать почему изводишь? С понтом, такой заботливый новый отец. Листает эту книгу и говорит — она пока тебя ждала, чуть с ума не сошла. Собиралась уже в милицию звонить. А что это у тебя за книга? Я говорю — она же у вас в руках. Посмотрите на обложке. Там все написано. Он говорит — Гойя, Капричос. Это что, художник такой? Я говорю — я не

знаю. Мне эту книгу директор дал. А он говорит —
ну и рожи. Ты давай кончай мать изводить.

Я смотрю на него и думаю — посмотрел бы лучше
на свою рожу. Не было бы тебя — я, может быть,
по-другому бы всех этих теток рисовал. Не такими
уродинами.

Потому что у меня они правда уродские получались. Но мне нравилось их рисовать. Посидишь, по-
рисуешь — вроде немного легче.

* * *

А Эдуард Михайлович меня тогда уже очень
плотно достал. Я даже от армии только из-за него
потом косить отказался. Хотя многие откосили. Но
он меня к тому времени достал по-настоящему.

Заходил ко мне в комнату, садился и разговаривал. Все время рассказывал — какой у меня отец
был придурок, когда они были курсантами в одной
роте. И как мама глупо себя повела, когда вышла за
него замуж. Потому что отец бегал от нее, и даже
когда она была беременная, целовался с какими-то
девчонками прямо у нее под окном. И когда она меня родила, он тоже исчезал все время куда-то. И как
она однажды пришла к ним в роту и сказала, что ей
нечем меня кормить. А мне тогда было два года.
И отец мой был неизвестно где. И как они все чего-
то собрали и накормили бедного и голодного мальчика. И как потом устроили отцу темную. Вернее,
хотели устроить, потому что отец тогда уже был ко-
мандиром роты, и он им сказал — ну, давайте.
И они не стали. И вообще — какой он весь был плохой.

А Эдуард Михайлович был хороший. Потому что он не бросил мою маму в беде. И когда она осталась одна, он сразу же откликнулся и готов был помочь. Хоть у нее уже и был вот такой оболтус.

И еще Эдуард Михайлович был очень умный. Потому что он первым понял — куда вся эта перестройка ведет, и кто такой Горбачев, и кому нужна вся их приватизация. Поэтому он из армии ушел как раз вовремя. А те, кто остались, — они были полные мудаки. И американский президент — идиот.

Слушать Эдуарда Михайловича было одно удовольствие. Но я сидел и молчал. Хотя мне надо было делать уроки. Потому что мама попросила меня, чтобы я ей помог. И я помогал. Сидел и смотрел на него, как он роется у меня в столе. Не знаю, что он там искал. Их в армии, наверное, так научили.

Еще он писал письма в газеты. Во все, какие только мог купить. И на телевидение. А мы должны были его слушать. Однажды собирались в лес за грибами, а он увидел что-то по телику и сразу начал писать. Мы ходили вокруг него и собирались. Потому что автобус до обеда был только один. Потом надо было ждать уже до без пятнадцати четыре. Но он разорался, и мама сказала — ну, давай, Костя, послушаем. И мы сидели перед ним в своих сапогах и куртках.

А он говорил — нет, ты понимаешь, Светлана, какие они там дураки? Ты понимаешь?

* * *

Холодильник освободился через семь дней после того, как я отнес зеркало к Ольге. Или через восемь. Такие вещи трудно определить.

Я собрал в себе силы и переставил в него все, что

было на полу и на окнах. Мне не нравится, когда она теплая.

Столько водки в одном месте я впервые увидел у директора Александра Степановича. Он вообще никогда не покупал бутылками. Договаривался с мужиками, и они привозили ему ящик. Чтобы не бегать взад-вперед.

— Меня мучает жажда, — говорил он. — Бесконечная жажда, Константин. Моему организму нужна жидкость. Или еще что-нибудь. Ты знаешь, я вырос в таком месте, где совсем нет воды. Ни речки, ни озера. Даже нормальной лужи не помню. И дождей не было почти никогда. Поэтому до сих пор хочется пить. Все время чувствую эту сухость. Дай мне вон тот стакан.

Он ставил передо мной пустые бутылки, посуду, какие-то башмаки, и я рисовал. А он пил свою водку.

Мне нравилось ходить к нему. В училище про меня забыли, и завуч в конце концов перестал отмечать мои пропуски. Однокурсники несколько раз приходили ко мне, спрашивали, как дела. Но я всегда говорил, что все нормально и что мы с директором работаем над моим дипломным проектом.

Мне нравилось, что он пьет свою водку совсем не так, как другие мужики. Отец всегда долго стоял с рюмкой в одной руке и со стаканом воды в другой. Готовился, собирался с духом. Потом вытягивал губы трубочкой и, прикрывая глаза, медленно втягивал в себя водку. Эдуарда Михайловича всегда передергивало, словно ему за шиворот положили лягушку.

А директор вообще никогда из рюмок не пил. Он наливал себе водку в толстый стакан и пил из него, как будто бы он действительно пил воду. Как будто ему просто хотелось пить. Как человеку, у которого пересохло в горле.

Он пил один стакан за другим, никогда после этого особенно не выдыхая, смотрел на мои рисунки и не пьянел. Просто сидел напротив меня в своем кресле и говорил, чтобы я ничего такого себе не забирал в голову.

А я и не собирался. Для меня это вообще было просто отмазкой. Уходишь из дома, а все думают, что ты пошел на учебу. Или не думают. Я не знаю. Потому что матери тогда на меня уже явно было плевать. Она приседала вокруг своего Эдуарда Михайловича. А я злился на отца за то, что он меня так подставил. Неужели нельзя было разок навалять этому дяде Эдику там, у себя в училище, чтобы он про маму забыл. Наверняка там были какие-нибудь нормальные другие курсанты.

Короче, я ничего особенного про свои рисунки не думал. Что в них такого? Рисунки — они и в Африке рисунки. Все равно в основном с пацанами во дворе тусовался.

Бегали за девчонками, на гитаре играли, портвейн пили иногда. Потом ходили смотреть, как военкомат сносят.

Стоишь на развалинах, куришь и думаешь: вот здесь я сидел голый на приписной комиссии, задница еще так смешно к этой кушетке прилипает. Типа — все, зла больше нет. И на душе так прикольно. Как будто Кощея Бессмертного зафигачили. Но потом оказывается, что бесполезно. В соседнем квартале построили новый военкомат. На этот раз уже не деревянный. Как в сказке — мочишь Кощея, а он только круче становится. Не зафигачишь его до конца.

Так Генка на войне говорил. Я у него этому слову научился.

— Зафигачим сейчас черножопых, пацаны. Чего так нахмурились? Очко заиграло?

Залазит в БТР и смеется. Стукает себя по каске рожком.

— Не ссыте. Все будет нормально. Дай-ка я вот сюда сяду. Давай, давай, жопу подвинь.

И сел на мое место. Но мне было все равно. Никто ведь не знал, что граната прожжет броню как раз там, куда он меня подвинул.

* * *

А потом Александр Степанович вдруг стал сердиться.

— Ты невнимательный, — говорил он. — То, что ты умеешь рисовать, — еще ничего не значит. Художник должен уметь видеть. Посмотри в окно. Скажи, что ты там видишь?

— Я не художник, — говорил я.

Тогда он брал со стола ботинок, который я рисовал, и кидал его в мою сторону.

— А я говорю тебе — подойди к окну!

И я подходил. Потому что мне неохота было сидеть на занятиях у нашего завуча. Лучше уворачиваться от ботинка, чем делать вид, что ты не замечаешь, как от человека во все стороны летит слюна. Вставил бы себе новые зубы. Или застрелился.

— Что ты там видишь?

— Ничего. Вижу деревья, птиц. Дети какие-то на качелях.

— Что они делают?

— Качаются, что еще?

— Какие они?

Я старался рассмотреть их получше.

— Нормальные. Дети как дети. Обычная малышня.

— Сам ты — обычная малышня. Сходи на кухню. Принеси мне еще одну.

Я шел к холодильнику, а он за это время успевал допить свой стакан.

— Вот молодец. Ставь ее сюда. Боже мой, почему я такой жирный? Подай мне ее. Не видишь — я не дотягиваюсь? Сядь рядом со мной. Рисовать больше не надо.

Я садился. Он открывал зубами бутылку водки, наливал себе новый стакан, смотрел на него, улыбался, медленно выпивал его и потом со вздохом откидывался в своем кресле.

— Ну надо же, как хочется пить. В горле все пересохло. Что ты там говорил насчет этих детей?

— Я сказал — обычная малышня.

Он усмехался и презрительно смотрел на меня.

— Не бывает обычной малышни, Константин. «Обычную малышню» придумали дураки. Ты понимаешь?

— Нет, — говорил я.

— Когда-нибудь поймешь. Сейчас просто слушай. Каждый день ты проходишь мимо этих детей и даже понятия не имеешь о том, какие они. Ты можешь сказать, например, как они привлекают к себе внимание, если хотят что-то сказать? Нет? Они руками поворачивают друг другу голову. Берут человека за лицо и поворачивают его к себе маленькими руками.

Он смотрел на свои толстые руки, вздыхал и показывал ими в воздухе, как дети поворачивают к себе чужое лицо.

— Или рисуют друг на друге фломастерами разных цветов. Отсюда не видно, что они рисуют, но видно, что им это нравится. Потому что им щекотно, и они показывают друг другу, что нарисовали на них. Ты когда-нибудь видел, как падает луч света в темную комнату из приоткрытой двери? В самом начале он узкий, а потом расширяется. Точно так же и человек. Сначала один, потом двое детей, потом четверо внуков. Понимаешь? Человек расширяется, как луч света. До бесконечности. Ты понимаешь?

Он смотрел на меня и ждал, пока я кивну головой.

— Молодец. А теперь скажи, что ты сам делал, когда был маленьким.

— Я не помню.

— А ты постарайся.

— То же, что и все.

— Играл, гулял, ходил на горшок?

— Ну да.

— Мало. Художник должен знать больше.

— Я не художник.

— Подай мне вон тот ботинок. А то мне тяжело вставать.

— Чуть что, блин, сразу — подай ботинок.

— А ты не кривляйся. Я с тобой разговариваю. Думай давай, думай.

— Ну, я не помню уже... За девчонками в детском саду подсматривал, когда они писали.

— Уже лучше. Еще что?

— Маму ждал. Она позже всех за мной приходила.

— Неплохо.

— Сидел один в группе и смотрел в окно. А воспитательница говорила, что я ее со своей мамой достал.

— Какая она была?

— Высокая... Я не помню... У нее была такая толстая юбка в клеточку. Я однажды зашел в заднюю комнату, а она там стояла в ночной рубашке. У мамы тоже такая была. Она нагнулась и ударила меня по лицу. А я просто так зашел. У меня мяч туда закатился. Не с кем было играть.

— Ты ее ненавидел?

— Не знаю. Наверное. Мама сказала, что у нее мужа в Афганистане убили. Он был офицер.

* * *

Когда привозили новеньких, Генка все время выспрашивал — кто они и откуда. Говорил, что москвичам надо держаться вместе. Лохи пусть дохнут поодиночке. А сам был из Фрязина. И Пашка тоже призывался оттуда. Генка говорил — повезло. Уходили из одного военкомата, потом вместе в учебке, и здесь попали в одну часть. Не всегда так бывает. А я был из Подольска. Поэтому, когда появился Серега, Генка сразу ему сказал — не боись. Нас тут уже целых трое. В обиду тебя не дадим. Потому что Серега по-настоящему был из Москвы. Всю жизнь прожил на 3-й улице 8 Марта. Десять минут на автобусе до метро. Понятно, что болел за «Динамо».

— В жопу твоих ментов, — говорил Генка. — Все равно ни хрена играть не умеют. Скажи, Пашка. Не умеют ведь ни хрена играть?

Но Пашка молчал. Потому что он вообще говорил редко. Ходил вместе с Генкой везде, но сам почти никогда не разговаривал. Пожимал плечами и поправлял автомат.

— Так что, давай, воин, — сказал Генка Сереге. — Держись к нам поближе. А то оторвут жопу — будешь потом жалеть.

Но вчетвером мы воевали недолго. Когда садились в то утро в БТР, Генка смеялся над Серегой:

— Ни фига, воин. Мы все тут в свое время за клиренсом для танка ходили. А как ты хотел? На войне повоевать — и не узнать, что такое клиренс? Вон, у Пашки отец на флоте служил. Их там по первому времени заставляли якорь точить. Чтобы лучше входил в грунт. Прикидываешь? Напильниками. Скажи ему, Пашка.

Серега залез в БТР последним и закрыл люк:

— Жалко, что меня не взяли во флот. Я бы им штук сто якорей наточил.

— Не ссы, воин, — сказал Генка. — От судьбы не уйдешь. Полгода назад здесь целую бригаду морской пехоты положили. Тоже, наверное, радовались, когда призывались. Типа — будем плавать по морю. А люк, воин, ты напрасно закрыл.

— Почему?

— Потому что я с тобой еду. Ехал бы ты один — никто бы тебе слова, блин, не сказал.

— Не понимаю.

— Поймешь, когда граната в БТР попадет. Прожжет, на хрен, броню и внутри взорвется. А нас всех в куски разнесет, потому что давление в закрытом пространстве будет совсем другое. Ты физику, воин, когда-нибудь изучал? Или только дрочил у себя в туалете в школе? Дай-ка, Костя, я вот сюда сяду. Давай, давай, жопу подвинь. А ты, воин, люк открывай. Чего на меня уставился?

* * *

Честно говоря, я не знаю, почему я нарисовал его пьяным. Может, потому, что к тому времени уже нечего было там рисовать. Все, что было у Александра Степановича, я уже срисовал на бумагу. Всю его обувь, посуду, бутылки, книги, дурацкие статуэтки. Все, что он ставил передо мной. Больше рисовать ничего не осталось. И вообще скучно было сидеть. Потому что он отрубился, а я сидел перед ним и не знал — как оттуда уйти, и дверь за мной закрыть было некому.

Поэтому, когда я пришел с улицы, а у меня в комнате этот мужик — тут я, конечно, офигел немного. А Эдуард Михайлович говорит, что это сын Александра Степановича, и при этом так странно на меня смотрит, как будто это я его пригласил. Я захожу к себе в комнату и вижу, что он держит как раз этот рисунок, потому что я как дурак оставил его на столе. Хотел, чтобы Эдуард Михайлович его нашел и завелся. Мне нравилось его злить. А теперь я просто стоял перед этим мужиком и не знал, что мне делать. Потому что — кому понравится, когда твоего отца рисуют в таком виде? В смысле — когда он там отрубился, ну и вообще, валяется у себя в квартире как фиг его знает что.

Но он просто сказал, что его зовут Борис Александрович и что он пришел со мной поговорить. И мы сели возле моего стола и стали с ним разговаривать. Но рисунок он все равно продолжал держать. А сам спрашивал про Александра Степановича. Сказал, что ему завуч мой адрес дал, потому что он хотел поговорить со мной лично. Насчет своего отца, ну и вообще, насчет всего остального. А я ему сказал, что так вроде бы все нормально, но лечить его — типа Александр Степанович совсем не пьет — я не мог. У него же в руке был мой рисунок. Но он сначала на него почти не смотрел. Спрашивал — много ли в день получается и как часто. И я сказал, что всегда. Примерно две-три, но иногда, может быть, и больше. Под настроение. И он загрустил. А я сказал ему, чтобы он не расстраивался, потому что Александр Степанович — молодец. И что он мне рассказывает всякие интересные вещи. Но он от этого почему-то загрустил еще больше. Сказал, что хочет забрать его к себе в Краснодарский край, потому что там хорошо и недалеко море. Но Александр Степанович не собирается уезжать. Говорит, чтобы он без него ехал в свою станицу Гостагаевскую. И что он вообще всегда был немного странный. Мог бы работать сейчас в министерстве в Москве, а вместо этого сидит здесь и пьет водку. И что много лет назад из него мог получиться большой художник — не хуже, чем Глазунов, и давно можно было бы всей семьей жить за границей, но он бросил живопись, а после этого бросил архитектуру, хотя в Москве в самом центре стоит его дом, и что его друг стал министром лишь потому, что это Александр Степанович за него делал какие-то там проекты, а сам даже не потребовал за них ничего, потому что он говорит, что ему вообще ничего не надо, что у него уже все есть. Короче, я там сидел у себя в комнате и слушал его, и не знал, зачем он мне все это рассказывает, а он говорил, говорил и все время смотрел на мой рисунок. Потом наконец замолчал, и мне стало слышно, как Эдуард Михайлович читает маме новое письмо в «Аргументы и факты». Но Борис Александрович, видимо, этого не услышал. Потому что он задумался очень сильно и просто сидел молча. А потом посмотрел опять на рисунок и сказал:

— Это он из-за тебя уезжать не хочет. У него еще не было таких учеников.

* * *

Александр Степанович на следующий день сразу потребовал этот рисунок. Я сказал, что я его потерял, но он крикнул — отправлю учиться. Тогда я показал ему, и он долго сидел и совсем не двигался. Потом вздохнул и сказал:

— Не наврал все-таки Борька. А я думал — он ко мне подлизывается.

После этого поднял глаза:

— Значит, все-таки умеешь видеть. А сам шлангом прикидывался.

— Я не прикидывался.

— Заткнись. Скажи лучше — когда последний раз в училище заходил?

— Я?

— Кончай дурака тут передо мной разыгрывать.

— Два дня назад.

— Зачем?

— Надо было одному пацану деньги отдать.

— Ну и как там?

— Нормально.

— Видел Аркадия Андреевича?

— Кого?

— Завуча. Ты что, специально сегодня меня злить решил?

— Нет, я правда забыл, как его имя. Мы его «верблюдом» зовем.

— Плюется?

Александр Степанович усмехнулся, и его тело за-колыхалось, как огромный воздушный шар.

— Еще как.

— Понятно. Этот далеко в итоге доплюнет. Ну так ты видел его или нет?

— Видел.

— Что он тебе говорил?

— Ничего. Про вас спрашивал.

— Что ты ему сказал?

— Сказал, что вы болеете.

— Болею? Ну и дурак. Надо было сказать ему правду. А то он тебя сожрет. Особенно когда станет директором.

И я больше не забывал, как зовут нашего завуча. Потому что Александр Степанович оказался прав. Аркадий Андреевич действительно стал директо-ром. Не знаю — может, этого друга-министра на-значили куда-нибудь не туда или Александр Степа-нович сам решил, что домашние вина будут лучше утолять его жажду. Отец говорил в детстве, что есть такое хорошее южное вино под названием «Мас-сандра». Не знаю почему, но я запомнил, как оно называется. Мне казалось, что оно должно быть вкуснее мороженого. Может, директор отправился к сыну, чтобы пить именно это вино. Не знаю. Мне он сказал, чтобы я не бросал рисовать. Иначе он приедет и лично оторвет мне голову. Вернее, он сказал — башку.

— Ты меня понял? Не дай бог тебе бросить. Я те-бе тогда не только башку оторву.

Но он не приехал. Я перестал рисовать почти сразу, потому что надеялся, что он говорил правду. Ждал его еще несколько месяцев. Но оказалось — туфта. Скорее всего, он даже не помнил моего имени.

А Аркадий Андреевич немедленно взялся за мое воспитание. Поэтому, как только пришла повестка, я первым отправился в военкомат. Никто ведь не знал — чем все это закончится. Тем более что Эдуард Михайлович меня тогда уже совсем достал.

* * *

— Слышь, Костя! — крикнул мне Генка прямо в ухо, когда тронулся БТР. — А хочешь, мы твоему отчиму приедем после дембеля и оторвем яйца? А, Пашка? Оторвем яйца этому мудаку?

Я помотал головой, потому что мне не хотелось перекрикивать шум двигателя. К тому же с нами ехал этот непонятный капитан из штаба дивизии. И с ним еще прапорщик Демидов. Этот вообще никогда не садился к нам в БТР.

Генка тоже посмотрел в их сторону, потом нагнулся ко мне и снова заорал в ухо:

— Разведчики долбаные, блядь. К чеченам едут делить бабки — кому сколько достанется, если мы не будем Старопромысловский бомбить. У них там эти долбаные нефтяные качалки.

Я посмотрел в сторону капитана, но тот вряд ли мог слышать Генку — слишком далеко сидел. Прапорщик Демидов слушал чеченский плейер. За два дня до этого ребята поймали снайпера и сбросили его с пятого этажа. А плейер отдали Демидову. С ним лучше было дружить. Он еще до армии работал снабженцем.

— Ну что, воин! — крикнул Генка Сереге. — Долго будешь с люком мозги ебать?

— Он не открывается.

Серега изо всех сил дергал за ручку.

— Подвинься, на хрен. Смотри сюда. Вот так это надо делать. Понял?

Генка открыл люк и опять засмеялся над Серегой.

— Не получается у тебя ни хрена. Смотри, отстрелят одно место. С чем поедешь домой? Рожком от автомата будешь баб тыкать? Эй, эй, туда не садись. Давай сюда. Высунься-ка из люка.

Серега уставился на него как на привидение.

— Чего вылупился? Давай вылазь, тебе говорят.

— Там же снайперы.

— Ну и хули? А ты хотел здесь сидеть? Вылазь давай, я тебе говорю. Сейчас будем развалины проходить. Тут духи всегда сидят со своими «шмелями». Если граната в корпус попадет — хоть кого-нибудь из БТРа живым выкинет. Тогда вернешься и вытащишь нас. Понял? Тех, кто шевелится, вытаскивай первыми. Слышал меня? Давай на броню.

Серега наполовину высунулся из люка и напряженно застыл. Генка припал к смотровой щели.

— Подползаем к развалинам! — закричал он в рацию. — Как слышите? Уснули там, на хрен, что ли? Подходим. Прикройте нас, если что. Осталось двести метров... Сто пятьдесят... Сто... Вроде бы все нормально... Кажется, никого тут нету... Осталось пятьдесят метров... Почти прошли... У нас здесь все тихо... Что? Нет, все нормально — я говорю... Тихо у нас, тихо...

* * *

Грохот был такой, что я вскочил на ноги. Вскочил и тут же упал. В голове от удара звенело, как внутри колокола. Перед глазами лежала пустая бутылка. Рядом с нею еще одна. Я задел их рукой, и они стукнулись друг о друга. На полу лежать было хорошо. Пол был прохладный. Я прижался щекой к линолеуму и закрыл глаза. «Только не шевелиться».

В этот момент кто-то опять заколотил в дверь. Похоже, били ногами. Прямо мне по башке.

Я сел, открыл глаза и очень медленно стал подниматься. Главное — не делать резких движений. Чтобы не вырвало. Потому что убрать будет очень трудно. Я не смогу нагибаться несколько раз.

В дверь снова стали громко бить. Куда они так торопятся? Думают, что я скорый поезд?

Чтоб они сдохли, те, кто приходит к тебе по ночам и пинает твои двери ногами. Сколько времени вообще сейчас? И какое число?

Чтоб у них отвалились ноги.

— Привет, — сказал Генка, когда я открыл дверь. — Ну и рожа у тебя, Шарапов.

Я хотел посмотреть на себя в зеркало, но потом вспомнил, что отнес его к Ольге дней десять назад. Или двенадцать.

— О, как тут у нас все запущено, — сказал он, проходя в комнату. — Пациент скорее мертв, чем жив. А я думаю — чего ты двери не открываешь.

— Садись вон туда.

— Да нет, командир. Я лучше пешком. Жена только-только мне эти джинсы купила.

— Пошел ты, — сказал я, снова опускаясь на пол.

— Что, совсем никакой?

— Отвяжись, говорю. Не видишь — мне плохо.

— Вижу. Давно забухал?

— Не знаю. Недели две. Какое сегодня число? И вообще — ты почему ночью приехал? Сейчас ведь еще ночь?

— Ну ты даешь, командир. Девять часов вечера.

Я тебе, между прочим, звоню уже два дня. Что с телефоном?

Он нагнулся над телефонной розеткой и поднял оторванный шнур.

— Понятно. Внешний мир заебал?

— Отвяжись.

— А я вчера позвонил этой твоей соседке, Светлане...

— Ольге.

— Да мне без разницы. Она сказала — ты загулял. Стучала к тебе. Говорит — все бесполезно.

— Я не слышал.

— Ясен перец. Я сам чуть кулаки себе не отшиб. Короче, давай поднимайся. Будем марафет наводить. Я у тебя переночую, а завтра заскочим за Пашкой и поедем в Москву. У него машина сломалась, а со мной он в одном джипе без тебя не поедет. Ты же знаешь про эту херню.

Я с трудом поднял голову.

— А на фига нам в Москву? Вы что, помириться решили?

Он уставился на меня и молчал несколько мгновений.

— Ну ты даешь. Так ты не знаешь еще ничего? Пашка тебе не звонил? Ты когда телефон оторвал? Он тебе не звонил, что ли?

Я приподнялся и сел перед ним на полу. В голове — благовест, как на Пасху.

— Кто-то звонил, но я не стал говорить. Голова сильно болела.

— Ну ты даешь. Серега пропал, а ты ни фига не знаешь. Завтра поедем его искать. У тебя там водка еще осталась?

* * *

Серега пропадал не в первый раз. У него вообще после дембеля все как-то не так случилось. Не так, как у Пашки или у меня. И уж тем более — не так как у Генки. Сначала пробовали помогать. Работу нашли. Потом другую. Потом Генка сказал, что ему западло с теми людьми встречаться. Типа — они ему доверяли, а он им Серегу всучил. А они с ним на большие бабки завязаться хотели. Поэтому мы Сереге стали просто деньги давать. То я, то Пашка. Генка тоже давал. Но бесполезно. Сереге — что сто рублей, что двести баксов — улетали за один раз. Не так у него все случилось.

Сначала вроде нормальные рядом с ним были мужики. Посидеть, выпить — какие дела? Но потом уже бомжи начали появляться. Потому что у него квартира была. И он жил один. Тетка сперва пыталась с ним воевать, но скоро купила дом в Калужской области и сказала ему — извини, мне под старость такой геморрой не нужен. А работать у него не получалось никак. То одно, говорит, то другое. Начальник — козел или работа — фуфло. Всегда что-нибудь не так выходило. Последний раз мы с Пашкой вытаскивали его уже из совсем какой-то дыры. В Домодедове бичевал. Спал там в комнате с надгробными плитами.

Так что ничего нового вроде бы не случилось. Но Генка сказал, что Серегина тетка по-настоящему завелась. Звонила ему раза три и все время плакала. Кто-то у нее там ездил в Москву, и сказали, что в Серегиной квартире другие люди живут. Про него не хотят говорить и вообще двери не открывают.

— Короче, она пробивает тему, что Серегу убили. С ума под старость сошла. Этим пердунам по-

стоянно всякая херня мерещится. Запарил, на
хрен, старушку огород. Коноплю, наверное, на
продажу стала выращивать.

— Может, сначала к ней съездим? — сказал я. —
Она когда его в последний раз видела?

— Да ладно, брось ты. Завтра поедем в Москву.
Я говорю — водка у тебя где? В холодильнике ни
фига не осталось.

* * *

Во Фрязино приехали к одиннадцати часам. По-
года была паршивая, поэтому ехали медленно. То
дождь, то снег. Несколько раз пришлось останавли-
ваться.

У Пашкиного дома Генка сунул мне телефон.

— Давай скажи ему, чтобы шевелил булками.

Через пять минут Пашка молча сел сзади, хлоп-
нул меня по плечу и тут же уставился в окошко. Как
будто до этого не видел свой собственный двор. Никогда в жизни.

— Как семья? — Я повернулся к нему через сиденье.

В ответ он пожал плечами.

Эта история насчет денег их здорово напрягла.
Они с Генкой даже решили поделить бизнес. Совсем перестали встречаться. Водку стали пить в
разных компаниях. Хотя — куда им было деваться в
этом Фрязине друг от друга? Все компании были
одни и те же. Поэтому приходилось заранее узнавать, чтобы не встретиться где-нибудь невзначай.
А то, кто его знает, чем это могло там закончиться.
Пашка говорить не любил, но водки выпить за один
раз мог очень много. Две бутылки. Под настроение — даже три.

Насколько я понял из их пьяных рассказов, когда они по очереди приезжали ко мне, дело там завертелось из-за пятидесяти штук баксов. Большие, конечно, деньги, но стоило ли оно того? Ездить потом ко мне, раскачиваться на табуретке и без конца повторять: «Ну, ты же знаешь, что я не мог его кинуть? Знаешь ведь? Ну, скажи, а?»

Да на фиг они нужны были, эти разговоры. Потому что ни тот, ни другой никак успокоиться не могли. Ездили ко мне и пили мою водку. А главный прикол состоял в том, что я действительно не знал — кто из них взял эти бабки.

Они сначала хотели на них себе два дома купить где-нибудь за границей. Потому что деньги были халявные, с неба свалились, никто их, в общем-то, и не ждал — так, дело одно хорошо обернулось. Но потом узнали, что пятьдесят штук на два дома не хватит — хватит только на один дом. И решили их пока отложить — типа потом что-нибудь придумаем. Но когда наступило потом, денег уже не было. И каждый из них говорил, что он их не брал. Пашкина жена ходила к Генке домой и о чем-то с ним разговаривала. Генка мне об этой встрече говорить не хотел, а Пашка, когда пьянел, просто скрипел зубами. Дурацкая тоже привычка.

Короче, история была — дерьмо. Обычное дерьмо на палке.

Поэтому теперь Пашка рассматривал в окно родное Фрязино. С глубоким и неподдельным интересом. А Генка вел джип, как будто сдавал на права. И я рядом с ним — типа инструктора по вождению. Только машину водить я совсем не умел. И Фрязино за окном меня тоже волновало не очень.

— Что это у тебя? — сказал я, поднимая с пола книжечку в синем переплете.

— Да, придурок один подарил, — сказал Генка. — Миссионер какой-то американский. Мебель у нас заказывал для своего молельного дома.

При слове «у нас» он, впервые с тех пор как Пашка сел в джип, оторвал взгляд от дороги и посмотрел назад. Вернее, не посмотрел, а как бы шевельнулся в ту сторону.

Я открыл книжку на середине и прочитал первое, что попалось мне на глаза: «Вошел же сатана в Иуду, прозванного Искариотом, одного из числа двенадцати».

— Брось ее вон туда, — Генка открыл передо мной бардачок. — Надо будет жене отдать. Она в последнее время этой херней увлекается.

— Подожди, — сказал я. — Дай-ка мне еще посмотреть.

* * *

Отец как-то в детстве сказал: «Не читай много — испортишь глаза». А я и так много не читал. И мало не читал тоже. Книжку, с которой он меня тогда увидел, я вообще в руки случайно взял. Это была мамина книжка про то, как вязать. Крючки всякие, петельки. Не знаю, зачем я ее открыл. Скучно было, наверное. А тут отец подошел. И говорит: «Не читай много».

Насчет велосипеда та же история. И насчет того, чтобы научить набивать мяч. То есть как будто и нет ничего. Ни велика, ни мяча, ни коленки. И меня тоже нет. А соседские пацаны есть. Во всяком случае, велик им каждому держал свой отец. Стоял сзади и держал за багажник. А потом спрашивал меня: «Подержать?» Но я всегда говорил: «Не надо». Потому что так лучше, когда один. Приходишь домой и трешь свои синяки столовой ложкой. А отец шуршит газетой, смотрит на тебя и говорит: «После этого обязательно ее помой».

Поэтому когда в Серегиной квартире никто нам дверь не открыл и Генка сказал, что, видимо, придется ехать к моему отцу, я просто молча стоял в этом грязном подъезде у зеленой стены, смотрел на него и не знал, что ему на это ответить.

— Ну и чего ты вылупился? — сказал он. — Чего ты молчишь? Ты же по пьяни сам говорил, что он у тебя в московской мэрии работает. Поедем к нему, поговорим. Он там узнает у себя насчет продажи этой квартиры. Кто купил и когда. И насчет бомжей у них там тоже должна быть какая-то служба. Регистрация... В общем, чего — куда. Поехали. А то время уже, на хрен, шепчет.

— Я не видел его десять лет.

— Ну и хули? Теперь увидишь. Кончай сопли жевать. Нам без него никто информации насчет Серегиной квартиры не даст. А без такой информации сюда можно вообще не соваться. Нам надо узнать — кто там живет. И как они вообще туда, на хрен, попали. Давай, давай, говори адресок.

Я посмотрел на Пашку, но он в этот момент отвернулся.

* * *

— Вам кого? — сказала молодая женщина, открывая дверь.

Испугалась. Слышно было по голосу. Мы стояли там перед ней как три бандюгана. Я старался хоть немного спрятаться за Генку. Хотя бы лицо.

— А, это ты, Костя, — сказал отец, появляясь в

коридоре у нее за спиной. — Заходи. Давайте, ребята, все проходите.

Я сделал шаг из-за Генкиной спины, и отец крепко обхватил меня своими руками.

— Вот ты и приехал. А я тебя давно жду.

* * *

Водка у него была дорогая. С импортными этикетками и в красивой бутылке. Но мало. Хватило только на пятнадцать минут.

— Марина, купи нам еще водочки, — сказал отец. — А то нас тут всех скоро замучит жажда.

— У тебя завтра совещание, — сказала она, стараясь не смотреть в мою сторону.

— Я помню. Ты сходи, золотая, купи. Мне надо с сыном наконец водки попить. Чего ты так долго не приезжал? А, Костя?

— Дела были, — сказал я.

— А я все хотел тебе брата с сестрой показать. Ты знаешь про них? Они, правда, сейчас в школе. Наташка в пятом классе, а Славка в первый пошел. Оба во вторую смену. Знаешь, такие смешные.

— Я представляю.

— Да ничего ты не представляешь. Давай, рассказывай — ты-то как?

Он посмотрел мне в лицо, и я увидел, что ему это было нелегко сделать.

— Сам видишь.

— Да ладно тебе. Всякое в жизни бывает. Главное, что живой.

Он помолчал и повертел в руках пустую рюмку.

— А вообще как? Тяжело пришлось?

— Несладко.

— Понятно. А как угораздило?

— В БТР из «Шмеля» долбанули.

— А ребята были с тобой?

Он посмотрел на Генку и Пашку.

— Их раньше вытащили. Серега думал, что мертвый я.

Отец еще немного помолчал, потом глубоко вздохнул и оторвал взгляд от пустой рюмки.

— А насчет вашего Сергея, честно говоря, не знаю, как вам помочь. Я совсем в другом отделе. Занимаюсь патриотическим воспитанием.

— НВП, что ли, в школах проводите? — сказал Генка.

— Не только.

— Ясно. Зарницы, значит. Всякая фигня.

— Это не фигня, — сказал отец и поставил рюмку на стол. — Надо поднимать престиж армии.

— А вы сами в каком звании?

— Подполковник.

— Круто. Воевали уже? «Горячие точки»? Афганистан?

Отец посмотрел на Генку, и глаза у него чуть сузились.

— Нет, не пришлось. Я занимаюсь кадровой работой.

— Ясно. Вопросов больше нет.

— Вот ваша водка, — сказала Марина, входя на кухню. — Можете упиться.

— Да нет, спасибо, — сказал Генка. — Мы лучше пойдем. Водки в любом другом месте — как грязи. А нам с утра снова в Москву. Все равно будем искать до упора. Счастливо оставаться, товарищ подполковник. Понятно теперь — почему Костя не хотел ехать к вам.

В коридоре уже у самой двери вдруг заговорила Марина:

— Но если вы завтра снова приедете в Москву, может, Константину лучше у нас ночевать остаться? Зачем ездить взад-вперед? Все равно еще есть одна свободная комната.

— Нет, спасибо, — сказал я. — Мне надо в Подольск. У меня там одно важное дело.

Внизу Генка сел в джип, запустил двигатель, но почему-то не спешил трогаться.

— Слышь, — он наконец повернулся ко мне. — А знаешь что? Ты лучше оставайся. Какого хрена мы будем возить тебя в Подольск? Лишних часа полтора на дорогу. Завтра мы за тобой заедем в одиннадцать часов. Он же отец твой. Давай, братан, выметайся.

* * *

— Вот ваша комната, — сказала Марина, пропуская меня вперед. — Располагайтесь. А Николай тем временем приведет из школы детей. Она тут у нас совсем рядом. Прямо во дворе.

Мне было немного странно оттого, что она называет отца Николаем. Мать всегда называла его по фамилии. Как одноклассника в школе. Или как политического деятеля из газет.

— Это я тут повесила, — сказала она, заметив мой взгляд. — Люблю армянскую живопись. Не знаю, правда, кто написал, но пейзаж явно ереванский. Видите — вот тут характерные грозовые тона, и вот эти домики, взбирающиеся на гору. Я детство провела в Ереване. Там очень красиво.

— Это Эль Греко, — сказал я.

— Что?

— Это репродукция картины Эль Греко. Испанский художник. По происхождению грек. Настоящее имя — Доменико Теотокопули. Но это неважно.

Она перевела взгляд на меня. В глазах удивление.

— Вы уверены?

— Да.

Я смотрел на нее и думал: чего не хватило моей матери, чтобы соперничать с ней?

— Ну, если вы так считаете...

В голосе — бездна сомнения.

— Я не считаю. Это Эль Греко.

Она снова посмотрела на меня и наконец улыбнулась.

— Хорошо. Эль Греко так Эль Греко. Какая, собственно, разница? Знаете, вы не обижайтесь на своего отца. У него сейчас очень сложная ситуация на работе. Может быть, я смогу вам чем-то помочь.

— Вы?

— Да. У меня есть знакомые журналисты, которые занимаются криминальной хроникой. У них большие связи с московской милицией.

Я хотел сказать, что это было бы неплохо, но в это время раздался звонок.

— Вот наши пришли, — сказала она. — Пойдемте, я вас познакомлю.

Девочка даже не посмотрела на меня. Прошептала «здрасьте» и быстро скользнула в комнату. Очевидно, отец их предупредил.

Чтобы не глазели.

Но мальчик был совсем маленький. Круглые щеки, круглые глаза. Смотрел на меня, не отрываясь. Даже рот немного открыл. И куртку свою перестал расстегивать.

Отец сказал:

— У них последнего урока не было у обоих. Целый час на улице играли в снежки.

— Слава, невежливо так смотреть на людей, — сказала Марина из-за моей спины. — Познакомься, это твой брат.

Я присел перед ним и протянул ему руку.

— Здорово, братишка. Меня зовут Константин.

У него глаза стали еще больше. Посмотрел на меня, потом на Марину. Протянул руку и наконец сказал:

— У меня уши замерзли как каменные. Совсем не гнутся.

* * *

— Они такие разные, — сказала Марина, когда отец пошел укладывать детей спать. — Славка очень самостоятельный. До всего хочет дойти сам. А Наташка живет рядом с ним как цветочек. Лишь бы солнышко на нее светило. Хотя старше его на три года. Вот, клади себе сахар.

Она замолчала на секунду и улыбнулась.

— Помню, как-то отводила ее в детский сад и очень опаздывала. Номер сдавали, не спала целую ночь. А Наташка по дороге упросила меня забежать на рынок. Ягодку хотела купить.

Она опять улыбнулась.

— Прибежали в детский сад очень поздно, а воспитательница не мне стала выговаривать, а на нее начала кричать: «Почему ты так поздно приходишь? Все дети уже собрались». Знаешь, такая строгая дама.

Она посмотрела на меня.

— Ничего, что я говорю тебе «ты»?

— Нормально.

— Вот. А Наташка смотрит на нее, смотрит. Потом протягивает ручку вперед, открывает ее и говорит: «Черемушка». А там у нее в кулачке все слиплось. И улыбается стоит.

Она прикрыла глаза рукой на секунду.

— А воспитательница эта смотрит на нее и не знает, что ей сказать. Так и разошлись без ругани. Я, наверное, на всю жизнь запомню. Ты бери конфеты, чего ты просто так-то чай пьешь?

— Мне нормально. Я сладкого не люблю.

— Это потому, что ты водку любишь. Все, кто водку пьет, сладкого не едят. И наоборот. Я, например, даже запаха ее не могу вытерпеть. Меня сразу тошнит. Как вы ее пьете — не понимаю.

— Нормально пьем. Просто надо привыкнуть.

— Ну ладно, — сказала она. — Это неважно. Я же тебе про детей начала... Ничего, что я так много про них говорю?

— Ничего. Мне интересно.

— Они же тебе брат и сестра.

— Да, да, я понимаю.

— Вот. А Славка совсем другой. Маленький такой, но уже упрямый. Учит какие-то английские слова. И никто его, главное, не заставляет. Говорит — надо для одной компьютерной игры, она только на английском. Еще в шахматы научился играть. Теперь мучит каждый день Николая. Говорит, что обыграет его через год. Упрямый такой.

Она опять улыбнулась.

— А Наташка как обезьяна все повторяет за ним. Хоть и старше его на три года. Подошла ко мне и спрашивает: как ходит конь? Буквой Г через две или через три клеточки? А я не помню сама. Пришлось спрашивать у Славки.

Марина встала и прикрыла дверь.

— Правда, ссорятся иногда. Редко, но все-таки бывает. Позавчера Славка доставал из-под кровати мяч, а Наташка в это время ходила по комнате с закрытыми глазами. И сказала ему, что если наступит на него, то она не виновата. Ну и сразу же, естественно, наступила...

— А чего это вы тут закрылись? — сказал отец, заглядывая на кухню. — Я думал — вы телевизор смотрите.

— Я боялась, что мы громко говорим. Наливай себе чай. Я Константину про детей рассказываю. Уснули уже?

Отец посмотрел на меня и улыбнулся.

— Уснули. Славка мне, знаешь, что сейчас сказал? Говорит: «Какие-то ботинки у меня некомпетентные. Ты мне новые лучше купи». Представляешь — «некомпетентные».

Марина засмеялась и махнула рукой:

— Года три назад он как-то проснулся и говорит: «А как произносится цифра сначала один, потом восемь?» Я отвечаю: «Восемнадцать». Тогда он продолжает: «До Нового года осталось восемнадцать лет». Я с тех пор ломаю голову — откуда он знал, сколько осталось дней, если даже не мог назвать цифру? И ведь точно восемнадцать дней оставалось.

— Он ждал подарки, — сказал отец. — Вспомни себя в детстве перед Новым годом.

— О, это было так давно...

Я смотрел на своего отца — как он наливает себе чай, кладет в него сахар и садится к столу; на его жену, которая смотрит на него и смеется; на кухонный стол с конфетами под низким розовым абажуром; на свою синюю чашку, в которой остыл чай; на пластмассовый пистолет, забытый на другом конце стола Славкой, — я смотрел на все это, и в голове у меня появлялись странные мысли. Вернее, не мысли, а одна мысль. Даже не мысль, а простой вопрос.

Почему?

Я смотрел на них и думал: почему со мной получается так? Почему одни горят, а других выносят? Почему отец, который у меня был, в итоге достался другим детям? Почему человек, которого я хотел иметь своим отцом, бросил меня и уехал куда-то на Черное море? Почему придурок, который теперь называет себя моим отцом по закону, так достал меня, что я целых полгода не могу найти сил, чтобы увидеть свою собственную мать?

Впрочем, для одного «почему» всего этого было, наверное, слишком много. Одним вопросительным знаком явно не обойтись.

* * *

Утром Генка приехал один. Сказал, что Пашка решил добираться на электричке. Я сел рядом с ним, и мы поехали. За десять минут он не произнес ни слова. Это было совсем не похоже на Генку, но мне было не до него. Я думал о своих новых родственниках.

— Блин, да выброси ты ее, — подал он наконец голос, увидев, что я опять поднял с пола ту синюю книжечку, которую нашел у него в машине вчера.

Я промолчал и снова открыл ее наугад: «Народ сей ослепил глаза свои и окаменил сердце свое, да не видят глазами, и не уразумеют сердцем, и не обратятся, чтоб Я исцелил их».

— Слушай, — сказал я. — А чего ты темные очки надел? Солнца же нет.

Генка повернул ко мне лицо на секунду, но ничего не ответил.

Пашка тоже был в темных очках. Стоял у входа в метро и смотрел прямо себе под ноги. Как будто слепой. Только у него были очень большие очки. Как у фотомодели. Может быть, у жены взял.

— Вы что, прикололись? — сказал я, когда он сел в джип. — На фига вам очки? Сегодня же нет солнца.

Пашка ничего не ответил. Генка переключил скорость и нажал на педаль.

— Подожди-ка, — сказал я. — Постой. Останови машину.

— Ну чего? — он снова повернул ко мне лицо.

Я быстро протянул руку и сдернул с него очки. Под левым глазом у него был синяк. Глубокого фиолетового цвета.

— Ты чего, сдурел? — сказал он, выхватывая свои очки у меня из рук. — Крыша поехала?

Пашка отвернулся к окну и даже не смотрел в нашу сторону. Молчали, наверное, минуту. А может быть, целых две.

— Ну и кто кому навалял? — наконец сказал я, стараясь говорить тихо. — Выяснили, кто оказался круче?

Они молча смотрели прямо перед собой. Ни один из них не произнес ни звука.

— Очки надели, — продолжал я. — Очки надели, чтобы никто не увидел, что у вас на лице. Чтобы все думали, что у вас с лицом все в порядке. Просто глаза болят. Ослепли от яркого солнца. А мне какие очки, блин, надеть? Мне, блин! На мою, блин, вот эту рожу!

Я сам не заметил, как заорал.

— На хрена вам эти очки? Вас что, ваши дети боятся? Вашим женам противно на вас смотреть? Это вас, что ли, соседи зовут, когда у них дети не хотят спать? Или, может, с вас тельняшку вместе с кожей снимали? Вырезали ее по кускам, потому что она, сука, прямо в тело вросла. Вплавилась туда, как родная. Если бы вы знали, как заебали вы меня со своими бабками, со своим молчанием, со своими рожами. Как вы меня заебали! Я не понимаю: на хрена вам нужны очки? Вам-то что за очками прятать?

Я замолчал. Мы просидели так минут пять. Потом Генка покашлял и снова включил скорость.

— Ну что, поехали? — сказал он. — Хули теперь сидеть? Серегу искать надо.

* * *

В детстве часто дерешься с друзьями. Сцепишься с кем-нибудь в подъезде и стукаешь его головой об ступеньки. А наверху соседи ключами бренчат.

Не потому, что ты его ненавидишь, а потому, что он всегда рядом. Просто так получается.

Что вообще остается от детства? Сны, в которых ты подходишь к своему первому дому и пытаешься открыть дверь, зная, что там — никого? И ты опять такой маленький, что до ручки не дотянуться. Запахи?

Или тот ужас в детском саду, когда все уснули, а ты просидел на своей раскладушке весь «тихий час», потому что вдруг понял, что когда-нибудь ты умрешь? Насовсем. И пододеяльник от этого весь превратился в комок и стал липким. И потом тебя вырвало во время полдника, потому что нельзя пить теплый кефир после таких открытий. А воспитательница сказала: «Возьми тряпку и сам убирай, никто не будет за тобой тут вылизывать, надо же, какой неопрятный мальчик». И тебя вырвало еще раз. Потому что тебе было всего четыре года. И это не самый лучший возраст для того, чтобы встретить женщину, которой нет никакого дела до твоей смерти. Но ты все убрал.

Короче, неясно — что остается от детства.

На следующий день они не приехали. Ни Генка, ни Пашка. Даже не позвонил никто. Я сел в кресло и стал смотреть на детей. Марина с отцом ушли сразу же после завтрака.

— А ты не пойдешь на работу? — сказал Славка.

— Нет, — сказал я. — У меня пока работы нет.

— Хорошо, — он очень серьезно покачал головой. — А то у папы с мамой всегда много работы, и они с нами не сидят.

— А со мной уже не надо сидеть, — сказала Наташка. — Я скоро на фигурное катание пойду.

— Ты карандаш неправильно держишь, — сказал я Славке. — Давай я тебе покажу, как надо.

— А ты умеешь? — Он недоверчиво посмотрел на меня. — А то бумаги совсем нет. У мамы есть целая пачка, но она ругается. А Елена Викторовна сказала всем на урок белочку принести. Ты умеешь?

У него в голосе зазвучала надежда. Замолчал и уставился на меня.

— Не знаю. Давай попробуем. Только лучше рисовать на полу. Я люблю рисовать лежа.

Он с готовностью сполз со стула.

— Я тоже люблю на полу. А как лежа рисуют?

— Вот так. Ложишься на живот и рисуешь. Понял?

Наташка подняла голову от своих уроков и смотрела на нас.

— Вот так, — сказал я. — Ложишься и потом рисуешь.

Через минуту он выхватил у меня листок, вскочил с места и бросился к сестре.

— Смотри, Наташка! Смотри — как он нарисовал!

Она встала из-за стола, подошла ко мне и тоже опустилась на пол.

— А Барби можешь нарисовать?

— Я хочу покемона! — закричал Славка. — Нарисуй покемона!

Я пожал плечами:

— Не знаю, кто такой покемон.

Наташка сказала:

— Нарисуй Барби.

Потом они попросили Снежную королеву. Потом ежа. Потом Бритни Спирс и черепашек-ниндзя. Когда кончилась бумага, Славка убежал в комнату к Марине. Вернувшись, он на секунду застыл на пороге, потом подбежал ко мне, протянул целую пачку бумаги и видеокассету, поднялся на цыпочки, закрыл глаза и, сдерживая дыхание, выдохнул:

— Я хочу покемонов. Всех.

Пока мы смотрели мультики, а я рисовал, Наташка со Славкой то и дело бегали на кухню и таскали оттуда чипсы, кока-колу, конфеты и сыр. Часа через два весь пол был устлан бумагами и завален едой. Когда кончились мультики, я рисовал уже просто так. Дети смотрели на мои рисунки и старались угадать, что у меня получается. Славка почти всегда угадывал первым.

— Бегемот! — кричал он, и Наташка огорченно вздыхала. — Страус! Яйцо! Подводная лодка!

Чтобы Наташке не было так обидно, я начал рисовать то, что любят девочки.

— Это, наверное, пудель, — говорила она. — А это сиамская кошечка. А это учительница, потому что у нее в руке есть указка. Это, наверное, стюардесса. А это я не знаю — кто. У нее какая-то странная шапочка.

— Кто это? — сказал Славка, когда я закончил рисовать. — Мы сдаемся. Скажи — все равно никто не угадает.

— Это операционная сестра, — сказал я. — Ее зовут Анна Николаевна.

— А что такое операционная сестра? — спросил Славка, но в это время в коридоре щелкнул замок, и на пороге появилась Марина.

Она в изумлении оглядела усыпанную белыми листами комнату, разбросанные остатки еды, нас, сидящих на полу и глядящих на нее оттуда, помолчала еще несколько секунд и наконец сказала:

— Плакал мой обед. А уроки-то хоть кто-нибудь сделал?

* * *

Когда немного прибрались, Марина сказала, что у Славки сегодня «Веселые старты». А ей надо бежать в редакцию, потому что приехал какой-то американский журналист.

— «New York Times». Знаешь эту газету? Мне обязательно надо с ним поговорить.

Я сказал, что не знаю, но могу отвести Славку вместо нее. Все равно Генка с Пашкой так и не появились.

— Мне нетрудно. Расскажи только, куда надо идти.

Пока у него был урок рисования, я сидел на скамеечке возле школы и смотрел на людей. После обеда стало светить солнце, и снег, который шел последние два дня, быстро растаял. Те, кто опоздал на урок, бежали прямо по лужам. Некоторые поднимали голову и тогда замечали меня. Лучше бы они смотрели себе под ноги. По крайней мере, дома потом не досталось бы за ботинки.

Впрочем, им тоже самим скоро в армию. Пусть смотрят.

«Веселые старты» были только для первоклашек. Поэтому я сел так, чтобы меня не было видно. Только со спины. Пришлось болеть за Славку по звуку. Слушал, как они кричат, когда кто-нибудь прибегает последним. Старались помочь. Орали как угорелые.

— Идите вот сюда, — сказал вдруг прямо у меня за спиной женский голос. — Здесь никого нет. Только один дяденька.

На скамейку сзади меня опустились двое мальчишек. Я нагнулся вперед, чтобы их не напугать. Как будто шнурки развязались.

Но им было не до меня.

— Ну как вы оделись? — шептала их мама. — Я же вам все оставила. А вы оделись непонятно как. Теперь все подумают, что мы нищета.

— Нас папа одевал, — шепнул один мальчик. — Я ему говорил, что так неправильно, а он сказал, отстань, мы опаздываем уже.

— Теперь все подумают, что вам надеть нечего. Я же оставила все на кресле.

— Папа сказал, на «Веселые старты» так одеваться нельзя.

— Ладно, — шепнула мама. — Сейчас Ира пробежит, и ты наденешь ее кроссовки. Только не наступай в лужи, а то они новые ведь совсем.

— Он тогда после всех прибежит, если будет вокруг луж бегать, — зашептал мальчик помладше. — Он проиграет тогда.

— А я буду через них перепрыгивать.

— А если они большие?

— А я разбегусь.

— Ладно, перестаньте, — шепотом одернула их мама. — И так голова кругом идет.

Я слушал их, стараясь, чтобы они не обращали на меня внимания, и думал о том, какие бывают дети. Что они говорят, как они толкаются, как прыгают, поджав одну ногу, рвут ботинки, плюют с балкона, рисуют на обоях, вылавливают из супа лук.

Особенно когда они твои.

Приехать со всей оравой на Черное море. Летом, когда стоит невероятная жара. Снять однокомнатную квартиру. Второй этаж — поэтому сначала страшно оставлять на ночь открытым балкон. По телевизору каждый час сообщают, что из тюрьмы убежали грузины. Два или три. После половины бутылки трудно запомнить — сколько. Или не хочется запоминать. Тем более — жара. Липкая спина, и мысли разбегаются в стороны. Зато никаких комаров. Звенят за балконной дверью, но в комнате почти не слышно. Потому что дети шумят. Толкают друг друга и хихикают на полу. Им нравится, что они теперь с нами в одной комнате. Невозможно их уложить. Сидим на диване и говорим: «Время уже почти два часа ночи». Но им все равно. Они нас не слышат. Волосы мокрые от жары. Хватают друг друга за плечи. Мы говорим: «Время уже два часа». На третий день догадываемся постелить на кухне ватное одеяло. Чтобы коленкам не было больно.

И чтобы линолеум не прилипал к спине. Радио на табурете прямо над головой каждую ночь играет одного Джо Дассена. Надо аккуратно вставать. Задыхаясь, можно легко столкнуть его с табурета. Тогда придется искать ее губы в тишине. Как будто оглох. И в ушах ровный шум, словно прижал раковину.

* * *

— Костя! Эй, Костя! — кричал мне отец. — Иди сюда! Глухой, что ли? Я тебя зову, зову, а ты не слышишь.

— Там на балконе шумно, — сказал я, входя в комнату. — Машин слишком много внизу.

— А чего ты хотел? Москва! Почти центр города. Пойдем ужинать. Марина с работы пришла.

— Ну что, не приехали ваши друзья? — сказала на кухне Марина.

— Нет. У них сложная ситуация. Может, они завтра опять не приедут.

— Слушай, а я почему-то с тобой снова на «вы». Тебе самому как удобней?

— Мне все равно.

— Тогда будем говорить «ты». Если я забуду — ты мне напомни. Хорошо? Как там наш Славка пробежал на «Веселых стартах»?

Она подцепила вилкой кусок мяса и толкнула коленом отца. Мясо упало обратно в тарелку, и она рассмеялась. Отец, не отрываясь, смотрел на нее.

— Нормально. Их класс победил. Славка получил грамоту.

— Понятно, — улыбнулась она. — Сейчас вернется с улицы и будет хвастаться без конца. Ему обязательно надо побеждать.

Минуту, наверное, ели молча. Отец не ел.

— Чего ты на меня так смотришь? — сказала она наконец отцу.

Голос у нее изменился.

— Подстриглась, — сказал он.

— Ну и что? Мне теперь подстригаться нельзя?

— Новая прическа.

— Слушай, давай не при твоем сыне. К нам в редакцию приехали журналисты из Штатов, а тебе хочется, чтобы я выглядела как огородное пугало.

— Хорошая прическа была.

— Она меня старит. Неужели ты не понимаешь? Я выглядела лет на сорок. А мне тридцать два. Мне всего тридцать два года!

— А журналистам?

— Что? — Она запнулась и непонимающе смотрела на него.

— Сколько журналистам из Америки лет? Они молодые?

Марина молча смотрела на него. Потом оттолкнула тарелку и резко поднялась.

— Как ты меня достал со своим маразмом. Поесть нормально нельзя.

Она хлопнула кухонной дверью, а мы остались сидеть за столом. Мясо в тарелке отца лежало нетронутым.

— Ты извини, Костя, — поздно вечером сказала она, войдя ко мне в комнату. — Испортили тебе ужин. У нас так бывает. Твой отец болезненно относится к нашей разнице в возрасте. И убедить его я ничем не могу.

— Все нормально, — сказал я. — У всех свои проблемы.

— Но я совершенно не знаю, как ему помочь. Мне приходится обдумывать каждый шаг — как бы чего-нибудь не сказать или, там, не сделать. Он заводится моментально. Ты знаешь, я от этого устаю. Можно, я покурю у тебя в комнате?

— Кури. Это твоя квартира.

— Слушай, а что это у тебя? — она склонилась над столом у окна.

— Рисунок.

— Слушай, как здорово. Мне дети сегодня все уши прожужжали про то, как ты утром тут рисовал. Всю бумагу мою истратили.

— Извини, я тебе завтра куплю.

— Да перестань ты. Я не про это. Как здорово у тебя получилось.

— Это Черное море, — сказал я. — Там человек один хороший живет.

— А ты там был?

— Нет. Но я представляю.

— Ты никогда не видел Черного моря?

— Нет.

— А как же ты рисовал?

— Я представляю.

— Понятно, — Она недоверчиво кивнула головой. — А чьи это дети?

— Дети? — сказал я и немного закашлял.

— Дым мешает? — она замахала рукой и потянулась к форточке.

— Да нет, нормально. Все хорошо.

— И у них почему-то лица у всех одинаковые. Смотри, ты им нарисовал одинаковое лицо. Это так задумано? Или они близнецы?

— Близнецы, — сказал я, еще немного покашляв.

— Так много?

— Мне нравится, когда много детей.

* * *

Летом на пляже их всегда много. Бегают, кричат. Животы такие круглые. Некоторые в панамках, а некоторые без трусов. Потому что родителям нравится смотреть на них, когда они голые. Бегут, бегут, а потом — бумс — мягко попой в песок. Но только до определенного возраста.

С меня уже трусы не снимали, когда мы с мамой прятались от солнца под гриб, а отец играл в волейбол. Видимо, им обоим было уже не до меня. В трусах или без трусов — неважно.

Потому что там были эти девушки. И отец с ними играл.

Мяч взлетает над головами. Бац! Такой звонкий удар. Я слежу глазами, как он летит. Слышу, как они смеются. Снова — бац! Опять поднимаю голову. Мяч превращается в солнце, и у меня бегут слезы из глаз. Ничего не видно. Бац! Рядом кто-то кричит: «Вылазь из воды! А ну-ка иди сюда! Что это у тебя там такое?» Бац! «Немедленно брось эту гадость! Вот я тебя сейчас!» Бац! «Лови его, лови!» Бац! «Давай, давай еще раз!» Бац! А потом быстро два раза — бац, бац. Но звук немного другой и совсем рядом. «Получил?» А в ответ — детский плач. «Не реви, а то сейчас еще получишь». Бац! «Смотрите, смотрите, в воду летит». Бац, бац. «Ну что, еще мало?» Бац! «Отлично! Достал! Теперь давай мне!» Бац, бац, бац. «Перестань реветь. Я всю руку отбила!». Бац! «Опять в воду летит! Она специально туда бьет!» Бац! «Взял!» Голос отца.

Совсем не такой, каким разговаривает дома.

Я открываю глаза, отворачиваюсь и смотрю на воду. Чтобы не смотреть туда, куда смотрит мать. Потому что она всегда на них смотрит. А рядом этот пацан не успокаивается никак. «Давай, я намажу тебе кремом лицо». Сама даже голову в мою сторону не повернула. «Я не хочу. Он воняет».

У самой воды собака бегает за малышней. То в одну сторону, то в другую. Как заведенная. Припадает на передние лапы и лает на них. А они бросают в нее песком.

Сзади — бац! И потом прекратилось.

«Костя! — снова голос отца. — Брось мяч!»

Я сижу и смотрю на собаку. Только спина стала немного твердая.

«Глухой, что ли? Эй, Константин!»

Сзади мягкие шаги по песку. Мать голову поднимает все выше. Остановилась. Смотрит куда-то мне за спину прямо вверх. Там не отец. На него она по-другому смотрит.

На песок рядом ложится тень.

«Я сейчас принесу, — женский голос. — Все в порядке. Мальчик просто задумался глубоко». Я опускаю голову и смотрю на ее тень.

Длинные волосы. Совсем не так, как у мамы. Тень съежилась и тут же стала большая опять. «Ловите!»

Бац!

«А почему вы с нами не играете никогда? И в прошлый раз вот так же сидели. И в позапрошлый».

Мать смотрит на нее и молчит. Зрачки от солнца превратились в черные точки.

«Ну, ты где там? — голос отца. — Давай быстрей!»

Бац!

Тень покачнулась и исчезла. Мать голову начала опускать. Зрачки вздрогнули и стали расти. А вокруг них такие яркие крапинки.

* * *

Наверное, надо было встать и бросить им этот мяч. Тогда бы она не подошла к нам, и отец бы потом не сказал в машине, что мать — ревнивая дура. Или проколоть его лучше ножом. Острый такой. Отец даже палец себе порезал, когда арбузом всех угощал. А эта с длинными волосами смотрела на него и смеялась. Как будто ее щекотали. И сок у нее по пальцам бежал.

«А ты почему не ешь? — сказал отец. — Опять задумался, что ли?»

Она стоит и смеется. А мать сидит под грибком. На воду смотрит.

Надо было бросить им мяч.

Хотя, бросай — не бросай, веселее от этого никому не будет. Отец все равно продолжал в свой волейбол на пляже играть. А когда наступила осень, все стали ездить в лес. В субботу с утра он уже начинал ходить по квартире и что-то свистеть. Мать говорила: «Не свисти в доме», а он садился на кухне и еще громче свистел. «Любишь футбол, Костя?» И я говорил, что люблю. «Тогда собирайся. Поедем в лес».

А в лесу было лучше, чем дома. Можно было найти боярышник и плеваться косточками в эту с длинными волосами. Из кустов. Откуда никто не видит. Или закатать репейник ей в волосы. Но насчет репейника не хватило духу. Только представлял себе, как будет ножницами его выстригать. Представлял и плевался боярышником. Пока не вытащили из кустов.

«Хватит дурачиться. Будем играть в футбол».

А я не дурачился. Я старался попасть ей в голову.

«Будешь играть в нападении. А я стану в ворота».

Только в воротах он не стоял. Корчил всякие рожи и опять свистел. Но мама уже ничего ему не говорила. Сидела у дерева и смотрела на нас. Наверное, ей важно было, чтобы он не свистел дома. Не знаю. Тогда я этого не понимал. Просто бежал к чужим воротам и забивал. Но мы все равно пропускали больше. Потому что он специально давал ей забивать.

«Они же девушки. Чего ты расстроился? Мы же не будем против них серьезно играть».

Но мне было обидно. Потому что я старался. Мне было важно их победить. А он специально напропускал вначале, чтобы счет получился пять — девять. И когда у них остался один только гол, он вдруг начал ловить. И мне показалось, что сейчас может все получиться. Я стал бегать быстрей и потом сравнял. В животе только что-то болело. Но оставался всего один гол. А эта с длинными волосами бегала вокруг меня и смеялась. А я не смеялся. Потому что мне надо было всего один гол забить. И я думал, что сейчас все получится. Хотя живот уже очень сильно болел. И вот тут он поймал мяч и бросил прямо ей в ноги. Я видел, что он специально ей бросил, но все равно побежал. Потому что мне показалось, что я успею. Но я запнулся и стукнулся головой. А когда посмотрел туда, они уже обнимались. И она кричала: Мы победили». А я встал и пошел в кусты. Потому что я не хотел, чтобы они видели, как я плачу. И еще у меня живот сильно болел.

* * *

Вечером приехал врач и сказал, что это аппендицит. Медленно давил мне на живот, а потом отпускал очень резко. Я подпрыгивал от боли за его рукой. Как мячик.

В «Скорой» мы сидели на каких-то носилках, и отец гладил меня по голове. Я сказал ему, что если умру, то пусть он больше не берет с собой в лес эту с длинными волосами. Он засмеялся и сказал, что я дурак. Аппендицит — совсем несложная операция.

* * *

Ревность — такая штука, что, в общем-то, ее не победишь. Никогда. Сколько бы ты ни старался. Бывают сильные люди, которые могут победить все, что угодно: врагов, друзей, одиночество. Но с ревностью — тут другой разговор. Надо просто взять и вырезать себе сердце. Потому что она живет там. А иначе каждое твое движение все равно будет направлено против тебя. Как будто в болоте тонешь. Чем сильнее стараешься выбраться, тем быстрее уходишь в трясину. Скоро только глаза одни на поверхности остаются. Горят как прожектора. А в нос уже хлынула всякая дрянь. Если хочешь — вдохни. Так и так осталось не больше минуты. Прощай, белый свет. Все было так прекрасно.

Пока не появилась эта тварь.

«Вернусь домой — убью ее, на хуй», — сказал мне один сержант в госпитале, когда нас уже вывезли из Чечни.

«Ты охуел. За что? — сказал я. — Она ведь даже не знает, что у тебя ноги нет».

«Узнает. И я ее потом хуй удержу. Там, дома, знаешь, сколько пацанов с ногами бегает? Носятся как козлы по всему городу, и у каждого по две ноги, блядь, торчит».

Я смотрел на него и молчал.

«Поймать бы того пидора, который эту растяжку рядом с блокпостом натянул. Я бы ему рассказал — для чего нужны ноги. Как в школе учили... С выражением... Слышь, а ты как думаешь, я теперь ботинки смогу за полцены покупать? Мне ведь только один нужен».

Еще рядом со мной в палате лежал омоновец. Его привезли после того, как мне сделали вторую операцию. Он висел в такой люльке из простыней, потому что его переехал задним колесом грузовик, и от таза у него ничего не осталось. Все кости лопнули и перемешались в кучу. Как детские игрушки, которые надоели, и ты их сваливаешь под кровать.

В живот ему зашили резиновый шланг, а к этому шлангу прикрепили бутылку. Так он ходил в туалет. Вернее, он никуда не ходил, а только висел в своей люльке. Просто бутылку время от времени меняли. Выливали и потом приносили опять.

Два раза он умудрялся скопить таблеток. Но врачи есть врачи — они его откачали. Им было без разницы — как ему дальше жить. Правда, потом главврач дал ему слово, что у него все будет стоять, и он перестал прятать в наволочку свои таблетки. Ему было важно, чтобы стоял.

«Ну а ты-то как? — спрашивал он меня. — У тебя девчонка дома осталась?»

И я говорил, что нет.

«Хорошо. А то бы она от тебя ушла. Ты сам-то видел, что у тебя там под бинтами?»

«Нет. В перевязочной зеркала нет».

Я врал. В перевязочной зеркало было. Для сестер. В военном госпитале, где лежат одни пацаны, девчонкам надо за этим делом следить. «Лореаль, Париж. Ведь я этого достойна». Кто его знает — где встретишь свою судьбу. Хотя, что с нас там было взять? Из троих с натяжкой один нормальный пацан получался.

Но я омоновцу про зеркало не говорил. Во-первых, сам не решался к нему подходить, а во-вторых, он никогда бы так и не узнал правду. Сколько ему еще оставалось вот так висеть?

«Зато у тебя там внизу все в порядке, — говорил он. — Работает аппарат».

И я говорил, что да, все нормально.

«А я не знаю теперь, что жене, на фиг, сказать. Уйдет, наверное. Ты как думаешь, главврач мне наврал?»

«Не знаю, — говорил я. — Вообще-то он мужик нормальный».

Но самым страшным в госпитале были сны. Потому что первое время, после того как очнулся, я не помнил, что с нами произошло. Как отрезало. Забыл даже, как в БТР садились. Лежал в бинтах, стонал и ничего не помнил. Больно было, поэтому просто ждал медсестру. А у нее прохладные руки. Чувствовалось даже через бинты. Сначала не знал — как это у них называется, но потом услышал. Кто-то говорил — прамидол. И еще говорили — зачем ты ему набираешь так много? У тебя целых две палаты еще. Потом — ее прохладные руки, укол в предплечье — прямо сквозь корку, которая немного хрустит, — и темнота начинает качаться. Вальсирует и отступает все время назад. И ее голос — ты знаешь, как ему больно? Пусть немного поспит. Голос раскачивается с темнотой, превращается в белую ленту и тает — знаешь, каким его сюда привезли?

Поэтому я все время ждал, когда она придет. Принесет свой тающий голос. «Сейчас, сейчас, не торопись. Ну, что ты? Потерпи немножко».

Потом я начал видеть сны и стал бояться ее приходов. Потому что я вспомнил. Я все увидел во сне.

* * *

— Блядь, он живой! Он живой! — кричал Генка. — Тащи его оттуда! Он там сгорит!

— Снайперов вокруг хуева туча! — Голос Сереги. — Я не смогу туда снова залезть.

— Ползи! Ты видишь, у меня нога перебита?!! Ползи! Я не смогу его достать! Пашка! Ты слышишь меня? Пашка?!! Вон там, в окне, снайпер. Ёбни его, когда Серега к БТРу опять побежит. А я вон тех захуярю. Дай мне еще рожок! Где этот ёбаный капитан?!! Давай, Серега! Приготовился? Раз, два, три! Понеслася!

Беспорядочная стрельба из нескольких автоматов. Потом гулкий удар.

— Хуй вам, суки! — кричит Генка. — Ёбни его, Пашка, гранатой еще раз!

Серега запрыгивает ко мне в БТР, прикрываясь от пламени руками. Пули как дождь щелкают по броне.

— Костя! Костя! — кричит он. — Ты живой? Ты меня слышишь?

Я открываю рот. У Сереги на лице ужас. Он прямо ладонями гасит на мне огонь. Я хочу закрыть глаза, но век уже нет. Они обгорели.

— Сейчас мы тебя вытащим! Капитан уже за нашими побежал. А прапорщика Демидова убили.

И плеер его осколком совсем разнесло. Господи, как же это? Ты же совсем обгорел! А я думал, ты мертвый! Костя, прости меня! Костя! Я думал, ты мертвый!

— Серега! — Голос Генки. — Где ты, блядь, там?!! Давай тащи его оттуда скорее! Надо уходить! Мы долго здесь не продержимся! У меня скоро патронам — пиздец!

Снова шквал автоматной стрельбы. Потом гулко — подствольный гранатомет.

— Пашка! Приготовился? Раз, два, три! Давай, Серега! Пошел!

Серега склоняется надо мной, и от боли я просыпаюсь.

Вот так я вспомнил.

Поэтому теперь я боялся спать. Мне было страшно, когда она приходила со своим уколом.

«Ну, что ты? Чего ты волнуешься? Сейчас укольчик поставлю — и сразу уснешь. Измучился совсем. Ничего, еще две минуты — и не будет больно. Потерпи, сейчас все пройдет».

* * *

«Ну что? Животик болит? — сказал врач, склоняясь ко мне. — Ничего страшного. Аппендицит — это ерунда. Сейчас усыпим тебя, а когда проснешься — все уже будет в порядке. Видишь, вон там, в конце коридора свет? Иди туда. Это операционная».

Они с отцом остались в той комнате, где меня раздели, а я пошел в темноту. Пол был холодный.

«Ты не стой там босиком! — крикнул мне в спину врач. — Забирайся на стол и лежи. Я сейчас приду».

На мне только длинная, почти до пола, рубаха. В правом боку у нее разрез. Круглый как яблоко, но намного больше. Как будто кто-то арбузом рубаху порвал. Не очень большим. Трогаю живот через эту дырку и продолжаю идти. Кругом темно, только впереди светится открытая дверь. Там никого. Я иду — один шаг, другой. Быстрее идти трудно. Больно там, где на рубахе разрез. И ноги мерзнут. Темнота.

А в комнате никого. Светло, но все равно холодно. Потому что осень, и мама без конца говорит, что от домоуправления тепла, видимо, не дождемся — хоть в суд на них подавай, идиоты несчастные, только водку жрать и по телефону матом ругаться. Оденься, Костя, теплей. А то простынешь, и придется пропускать школу. Где твой свитер?

Где? Где? Под диваном — вот где. Один раз надел — во дворе пацаны стали дразнить подсолнухом. Желтые птички, розовые цветы.

А теперь бы нормально. Натянул бы его прямо на эту рубаху с дыркой и свернулся калачиком где-нибудь. Потому что больно. И немного тошнит. Но свернуться негде. Посреди комнаты только какая-то гладильная доска. У мамы почти такая же. Но без ремешков. И лампы у нее такой нет. Огромная — больше таза. А внутри еще четыре горят. Настоящий прожектор. Чтобы гладить, такая нам не нужна. Я всегда помогаю ей гладить.

«А ты чего на полу? — из коридора доносится голос доктора. — Ну-ка, вставай. Я же тебе сказал — забирайся на стол. Ты почему на пол улегся?»

«Там узко. Я упаду».

«Давай, давай. Ты смотри, что придумал! Воспаление легких решил подхватить?»

«А зачем такая большая лампа?»

«Давай, забирайся. Хватит болтать. Помогите ему. Он так никогда не встанет».

Я поворачиваю голову и вижу — ко мне идут ноги в женских туфлях. А врач где-то за спиной продолжает говорить мужским голосом: «Надо же, решил лежачую забастовку здесь нам устроить. Давайте, поднимайте его на стол».

У нее руки тоже холодные, но мне уже почти все равно.

«А ну-ка, приподнимись чуть-чуть».

«Мне больно».

«Я знаю. Сейчас в маску подышишь — и все пройдет».

«В какую маску?»

«А вот поднимись — я тебе покажу».

Стол очень узкий. Она смотрит на меня темной половиной лица и пристегивает мне руки.

«Ну что, теперь будешь плакать? — Голос из-под повязки у нее стал другой. — Ты же у нас будущий солдат. Солдаты не плачут. Ты любишь кино про войну смотреть?.. Что? Говори громче. Чего ты шепчешь?»

Я повторяю: «Люблю».

«Ну вот. А солдатам, знаешь, как иногда бывает больно. И они не плачут. Они должны терпеть. Ты будешь терпеть, когда пойдешь на войну?»

Я киваю головой, но слезы вытереть не удается. Она пристегнула уже обе руки.

«Молодец. Сейчас я тебе вот тут кое-чем помажу — будет немного холодно, но ты потерпи. Ладно?»

Я снова киваю, и она мажет чем-то мокрым там, где на рубахе у меня дыра.

«Нормально?»

«Да».

Мне не видно, чем она там намазала. Чувствую только, что липко. И стало еще холодней.

«Давайте наркоз», — говорит врач. На лице у него тоже повязка.

«Не бойся, малыш, — говорит она. — Маска плотно прилегает? Не верти головой».

Но я не вертел. Я хотел кивнуть, что прилегает плотно.

«Сейчас я включу тебе газ, а ты начинай считать от ста до одного. В обратную сторону. Понимаешь меня?.. Не верти головой».

И я начал считать. Но потом забыл, потому что старался держать глаза открытыми. Чтобы они не подумали, что я уснул. И не начали резать.

«Ты считаешь?.. Да перестань вертеть головой. Думай о чем-нибудь приятном».

Но я вдруг увидел эту с длинными волосами. Как она бежит к воротам и забивает отцу гол. А потом глаза просто закрылись. Я хотел им что-то сказать, но не успел. Кажется — о том, что лучше буду считать сначала.

* * *

— А где Пашка? — сказал я, усаживаясь на переднее сиденье Генкиного джипа. — Опять, что ли, подрались?

— Сегодня Серегу будем искать без него, — ответил Генка. — У него дома проблемы.

— А вчера почему не приехали?

— Вчера у нас у обоих были проблемы.

— А я вас ждал.

— Ничего, — усмехнулся Генка. — У тебя семья теперь новая объявилась. Нашлось, наверное, чем время занять.

— Нашлось. Брата своего водил в школу на «Веселые старты».

— А мамка его чего? На тебя, что ли, пацана своего скинула?

— Да нет. К ней какие-то журналисты американские приехали. С ними была занята.

— Американские? — Он опять усмехнулся. — А отец твой куда смотрит? Уведут телочку. Она такая себе ничего.

— Да это же все по работе.

— Знаю я их работу. Трахаются в своих редакциях без конца. Я бы сам с этой телочкой с удовольствием подружился. На предмет взаимной и бескорыстной любви. Отец-то у тебя уже старенький. Ей, наверное, скучно с ним. Ты как думаешь, полюбит она ветерана чеченской войны? Или сам уже яйца намылил? А, Константин?

Я промолчал и стал снимать куртку. В машине печка работала на полную мощь.

— Обиделся, что ли, Костя? Ты чего? Она же тебе никто. И отца своего ты, между прочим, сам не хотел видеть. Если б не я, ты вообще бы у них не остался.

— Я не обиделся, — сказал я.

— Брось ее вон туда, на заднее сиденье. Чего ты мнешь ее у себя в руках.

Я развернулся, чтобы положить куртку, и в этот момент из ее кармана выпал листок.

— Опа! — Он тут же подхватил его, продолжая одной рукой вести джип. — Это у тебя что такое? Сам, что ли, нарисовал? Ни фига себе ты рисуешь! Классно! А почему никогда не говорил?

— Я вчера только рисовать начал.

— Да ладно тебе! — Одним глазом он смотрел на дорогу, а другим заглядывал в листок. — Сразу, что ли, так рисовать научился?

— До армии еще чуть-чуть рисовал. Один человек меня заставил.

— Умный человек. Спасибо ему скажи. А говоришь — тебя телочки не интересуют. Ты посмотри, какую классную нарисовал! Да еще с длинными волосами! Знаешь, как я люблю длинноволосых телок. Кто это?

— Знакомая моего отца.

— Слушай, вот батя у тебя молодец. С виду уже пердун пердуном, а телки вокруг него — самый цимус. Липнут молодые на старичка. Надо взять у него консультацию.

— Ей сейчас, наверное, лет пятьдесят.

— Да? — Он полностью отвлекся от дороги, чтобы внимательнее вглядеться в ее лицо. — А почему так молодо выглядит? Прикалываешь меня? Слушай, какой-то ты сегодня странный.

— Смотри на дорогу, а то врежемся во что-нибудь.

— Да я-то смотрю. А вот ты про телку мне рассказать не хочешь.

— Нечего рассказывать. Я тогда маленький был еще.

* * *

А теперь большой. Генка тоже. Выросли и ездим по вокзалам — ищем Серегу. Которого нигде нет. Ни бомжи, ни милиция — никто ничего не знает. А Генка ментов не может терпеть. Я разговариваю — он в сторону смотрит. Или говорит, пойду сигареты куплю. В итоге садишься в машину, и под тобой что-то хрустит. Валяются по всему джипу. Но пока не вытащишь, не узнаешь — «Парламент» или «Давидофф». Потому что Генка только дорогие берет. Сбылась мечта идиота. Американский джип и сигареты валяются на полу. Даже не «Мальборо». А в школе, наверное, окурки сшибал. «Слышь, чувачок. Покурим?» Разговор у ДК. Где там, интересно, фрязинская шпана тусовалась?

— Ты пацанов в детстве тряс?

Он смотрит на меня и не понимает.

— Я говорю: копейки у пацанов отнимал?

— А! Ты про это, — он улыбается, припоминая. — Ну да, конечно. А как ты хотел?

Я никак не хотел. Понятно было, что он не в музыкальной школе учился.

— Били?

— Кого?

— Тех, которых трясли.

— По-всякому приходилось. А вообще я драться любил. Стоишь, еще разговариваешь с ним, а в голове уже так... знаешь... весело. И вот тут в животе замирает... Как холодом.

* * *

На милиционере была кожаная куртка. Черная, блестящая, такая гладкая. Сидела на нем коробом и почти не гнулась в локтях. Средневековый стражник в доспехах. Кого они убивают, чтобы содрать кожу такой толщины? Тулья у фуражки как памятник полету Гагарина в космос. Если смотреть снизу, закружится голова. Но на этого можно было смотреть только сверху. Маленькое смеющееся лицо, которому все равно, что оно маленькое. Главное, что над ним кокарда. А в щеках отражается ле-

вый и правый погон. Две узкие лычки. Но шире,
чем возможность сказать ему: «Да пошел ты на хуй,
козел». Намного шире. Под левым глазом такая ро-
зовая пимпочка. То ли бородавка, то ли еще что.

Вот в эту пимпочку Генка ему и уебал.

Всегда было интересно: какие люди идут туда работать? Родители приехали в Москву по лимиту.
АЗЛК или завод по ремонту радиоприемников. Лет
двадцать назад. Родственникам в письмах — мы теперь москвичи. Когда пишешь, даже самому приятно. С этого и начинаешь письмо. Но в гости посмотреть на сынишку — никак. Потому что общага.
И потому что надо приютить не на одну ночь. Не
скажешь ведь — приезжайте, у нас тут такое метро! Покатаемся на эскалаторе, а к вечеру мы вас обратно на поезд посадим. Что дома скажут? «Да какие вы москвичи? Общага, блин, чуть не в Химках.
Лимита!» Сами бы тут попробовали. А мать пи-
шет — приезжайте на внучиков посмотреть. У брата давно уже трое. Мы осенью зарезали кабана. Са-
ла хоть немного возьмете. А Витька все пьет. Трудно у вас в Москве-то там со свининой? На конверте
обратный адрес — деревня Звизжи. А в конце
письма, как всегда, — «Досьвидания». Слитно и с
мягким знаком. И что будешь ей отвечать? Подар-
ков одних надо везти — никакой зарплаты не хватит. Поэтому в итоге проходят все эти двадцать лет.
И вот АЗЛК дал квартиру. Две комнаты. Но мать
уже умерла. И дядя Витя совсем спился. Значит, надо думать о сыне. Есть еще брат, но с ним как-то не
по-людски. Приезжал лет восемь назад. Выпили и
подрались. Сказал — и сын у тебя такой же. А какой? Нормальный. Время настало — пошел работать в милицию. Такая вот жизнь.

А тут подходим мы с Генкой, и Генка бьет его по лицу.

— Дураки вы, — сказала Марина. — С милицией драться.

— Не надо зеленкой, — сказал Генка. — Будет щипать.

— Вы же в Чечне воевали. А теперь зеленки боитесь. Подожди, не верти головой. Я тут вот сейчас помажу.

— Не надо зеленкой. Я же говорю — я ее не люблю.

— А кто любит? Знаешь, как у меня от нее дети визжат. Вас что, заставляли с милицией драться?

Но мы с ними и не дрались. Просто этот маленький мент сказал, что с моей рожей не по вокзалам ездить, а дома сидеть. Чтобы пассажиры не испугались. И Серегину фотокарточку у нас забрал. Тем более что у Генки паспорта с собой не было. Милиционер этот, в принципе, насчет моего лица просто пошутил.

Только Генка его юмора совсем не понял.

Но зато мы капитана нашли.

* * *

— Какого еще капитана? — сказала Марина, когда убрала со стола все медикаменты.

— Нашего. С которым мы ехали в БТР. После того как граната в броню попала, он на блокпост побежал. За пацанами. У него ноги были целые. Если бы не он, нас бы возле этого БТРа снайперы положили. Все бы и остались там.

Марина вдруг застыла посреди кухни с чайником в руке и посмотрела на Генку. Потом она посмотрела на меня. Потом снова на Генку.

— Что? — сказал он. — Зеленкой мазать больше не дам.

— Как же это так? — сказала она. — Вы ведь совсем мальчики.

— Ну, там с крыш тоже не девочки стреляют. Хотя иногда бывают и девочки... Мы однажды зачищали квартал, и я там на чердаке в одной школе...

Я сильно толкнул Генку ногой под столом. Он замолчал и уставился на меня.

— И что? — сказала Марина, наливая чай. — Что произошло в той школе?

— Ничего, — сказал он. — Не могли бы вы мне вот тут еще зеленкой помазать? Кажется, мы одну ссадину пропустили. А я пока насчет капитана вам расскажу.

Когда вошел отец, одной рукой она прижимала Генкину голову к своей груди, другой махала над ним в воздухе и при этом еще дула ему на лоб.

— Здравствуйте, — сказал отец. — Что это у вас тут такое интересное происходит?

— Привет, — сказал я. — Марина нас лечит.

— Лечит? — лицо у него стало еще больше чужим. — А дети где?

Марина отпустила Генкину голову.

— Сейчас я их приведу.

— Здрасьте, — сказал Генка, потирая лоб.

— Что здесь произошло?

Он опустил свой «дипломат» на пол.

— Может быть, ты сначала разденешься? — сказала Марина.

Голос у нее тоже вдруг изменился.

— Константин, я жду объяснений. Константин, ты слышишь меня? Костя!

Я его слышал. Точно так же хорошо, как тогда в машине. Ревнивая дура — сказал он ей. Ревнивая дура. Кому ты нужна со своей ревностью? Сидишь как синий чулок, когда вокруг все веселятся. А мать смотрела на него и молчала. Хотя она тоже слышала его хорошо. Только подбородок начал подрагивать.

— Ты меня слышишь, Костя?

— Я тебя слышу. Не надо на меня орать.

— Что? Что ты сказал?

— Я сказал тебе, чтобы ты заткнулся.

Марина резко повернулась ко мне и схватила меня за руку.

— Костя, подожди!

— Нет, нет, Марина, отойди от него! Что ты сказал мне, сын?

— Я тебе не сын. Твоего сына убили в Грозном, когда сгорел наш БТР. Я — другой человек. Тот пацан, который боялся тебя, остался в том БТРе.

— Подождите, вы оба! — Марина бросалась то к нему, то ко мне. — Николай! Просто ребята подрались с милицией. У них отобрали фотографию того мальчика, которого они ищут. Как его зовут? Я не помню! А потом их выручил тот капитан. Помнишь? Костя рассказывал, что он с ними в Грозном вместе ехал в тот день. Просто у него ребенок на вокзале потерялся! Он его к бабушке хотел отвезти. А когда он пришел за ним в милицию, то там увидел ребят, но их милиционеры уже побили. И еще он им обещал помочь найти этого мальчика. Я не помню, как его зовут!

— Сергей, — сказал Генка. — Мальчика зовут Сергей. Только он давно уже не мальчик.

— Да? — сказал отец. — Что же вы мне сразу не рассказали?

— Ты не слушал, — сказал я. — Поехали, Генка.

— А ты не останешься с нами? — сказала Марина.

— Нет, — сказал я.

* * *

В Подольск Генка везти меня не захотел. Сказал: у меня переночуешь. Теща уехала к родственникам в Рязань.

— Лучше бы она совсем туда отвалила.

— Проблемы?

Он не ответил, но по его лицу я понял, что да. Я представил себе его жену — сгорбил ее, дорисовал морщин, сделал пожиже волосы, надел на нее домашний халат и посмотрел на то, что получилось. Потом нарисовал рядом Генку. Каким он будет через тридцать лет. Потом Пашку, потом Марину, потом себя. Мы все были маленькие и поместились в правый нижний угол листа. Основное поле осталось чистым. Я чувствовал, что там что-то есть, но прикасаться к этому пока не решился.

Свое лицо рисовать было легче всего. Оно не состарилось. Просто стало еще темней.

— Ты чего задумался? — сказал Генка.

— Ничего. Просто думаю — что с нами будет.

— А чего тут думать? Сейчас приедем — водки возьмем.

Насчет водки я был согласен. После всего, что произошло, без нее обойтись было бы трудно.

Можно, но как-то не так.

— Подожди, — говорил Генка, когда все уже улеглись спать. — Сейчас я угадаю, кто это.

Он наливал нам обоим, выпивал, смотрел на мой рисунок и говорил:

— Замкомвзвода. Точно? Ему легкое прострелили в Урус-Мартане. Я помню. А ну-ка, давай еще.

Я рисовал, он морщил лоб, снова наливал водки.

— Чего-то этого я не помню. Кто это?

Я дорисовывал шлемофон.

— А! Это Петька — водитель из транспортной бригады.

Я рисовал еще.

— Танечка — медсестра... Артиллеристы — я у них спирт менял на сапоги... Командир батальона... А это... Подожди... Что это у тебя?

— Это взрыв. Кумулятивный снаряд прожигает броню... Ну... мне кажется, что он ее так прожигает.

— Понятно. А это чего?

— Это духи стреляют с крыш.

— Где они? Тут у тебя одни окна.

— А вот огоньки. Видишь? Каждый огонек — выстрел.

— Так ты рисуешь все простым карандашом. У тебя тут, блин, все серое. Подожди, я у дочки сейчас цветной поищу. Тебе какой принести? Или все сразу?

— Да не надо. Разбудишь еще.

Но он уходит, задев по дороге стол. Пока его нет, я все равно рисую. Возвращаясь, он снова толкает стол и рассыпает пригоршню цветных карандашей на пол.

— Да брось ты их, — говорю я. — Мне удобней простым.

— Ни фига себе, — говорит он, дыша мне в щеку сладким запахом водки.

Он смотрит на танк, который попал в засаду на узкой улочке и которому через минуту конец. Он смотрит на то, как из БМП вынимают солдата, у которого разорвана грудь. Он смотрит на то, как другому солдату зашивают живот прямо на земле. Он смотрит на то, как взлетает тело от взрыва противопехотной мины. Он смотрит на то, как, пригибаясь, бегут в укрытие наши пацаны и как один из них взмахивает руками и приседает как птица, когда в него попадает пуля, но он еще не успел этого понять. Генка смотрит, как я рисую, а я слышу его дыхание у себя за спиной.

— Подожди, а это чего?

— Это наш лейтенант. Со своими детьми.

— Так его же убили. А у тебя ему тут лет тридцать пять. Он же молодой был совсем. И детей у него не было.

— Ну и что? — говорю я. — А здесь он с детьми. Могли у него потом родиться дети?

Генка долго молчит, смотрит на мои рисунки.

— Ты знаешь чего? — наконец говорит он. — Дай их мне. Все.

— Возьми, — говорю я. — Я просто так их нарисовал.

* * *

На следующее утро заехали за Пашкой и все втроем отправились в Ярославль. Генка сказал, что, может, кто-нибудь из однополчан что-то слыхал про Серегу. Мало ли куда он мог зарулить. В Ярославле жил один пацан из нашей роты.

— А по вокзалам шарахаться смысла уже никакого нет. Всех бомжей там достали. Видал, Пашка, как нас отфигачили менты?

Генка повернулся через сиденье и показал Пашке свое лицо. Я тоже посмотрел на него, хотя видел уже много раз эти ссадины. Просто за все это время Генка впервые с Пашкой заговорил.

Тот дернулся к окну, как будто хотел отвернуться, но на него эта рожа смотрела в упор. Перемазанная в зеленке. Не знаю, почему Генка в атаку пошел.

— А ты знаешь, Костя какие рисунки рисует?

Офигеть можно. Я тебе потом покажу. Там, на этих рисунках, все наши.

Мы ездили каждый день. Мы были в Твери, мы были в Калуге. Мы ездили во Владимир. За неделю мы объехали пять городов. Я ночевал во Фрязине то у Генки, то у Пашки, а наутро мы снова садились в джип и ехали к кому-нибудь из тех, с кем вместе служили в Чечне. Пили водку, разговаривали, вспоминали войну, слушали семейные истории. Иногда я говорил, что выйду покурить, и долго стоял где-нибудь в подъезде, трясясь от холода и выдыхая в темный воздух прозрачный пар. Первые пять минут — чтобы успокоиться, а потом — чтобы дорисовать в голове то, на что у судьбы не хватило времени. Или желания.

Одному я дорисовывал ногу, другому жену. Третьему — убитых друзей. Четвертому — чтобы ребенок был здоровый. Я рисовал сильными этих пацанов, их жен красивыми, а детей — смешными. Я рисовал то, чего у них нет. Карандашами у меня бы так не получилось.

Но ни один из них про Серегу ничего не знал.

— Куда ты опять исчез? — говорил Генка, когда я возвращался на кухню, где от сигаретного дыма дышать было просто нечем.

— Курил.

— Прикалываешься? Поехали. Сегодня мимо опять.

— Ну, давай, братан, — говорил он, прощаясь. — Может, тебе лекарств каких привезти? Тебе чего доктора прописали?

И незаметно мы стали объезжать все те же места еще раз. По второму кругу. А где и по третьему. Зависело от того, удалось ли за один раз все привезти.

— Вот смотри, здесь у тебя от печени. Это для кровообращения. Мне в аптеке сказали, что помогает — просто зашибись. Будешь по потолку бегать. А это витамины — их тоже полезно жрать.

— А прибор для измерения давления?

Генка смотрел на него, потом на меня, потом на Пашку.

— Вот, блин. Хули ж вы мне не напомнили? Ладно, братан, мы тебе эту байду в следующий раз привезем.

А потом он начал оставлять им деньги.

— Ты знаешь, ты давай, сам там себе чего-нибудь купи. Или жене. Тут вроде немного, но хули мы будем мотаться туда-сюда? Да ладно, брось ты... Потом рассчитаемся. Земля круглая — с нее просто так хуй что упадет. Все на ней остается.

Пашка смотрел, как Генка отдает деньги, и я чувствовал, что он теперь по-другому сидит на заднем сиденье, когда мы едем домой. Не так, конечно, чтобы сесть вперед, потому что мне все равно было, где сидеть, но уже и не так, чтобы совсем в углу, у самой двери, и лицо — на девяносто градусов от той точки, где начинается Генкин затылок.

Вот только про Серегу мы не узнали ничего.

* * *

Как нарисовать ожидание? Бесконечная прямая линия, которая не упирается ни во что? От листа, на котором ты начал ее чертить, остается только воспоминание. Белое и квадратное. А мог быть рисунок. Кошка или собака. Или ребенок и дом. Но ты начал чертить линию. Теперь тебе уже не остановиться.

Русская женщина в Грозном. Лет пятьдесят. Заплакала, когда мы подъехали и спрыгнули с брони. А может быть, плакала и до нас. Потому что муж был чеченец. Вместе учились в педагогическом. Забили насмерть в следственном изоляторе в Чернокозове. Наши. До войны преподавал биологию. Пряталась потом с другими русскими бабами в подвале вместе с детьми. Пока чечены не бросили туда гранаты. Сначала одну, потом другую, и потом, кажется, третью. Она точно не помнит. Знает только, что у нее никого больше нет. Помнит взрывы и лица детей еще помнит. «Человек сидит в тюрьме — у него срок есть. Он знает, чего ему ждать. А у меня даже срока нет». Дождь по лицу мелкий, и мы в лужах стоим. Автоматы позвякивают, потому что мы в лужах переступаем. Ждем команды. Даже не курит никто.

Как нарисовать ожидание?

Прямая линия делает зигзаг и чертит сетку дождя. Из нее выныривают деревья, потом дорога, низкие тучи и, наконец, трое нас. Мы скользим над дорогой, как три мрачные тени. Впереди никого. Только ворон с криком срывается с дерева. Мы растворяемся в пелене.

Лист становится серым.

* * *

— Тут меня подождите, — говорит Пашка, выходя из машины. — Мне надо кое-что домой купить.

Как только он хлопает дверцей, Генка закуривает и начинает барабанить пальцами по рулю.

— Кончай, — говорю я через минуту.

— Что?

И взгляд у него такой непонимающий. Как будто проснулся.

— Пальцами перестань стучать.

— А, — он кивает мне головой. — Ладно.

И еще через минуту:

— Слышь, Костя?

— Что?

— Я насчет этих твоих рисунков...

— Каких?

— Ну, помнишь, ты у меня дома нарисовал? Про войну.

— Помню.

Он немного молчит и быстро затягивается три раза.

— Много там наших убили. Лейтенанта жалко. Помнишь его?

Я киваю головой, хотя знаю, что он на меня не смотрит. И я знаю, что он знает, что я кивнул.

Потому что вопрос дурацкий.

А может, и не такой дурацкий, если подумать — сколько у лейтенанта было времени, чтобы мы смогли запомнить его. Две недели. Одна неделя и еще пять дней. Потому что на тринадцатый день он уже был «груз 200». Хотя говорил, что не верит в число «тринадцать». И в черных кошек. И вообще — во всю эту фигню. Ему в училище рассказали, что всего этого не существует. Что есть только тактическое умение и предполагаемый противник. Но мы знали, что все это есть. Поэтому учились креститься. Сначала как-то не так — рука деревянная. Тычешь себя в лоб и в живот — вроде бы нормально, потому что точно знаешь, что надо в лоб и в живот, а вот насчет плеч, какое из них первое, с этим проблемы. Не сразу запоминали — левое или правое. Некоторые так и не успели запомнить. От этого еще внимательнее старались насчет плеч. Потому что, фиг его знает, а вдруг он эту растяжку зацепил сразу после того, как не в ту сторону перекрестился.

Но потом уже становилось легче. Рука привыкает. Просто сама скользит. Стоит только автомат через плечо перекинуть. Или услышать, как они там в развалинах кричат.

Правое плечо, потом левое. Справа налево. Не как в прописях, а наоборот. Туда-сюда, туда-сюда. Как затвор у автомата. Только не так быстро. Потому что рука ведь, а не затвор. Но если бы мог, то фигачил бы с такой же скоростью, как затвор. Потому что надо.

А в развалинах кричат: «У-аллаху акбар!» И тогда ты начинаешь справа налево. Уже не путаешь ничего.

— Помнишь лейтенанта? — говорит Генка.

Я киваю в ответ головой.

В лоб и в живот. Чтобы наверняка. А может быть, сразу два снайпера стреляли. Не знаю. Наверное, конкуренция. Им за офицеров платили больше. Кто из них, интересно, за нашего лейтенанта получил?

Сначала лоб, потом живот, потом правое плечо, потом левое. Важно ничего не перепутать. Поп, который нас всех крестил, что-то на эту тему рассказывал. Из-за чего там лоб, и почему потом живот, и зачем после него правое плечо. Какой там в каком месте святой дух. Но попа быстро убили, и он не успел нам это столько раз повторить, чтобы мы смогли запомнить. И мы не запомнили.

«Рота! Правое плечо вперед!»

Наверное, деньги получил тот, который попал в лоб. Хотя, как он смог доказать, что это была его пуля? Бабки есть бабки. Второй, наверное, тоже был не дурак. Кто же откажется от халявных денег? Взял да и сказал, что это он в лоб нашему лейтенанту целился. Хотя, они вообще-то все такие религиозные чуваки. Типа бог все равно ведь все видит.

Хоть он и Аллах, а не бог.

Но деньги есть деньги.

— Слышь, Костя, — говорит Генка. — Я хотел с тобой насчет этого бабла переговорить.

— Какого бабла?

— Ну, насчет этих денег, из-за которых у нас с Пашкой...

— Я уже слышал все это сто раз.

— Да нет. Я тебе другую байду хочу рассказать.

— Какую байду?

— Другую.

Но я все равно уже знал, что он мне сейчас скажет. Потому что Генка когда говорит — про него все заранее известно. Про то, что он хочет сказать. Только лейтенант этого не знал. Пока был жив. Поэтому удивился, когда Генка собрался вернуться за подстреленным пацаном. «Своих не бросают, лейтёха», — сказал он. И я знал, что он именно так скажет. У него всегда видно все по лицу. Хотя он думает, что он очень хитрый. И может всех обмануть. Не знаю. Наверное, кого-нибудь может. Но не меня. Как и насчет этих денег. То есть вначале я еще не понимал — кто забрал себе бабки, но потом мне уже было ясно все. После того как в джипе с ними поездил.

А лейтенант ему говорит: «Но он ведь уже мертвый». И Генка опять отвечает: «Своих не бросают, лейтёха». И я снова знал, что он скажет именно так.

А духи по рации бубнят и бубнят: «Лейтенант, уводи своих пацанов оттуда. Слышишь, эй, лейтенант. Мы сейчас к вам придем. Мы вас живьем будем на бинты резать. Уводи пацанов, лейтенант». А Генка говорит: «Ты с ними тут пока побеседуй. С чурками». И ушел. А когда вернулся, духи лейтенанта по рации уже по имени называли: «Саша, ты меня слышишь, Саша? Передай своим, чтобы отозвали этот ебаный вертолет. И уходите оттуда. Прямо сейчас уходите». — «Дурак ты, лейтёха, — сказал Генка. — Ты бы им еще адрес свой дал». А через два дня лейтенанта убили. В лоб и в живот. Две пули. Даже не из снайперской винтовки. Из обычного «калаша» лупят за полкилометра. И гранатометы делают из простых труб.

Город мастеров. В детстве был такой фильм-сказка.

А теперь Генка смотрит на меня и говорит:

— Это я деньги забрал.

А я смотрю, как Пашка подходит к джипу.

— Слышь, Костя, — Генка трогает меня за плечо.

И тогда я говорю:

— Я знаю.

Пашка открывает дверь и садится на заднее сиденье.

— Надо же, — говорит он. — Все у них есть, а специальной посуды для микроволновки у них нету.

* * *

— Да ладно, брось ты ее, — сказал Генка. — Не поднимай. На счастье разбилась.

— Дети же бегают, — сказал я. — Наступят еще.

И стал собирать. Тем более что все равно уже под стол опустился, и, чтобы снова садиться на табурет, надо было еще накопить сил. Под столом. Чтобы голова меньше кружилась.

— Смотри, не порежься, — сказал сверху Генка. — Ты как там?

— Нормально.

— Порезался?

— Да.

Слова все короче, потому что на длинные тоже силы надо копить.

— А мы тебе уже налили.

— Я сейчас.

И голос какой-то другой. Тянется. Но пока все равно узнаю — мой голос.

— Мелкие, блин, — говорю моим голосом.

— Тряпкой надо, — Пашка своим голосом говорит.

— Нету, — говорит Генка. — Я ее выбросил. Мы уже налили тебе. Ты где?

— Я здесь.

У Генки слов больше, потому что я торопился. Потому что мне не в кайф было сидеть и слушать, как они молчат. Я-то почему должен был напрягаться? Моих денег там не было. Там, откуда Генка их взял. Поэтому я говорил: не хотите, ну, как хотите, а я, наверно, еще одну. И от этого слова постепенно стали короче. И даже не постепенно, а довольно быстро. Сначала стало плавно внутри, а потом слова стали короткие. Потому что не очень нужны. Протягиваешь руку и наливаешь. Или просто киваешь головой. Даже когда не спрашивают. Сидишь внутри себя, как в космическом корабле. На запросы не отвечаешь. «Земля, Земля, вас не слышно. Плохой сигнал. Как слышите меня? Прием». И управление уже ни к черту. Где тут у них тормоза? Сидишь и смотришь в безвоздушное пространство. С удивлением. Потому что в иллюминаторах одна муть. И даже не голубая. Но топлива еще до фига. Это радует.

— Ты долго там будешь сидеть? — Генкин голос из Центра управления полетами. — Водка прокиснет.

— Сейчас.

Говоришь медленно, потому что связь уже совсем никуда. Плохая связь. Космос полон космической ерунды — метеориты, звезды, туманности. Туманностей больше всего. Сплошные помехи. Бесконечная толкотня. Вместо того чтобы всем сидеть у себя дома.

Но вдруг связь становится лучше. Почти нормальный сигнал.

— Давай за Серегины ходки. Кого он вытащил после нас?

— Михалыча.

— Давай за водилу Михалыча.

Замолчали. Я вытираю ладонью с пола свою кровь. Бесполезно. Все равно капает. После молчания — снова приличный сигнал.

— А потом?

— Потом, кажется, капитана.

— Значит, следующую накатим за капитана.

Пытаюсь связаться. Прямо из-под стола.

— Чего ты там говоришь? Костя, ты не мычи. Давай вылезай оттуда. Жена потом соберет. Смотри, кровью весь пол устряпал.

Тщательно настраиваюсь на связь:

— Сначала был капитан. Потом — Михалыч.

В эфире — молчание.

— Ты уверен?

— Да.

— Ну ладно. Тогда сейчас накатим за капитана. А за Михалыча потом еще раз.

Я говорю:

— И за Серегу.

Они говорят:

— И за Серегу.

Я говорю:

— Потому что его нигде нет.

И выбираюсь из-под стола. В правой руке осколки.

— Говорил тебе, блин, порежешься. Давай их сюда.

— Я сам.

Но мне все равно радостно. Потому что мы снова втроем. А не по отдельности. И вокруг больше не космос. Генкина кухня. Осколки я все собрал.

Генка говорит:

— Чего ты такой довольный?

Я говорю:

— Я улыбаюсь.

Он говорит:

— Я вижу.

Я говорю:

— Наливай.

* * *

Мы ездили по Москве и по другим городам уже почти две недели. За полмесяца в Генкином джипе я увидел столько, сколько не видел, наверное, года три. Оказалось, что мир вокруг стал совсем другим, и мне было интересно смотреть на него из окна машины. Тем более что стекло было тонированным. Я бы и раньше не отказался поездить, чтобы не пугать прохожих своим лицом, но особенно как-то не предлагали. До того как врачи окончательно сняли бинты, ходить по улицам еще было нормально, а потом стало уже не так. Особенно, когда встречал знакомых. Даже не знаю, кому было неудобней — мне или им. Потому что надо ведь стараться. И как бы не замечать. Поэтому больше сидел дома и в квартирах, где делал ремонт. С хозяевами общался по телефону. А когда они приходили, то им, в общем, было на что смотреть. Почти не прикидывались.

Мир из окна машины выглядел немного приплюснутым, но мне все равно приятно было на него смотреть. Хоть он и убегал постоянно назад и вправо. Потом стал убегать влево. И это тоже было хорошо. Потому что Пашка наконец пересел на мое место. Не знаю, о чем они говорили с Генкой в ту ночь, когда я порезал себе руку под столом, но о чем-то они, видимо, поговорили. И Пашка теперь сидел на переднем сиденье. И они обсуждали свой бизнес. Вернее, Генка его обсуждал. А Пашка иногда кивал головой. Но это и значило, что они обсуждали. Пашка по-другому обсуждать не умел.

А я сидел сзади и рисовал. И Генка почти не ворчал, что ему приходится медленно ехать. И еще иногда стоять. Чтобы я успел нарисовать собаку. Или мента. И ту девушку, на которую мент засмотрелся. Потому что там много было всего. За окном. От этого скоро весь пол в машине был завален бумагой.

— Я тебе говорю — цветными карандашами рисуй, — повторял мне Генка. — Ну, не видно, какой у тебя светофор — красный или зеленый.

— Машины же трогаются, — говорил я. — Разве не видишь? Значит, зеленый.

— А может, они останавливаются.

— Сам ты останавливаешься. Поехали, хватит стоять.

И мы ездили. А я рисовал. Рисовать мне нравилось даже больше, чем смотреть в окно. Я хотел, чтобы весь мир остался у меня на бумаге. Когда я снова вернусь домой. Потому что телевизор показывал совсем не то. Я вдруг понял, что все совсем по-другому. И линии, и краски, и даже просто свет. Хотя, конечно, простым карандашом свет нарисовать было трудно. Тут Генка не врал. Но я старался.

Чтобы у меня все осталось, когда мы Серегу найдем.

А Серега не находился. Мы снова ездили по всем вокзалам, но его там не видел никто. Мама в детстве говорила: «Как в воду канул». Когда по вечерам с работы ждала отца. И в окно смотрела. Еще до того, как он совсем от нас ушел. А я говорил: «Какнул», и она смеялась. Но потом опять смотрела в окно. Как я теперь. Только рядом не было ни Генки, ни Пашки.

И еще она говорила, что надо уметь ждать. Надо уметь ждать и верить. Тогда все получится. Но я не знал, что она имеет в виду. Поэтому ждал того, что мне было понятно, когда кончится четверть, когда будут деньги на велосипед, когда заболеет математичка, а потом — когда директор Александр Степанович вернется со своего Черного моря, и мы снова начнем рисовать, но он все никак не возвращался.

Однажды я рассказал ему про то, что мама говорила насчет «ждать и верить». Потому что я лично тогда уже знал, что она впустую верит и ждет. Но он мне сказал, что я дурак.

— И свою иронию ты можешь себе засунуть сам знаешь куда. Все равно, пока жизнь тебя не треснет мордой об стенку, ты в этом деле ничего не поймешь. А может быть, не поймешь, даже после того как треснет. Но если хочешь, могу рассказать.

И я сказал, что хочу.

— Тогда слушай. Ждать — это значит испытывать благодарность. Просто радоваться тому, что тебе есть чего ждать. Смотришь в окно и думаешь: «Спасибо тебе, Господи. И всем остальным спасибо. Голубю — за то, что пролетел. Собаке — за то, что пробежала». Понятно?

— Нет, — говорил я.

— Ну и дурак. Если повезет, когда-нибудь поймешь. Просто за твоей благодарностью ожидания даже не будет видно.

— Птицам, что ли, спасибо надо говорить?

— Дурак ты, — говорил он и наливал себе водки.

А теперь я смотрел из окна Генкиного джипа и понимал, что он хотел мне сказать.

— Закрой окошко, — ворчал Генка. — Холодно.

* * *

А через два дня Серега нашелся сам. Мы снова сидели втроем у Генки на кухне и пили чай, когда внизу в джипе сработала сигнализация.

— Блин, башку оторву этим пацанам, — сказал Генка и подошел к окну.

Водка к этому времени уже всем надоела. Даже Генкина жена сказала, что больше не может нас ругать. «Придумали бы что-нибудь новенькое». Поэтому теперь она сидела с нами, ела конфеты и перебирала то, что я нарисовал. Больше всего ей нравился пекинес, который прыгал в сугробе, а за ним скакала большая ворона и дергала его за поводок. Вороне казалось, что от нее бегает мышка.

— А это что? — говорила Генкина жена.

— Это дети.

— А почему они так сидят? Ручки под себя подложили.

— Их родители ушли в ресторан и оставили их с другими детьми. Они ждут.

— А почему они не играют?

— Они не любят этих чужих детей.

— Понятно. А это что?

— Родители вернулись ночью, а дети уснули везде на полу. Теперь они их собирают. Потому что на улице уже зима, и надо надевать теплые куртки. Но родители пьяные, а дети спят.

— Ты что, это все придумал?

— Нет, вспоминал. Просто думал о том, как нарисовать ожидание.

— А это что?

— Здесь человек ждет, когда ему снимут гипс. Медсестра вышла, а он сидит и ждет. Они всегда выходят.

— Слушайте, — сказал Генка, вглядываясь в сумерки за окном. — Это не пацаны. Там какой-то мужик стоит. Он сюда смотрит. На фиг он мне машину толкнул?

— Кто это? — сказала Генкина жена.

— Не могу разобрать. Темно уже. Кажется, кто-то знакомый.

— Ну-ка, дай я посмотрю.

Она подошла к окну, и следом за ней Пашка. А я не пошел, потому что я знал, кто там стоит внизу. Теперь в окно смотреть было уже не обязательно. Потому что так должно быть. Именно так. Пришел и толкнул машину.

На этом мое ожидание закончилось.

— Пойдемте вниз, — сказал я. — Это Серега. Он номер твоей квартиры забыл.

* * *

Обычно уходит дня три, пока привыкнешь к тому, что умер друг. Не один день и не два. Иногда даже трех мало. Каждый раз, когда вспоминаешь о нем, говоришь себе: он умер. Но сам чувствуешь, что пока врешь. Не в смысле, что он не умер, а в смысле, что ты еще не готов говорить эти слова. Звучат, но пустые. Не связаны с жизнью. Между ними и реальностью какая-то пустота. Чувствуешь этот зазор и не понимаешь — что там внутри его. Поэтому повторяешь как можно чаще: он умер, он умер, его больше нет. И все равно врешь. Пока три дня не пройдут, по крайней мере. Тогда уже вроде бы ничего.

У девчонок, наверное, точно так же, когда они рожают. То есть им кричат: «Тужься, тужься», и потом раз — она говорит себе: «Я мама». Сколько времени проходит, пока она это поймет? В смысле — не только скажет. Тоже, наверное, дня три. Ходит по роддому и говорит: «Я мама. Сейчас ребеночка принесут». Смотрит на надписи на стенах, плакаты разные, халатик у горла придерживает и начинает привыкать — ага, это про меня. Я — мама. Но все равно надо дня три, наверное, пока поймешь, что ты мама. Или — что умер друг.

Но Серега не умер. Он просто на полмесяца пропал, а потом сам нашелся. И мы теперь могли ехать домой. Вернее, я мог. Потому что Генка с Пашкой оставались во Фрязине.

* * *

И я поехал. Правда, сначала не домой, а к отцу. Не знаю, почему решил к нему заехать. Такое ощущение было, как будто не сказал ему чего-то еще. Сам не знаю — чего. Но ощущение было. Поэтому Генка плечами пожал. Сказал: «Не хочешь, как хочешь, мне же лучше, только ты уверен, что на электричке будет нормально?» А я сказал: «С каких это пор ты у нас стал заботливым таким?» И поехал. Потому что мне самому хотелось на электричке.

Но отца дома не оказалось. Был только Славка. Он сидел у себя в комнате и что-то писал. Шептал себе под нос — кораблик-кораблики, журавлик-журавлики. В окно смотрел и теребил уши. Я ему сказал: «Это что?» Он ответил: «Множественное число задали на дом самостоятельно проходить», и мы долго молчали. Вернее, он шептал, а я его слушал. Своего брата. Как он изучает множественное число.

До тех пор, пока он не спросил меня, кто такой Бармалей. Я сказал, что это такой разбойник, который сначала был злым, но потом исправился и помогал доктору Айболиту, а что? И он сказал — ничего, просто в последнее время мама его часто так называет, а он не знает, кто это такой. Мультиков про него нету.

— Хочешь, я тебе его нарисую? — сказал я.

И он ответил:

— Хочу.

— Тогда давай карандаш.

И пока я рисовал, Славка рассказывал мне про то, что происходит у него в классе. Что Димка может отжаться от пола тридцать раз, что Лысый раскачал себе зуб пальцем, что из другой школы пришла новая девочка, и мальчишки из-за нее подрались, что сам Славка бросил в Лысого дневником, но тот увернулся, и дневник попал в стекло, а за стеклом было чучело утки и еще чучело белой совы, и везде были стекла, и Мария Николаевна кричала, чтобы никто не подходил, и отвела Славку к директору, а директор сказал привести родителей, но Мария Николаевна сказала, что они даже на родительское собрание не пришли и не сдали на ремонт класса, и директор спросил, почему, и Мария Николаевна сказала — не знает.

— А почему они у тебя не ходят на родительские собрания? — сказал я, дорисовывая саблю, похожую на кривой топор.

— Они ругаются, — сказал Славка. — И в тот вечер ругались, когда собрание шло. Мама сказала, что деньги на ремонт класса сама потом занесет.

— А чего это они ругаются?

— Потому что мы к бабушке уезжаем.

— К какой бабушке?

— К моей. Которая мамина мама. А папа остается один.

— Как остается? Надолго?

— Не знаю. Мама сказала: ему надо мозги лечить. И еще сказала, что следующую четверть будем заканчивать у моря. А может быть, полугодие. Ты умеешь плавать?

— Умею, — сказал я.

— А правда, что в море из-за соленой воды нельзя утонуть? Лысый сказал, что соль тебя сама на поверхность выталкивает. Правда?

— Не знаю. Я в море не плавал.

— Совсем никогда? — Он облокотился на стол и заглянул мне в лицо. — А я скоро буду.

— Тебе везет, — сказал я. — А что отец говорит?

— Ничего. Маму называет дурой. И пьет водку.

— Понятно... Короче, смотри — вот тебе Бармалей. Такой вот разбойник.

— Нестрашный совсем.

— Да. Он больше смешной. А книжки про него у тебя разве нету?

— Нет. У меня только диснеевские — «Красавица и чудовище», «Русалочка», «Аладдин». Принести?

— Да нет, не надо. Я, пожалуй, пойду.

— Не будешь папу ждать?

— Нет. Теперь, наверное, не буду.

У самой двери я обернулся:

— Знаешь что?

Славка с готовностью посмотрел мне в лицо.

— Передай отцу, что мы нашли своего друга. Которого искали. Вернее, он сам нас нашел. Оказывается, он просто сдал квартиру на время, а сам ездил в Крым.

— Купаться в море?

— Да нет, наверное. Сейчас уже холодно. Просто у него там еще есть друзья.

— А когда в море можно купаться?

— Летом. Ну, еще немного весной. Только все равно вода будет холодная.

— А я думал — даже зимой можно, — разочарованно протянул он. — Там же юг.

— Не расстраивайся, — сказал я. — Время очень быстро идет. Раз — и уже лето. А пока будешь плавать в бассейне.

Он пожал плечами и опустил голову:

— Я в море хотел.

— Не вешай нос, — я потрепал его по волосам. — Все будет в порядке. Передашь то, о чем я тебе рассказал?

Он вздохнул и снова посмотрел на меня:

— Передам. А ты к нам когда-нибудь приедешь?

— Куда?

— На море.

Я смотрел на него и не знал, что ему сказать.

— Я постараюсь.

— Правда?

— Можешь рассчитывать на меня.

Я протянул ему руку, он пожал ее и закрыл за мной дверь.

— На второй замок тоже, — сказал я погромче, чтобы он услышал меня.

— Мама днем на один закрывает, — тихо ответил он из-за двери.

Через минуту я вышел из подъезда и глубоко вздохнул. Во дворе бегали собаки. На солнце ярко блестел снег.

* * *

В Подольске его было еще больше. Он скрипел под ногами, путался в волосах, прилипал к ботинкам. Люди выскакивали из электрички, взмахивая руками, и бежали домой. А мне нравилось идти не спеша. Подставлять лицо снегу.

Потому что холодный. И потому что я знал, что можно больше не торопиться.

— Скажи «пакет», — говорила женщина впереди меня своему ребенку.

Пацан вертел головой, отмахиваясь от снежинок, смеялся и сосал чупа-чупс.

— Скажи «пакет».

— Не хочу.

— Скажи «пакет».

— Не буду.

— Пока не скажешь, не отвяжусь от тебя.

Пацан вытащил изо рта конфету и выстрелил как пулемет:

— Капет, капет, капет!

Она рассмеялась и сказала:

— Неправильно. Скажи еще раз «пакет».

Я поднял голову. Больше всего снега кружилось вокруг фонарей. Целые тучи.

* * *

— Слушай, ты уже приехал? — сказала Ольга, когда я открыл ей дверь. — А я заходила несколько раз — у тебя тут все тихо. Я думала — может, случилось что.

— Да нет, ничего не случилось. Просто надо было съездить в Москву. А потом задержались. Ты проходи.

— Да я на минутку. Посмотреть хотела — не появился ли ты.

Глаза у нее попросили прощения. Заранее.

— Что, опять Никита не спит? — сказал я.

— Мы, наверное, тебя заколебали.

— Да нет, все нормально. Подожди, я только закрою дверь.

Увидев меня, мальчишка сразу же убежал в свою спальню.

— Что же ты солдатиков на ковре оставил? — сказал я, входя следом за ним. — Своих не бросают. На вот, возьми.

Он протянул руку и взял у меня своих человечков.

— Спасибо.

— Давай, скорее ложись спать.

Он стянул с себя штаны и рубашку и быстро нырнул в постель.

— А ну-ка, хватит вертеться, — сказал я через минуту. — Чего ты там хихикаешь?

Из-под одеяла появился один глаз. Потом другой. Темные, как две сливы.

— А я знаю.

— Что ты знаешь?

— Знаю-знаю.

— Да что ты там знаешь?

— Что ты не страшный. Это у тебя просто такое лицо.

— Так, ну-ка, быстро давай спать. А то... позову твою маму.

Он снова хихикнул и спрятался под одеялом.

— Не уйду, пока не уснешь.

Еще через пять минут я заметил на столе лист бумаги. Рядом лежал карандаш. Когда вошла Ольга, я уже почти закончил.

— А чье это лицо? — сказала она. — Как будто знакомое.

— Мое, — сказал я и положил карандаш.

Никита громко сопел под одеялом.

АВТОБИОГРАФИЯ

Человек рождается на свет в такой форме и в таком состоянии, что он одним своим видом способен растрогать любое сердце. Чем больше проходит времени, тем меньше остается желающих его полюбить.

Это не то чтобы несправедливо, но тем не менее от этого немного обидно. Получается, что самые главные свои победы ты одержал, когда в длину был не более шестидесяти сантиметров. После этого все уже шло на спад.

Самое трудное на свете — рассказывать о себе. Проблема выбора слов. Какое прилагательное описывает то, что является тобою? И тем более — то, что являлось. Поскольку суть любой биографии таится в грамматической категории прошедшего времени. Будущее время легкомысленно и поверхностно. У настоящего слишком сухие черты. Американцы говорят: «businesslike». Отсюда — легкое волнение и глуповатый вид, когда начинаешь вспоминать то, что было. Потому что, в конце концов, все это важно только для одного человека. Для одного-единственного. Даже твоих детей это интересует не больше, чем документальные фильмы от «National Geographic». Хотя и не меньше. Что радует, поскольку в этом отношении ты можешь рассчитывать, по крайней мере, на то же внимание, что африканский слон. Или гепард. Потому что про хищников детям нравится больше. Бегут, догоняют, рвут на части. Намного интереснее, чем жизнь травоядных.

Тогда ты садишься и начинаешь думать — за какую из этих двух команд играешь ты? Вернее, играл до сих пор. Поскольку речь идет о категории прошедшего времени.

Давным-давно, когда ты понял, что внутри тебя живет что-то еще, ты превратился в пантеру. То, что было внутри, смотрело на мир не так, как смотрели твои одноклассники. Иная степень интереса к жизни. Звуки, запахи, краски, слова — все другое. Учительница сказала маме: «Это талант», и все одноклассники немедленно превратились в травоядных. Нельзя говорить такие вещи при ребенке, который стоит тут же, в школьном коридоре, и ковыряет ногтем пузыри свежей краски на подоконнике. «Перестань», — сказала мама и взяла тебя за руку. Спускаясь следом за ней по школьным ступеням, ты ощутил в своей походке новую для тебя упругость. Это была пантера.

Четверть века спустя ты собрался со своими детьми на пикник, но велосипед пришлось оставить дома. Не было денег на новое колесо. Зато в лесу встретился с бывшими одноклассниками. Твои дети сидели в их «БМВ», а ты пил «Hennessy» вместо пива. Одноклассники спрашивали: «Ну, как у тебя?», и ты отвечал, что заканчиваешь новую повесть. Аромат коньяка кружил голову, и ты думал: «Какого черта мы поперлись на этот пикник?» Потому что пантеры уже не было. В лучшем случае — уставшая, встревоженная антилопа. Которая догадывается, какой ее ожидает конец.

Выходит, что играть приходилось за обе команды. В чем, вероятно, и состоит хитрый план бога. Чтобы ты знал — какого цвета небо на той стороне.

И не дергался.

Потому что надо просто продолжать писать.

СОДЕРЖАНИЕ

Литературно-художественное издание

ЛАУРЕАТЫ ЛИТЕРАТУРНЫХ ПРЕМИЙ

Андрей Геласимов

ЖАЖДА

Ответственный редактор *Л. Михайлова*
Выпускающий редактор *Ю. Качалкина*
Художественный редактор *А. Сауков*
Технический редактор *О. Куликова*
Компьютерная верстка *С. Птицына*
Корректор *В. Авдеева*

В оформлении переплета использована иллюстрация
художника *Ф. Барбышева*

ООО «Издательство «Эксмо»
127299, Москва, ул. Клары Цеткин, д. 18/5. Тел. 411-68-86, 956-39-21.
Home page: **www.eksmo.ru** E-mail: **info@eksmo.ru**

Подписано в печать 08.09.2009. Формат 84×108 $^1/_{32}$.
Гарнитура «Балтика». Печать офсетная. Бумага тип. Усл. печ. л. 16,8.
Тираж 4000 экз. Заказ № 1179

Отпечатано с электронных носителей издательства.
ОАО "Тверской полиграфический комбинат". 170024, г. Тверь, пр-т Ленина, 5.
Телефон: (4822) 44-52-03, 44-50-34, Телефон/факс: (4822)44-42-15
Home page - www.tverpk.ru Электронная почта (E-mail) - sales@tverpk.ru